자유의 감옥

Das Gefängnis der Freiheit

자유의 감옥

미하엘 엔데 | **이병서** 옮김

차례

긴 여행의 목표

시릴은 이미 여덟 살에 유럽 대륙과 근동의 이름난 호텔이란 호텔에는 거의 다 가 보았다. 그렇다고 한 걸음 더 나아가, 그만큼 세상을 알게 되었다는 뜻은 아니다. 어디를 가든지, 한결같이 챙 달린 높은 모자와 당당한 일자 수염에 금술 달린 옷으로 한껏 멋을 부린 호텔 문지기는 그의 유년 시절 어귀를 지키던 문지기이기도 했다.

시릴의 아버지, 로드[1] 바질 애버컴비는 빅토리아 여왕의 외교 사절이었다. 그에게 맡겨진 임무를 한마디로 표현하기는 어렵지만, 소위 외교상의 특수 임무라는 걸 수행한다고 이해하면 될 것이다. 어쨌거나 그는 직업상

---

1) Lord, 영국에서 원래는 왕자나 영주에게 쓰였으나 오늘날 귀족에 대한 존칭으로 쓰임.

한곳에 오래 머물지 못하고 이 도시에서 저 도시로 계속 옮겨 다녀야만 했다. 그의 여행에는 기동성이 요구됐으므로, 그는 꼭 필요한 수행원 몇 사람만 데리고 다녔다. 시종 헨리, 시릴의 건강과 예절 교육을 책임진 말 이빨을 가진 노처녀 보모 미스 트위글 그리고 여가 시간에 혼자서 조용히 있기를 좋아한다는 걸 빼면 별다른 특징이 없는 마른 체구의 청년 미스터 애슐리가 그들이었다. 애슐리는 로드 애버컴비의 개인 비서이자 시릴의 가정 교사였다. 로드 애버컴비는 이 두 사람을 고용한 것으로 자식에 대한 아버지의 의무를 충분히 다했노라고 믿었다. 그리고 한 주에 한 번은 아들과 단둘이 식사하는 시간을 가졌다. 그러나 상대를 받아들이려는 마음이 전혀 없는 이들 부자의 대화는 언제나 서로에게 곤욕스럽기만 했다. 식사가 끝나면 두 사람은 또 한 번의 고비를 넘겼다는 의미의 한숨을 동시에 몰아쉬곤 했다.

시릴은 정이 가는 아이는 아니었다. 우선 생긴 것부터가 그랬다. 그는 이미 나이를 먹을 대로 먹은 사람처럼 수척한 얼굴에, 살은 거의 없고 뼈만 앙상하게 남은 체구를 지녔으며, 지푸라기처럼 뻣뻣하고 윤기 없는 머리털과 쭉 찢어진 눈 그리고 뭔가 불만스러워 보이는 두툼한 입술과 그 길이가 보통은 넘는 주걱턱을 하고 있었다. 하지만 무엇보다도 그 나이 아이답지 않게 얼굴에 표정이 거의 없다는 점이 가장 이상했다. 아이는 이 표정 없는 얼굴을 가면처럼 쓰고 있었다. 대부분의 호텔 직원들은 이 아이를 버르장머리 없다고 생각했다. 많은 사람들, 특히 지중해 연안 국가에 있는 호텔 방 청소부들이 아이의 눈초리를 무서워했고, 그와 단둘이 마주치는 걸 피하려 했다.

물론 어느 정도는 그 사람들의 과민 반응이기도 했지만, 실제로 그를 만나 본 사람이면 누구나 공통적으로 느끼는, 왠지 섬뜩한 느낌이 들게 하는 무언가가 아이의 특성 가운데 분명 있었다. 그것은 바로 아이의 의지력이 지나치게 강하다는 것이었다. 어쩌면 그 의지가 아주 가끔씩만 고개를 쳐드는 게 그나마 다행인지도 몰랐다. 아이는 무관심이 아예 일상이 되다시피 했는지, 뭔가에 특별한 관심을 보이거나 열중하는 일이 거의 없었다. 그래서 그는 하루 종일 호텔 로비에 앉아 오가는 사람들을 관찰하거나, 거기에 놓여 있는 경제 신문이든, 온천 치료에 대한 안내서든 아무거나 손에 잡히는 대로 읽고는 곧바로 잊어버리는 일을 반복할 수 있었을 것이다. 이처럼 무관심하고 냉담하기만 한 아이의 태도는 무엇이든 한번 해야겠다고 마음먹는 순간 백팔십도로 바뀌곤 했다. 이런 아이를 말릴 수 있는 사람은 하늘 아래 아무도 없었다. 그가 자신의 의지를 싸늘한 공손함으로 포장해 전달하면, 그다음에는 어떤 이견도 있을 수 없었다. 누구든 그 명령에 토라도 달라 치면 그의 눈꼬리가 짜증스럽게 위로 싹 추켜올라 갔고, 상황이 그쯤 되면 미스 트위글이나 미스터 애슐리는 말할 것도 없고, 점잖고 나이 지긋한 시종 헨리마저도 아이가 원하는 대로 즉각 해 주는 수밖에 없었다. 원하는 것을 손에 넣은 이 꼬맹이가 그 뒤로 무슨 일을 벌일지는 아무도 알 수 없었다. 한편 시릴도 자신이 벌릴 일의 파장 따위는 깊이 생각하지 않는 것을 너무도 당연하게 여겼다.

언젠가 한번은 이런 일이 있었다. 시시때때로 호텔 주방에 들어가 알짱거리며 요리사들의 신경을 살살 긁는 것을 좋아하던 이 아이가 하루는, 주방에서 살아 있는 왕새우 한 마리를 발견하고는 그 즉시 새우를 자기 방 욕실로 옮겨 놓으라고 명령했다. 그 새우는 어느 손님이 저녁 식사로 주문한 것이었지만, 사람들은 아이가 원하는 대로 해 주었다. 아이는 그 신기한 피조물을 반 시간 정도 끼고 앉아 긴 수염으로 온갖 장난을 쳤는데도 별 신통한 일이 생기지 않자, 이내 흥미를 잃고는 욕조에 그냥 내버려 둔 채 더 이상 신경 쓰지 않았다. 저녁에 목욕을 할 때가 되어서야 다시 새우가 머리에 떠오른 그는 이번에는 새우를 복도로 가져가 그대로 풀어 놓았다. 새우는 팔딱거리며 장식장 밑으로 기어들어 가더니, 그 후로 나타나지 않았다. 며칠 후, 호텔에 새우 썩는 냄새가 사방에 진동했고, 호텔 직원들은 그 악취의 진원을 찾느라 한바탕 소동을 벌여야만 했다. 또, 한번은 덴마크 어느 호텔의 지배인을 졸라서 몇 시간 동안 함께 눈사람을 만든 다음, 천천히 녹아내리게끔 호텔 로비에 세워 두도록 했다. 그리고 아테네의 한 호텔에서는 식당에서 열린 피아노 연주회를 보고는 그 그랜드 피아노와 피아니스트를 통째로 자기 방으로 옮기도록 했다. 그러고는 그날 재수 옴 붙은, 그 피아니스트에게 즉각 피아노 치는 법을 가르쳐 달라고 요구했다. 그러나 그게 하루아침에 되는 일이 아니라는 것을 알게 된 아이는 열을 받을 대로 받아 발작하기 시작했고, 그 분풀이를 고스란히 감수해야 했던 건 다름 아닌 그랜드 피아노였다. 그러고도 아이는 열이 식지 않아 며칠을 앓아누웠다. 아들의 이러한 기도 안 차는 활약상을 전해 들은 로드 바질은 화를 내기는커녕 오히려 신이 나서 좋아했다.

"과연 애버컴비 집안의 자손답다!" 그가 입버릇처럼 태연하게 덧붙이는 촌평이었다. 아마도 그는 애버컴비 가문의 많은 선조들 중에 광기를 가진 별의별 인물이 다 있었고, 따라서 시릴의 괴팍함 역시 보통 사람의 잣대로 이해하려 해서는 안 된다는 말을 하고 싶었던 모양이었다.

시릴은 인도에서 태어났지만 어느 도시에서 태어났는지조차 모를 정도로 그 나라에 대해 아무것도 알지 못했다. 당시 아이 아버지는 그곳 영사로 재직했었다. 자기 엄마 레이디[2] 올리비아에 대해서도 아이는 아는 게 거의 없었다. 딱 한 번, 아이의 물음에 로드 바질이 짤막하게 대답한 게 고작이었다. 아이 엄마는 아이가 핏덩이였을 때 삼류 딴따라와 눈이 맞아 도망갔다고 했다. 분명한 것은, 아버지가 그 문제에 대해서 아예 언급조차 하지 않으려 한다는 점이었다. 그래서 아들도 그것에 대해서는 두 번 다시 묻지 않았다. 나중에 미스터 애슐리의 입을 통해 들은 사건의 전말은 아버지 이야기와 사뭇 달랐다. 우선 엄마와 눈이 맞았다는 상대는 삼류 딴따라가 아니고 당시 유럽 여성들의 우상이었던 카밀로 베르니치라는 당대 최고의 바이올리니스트였다는 것이다. 그런류의 애정 행각이 대부분 그렇듯, 그들의 관계는 1년도 채 못 가 깨지고 말았다는 것이다. 미스터 애슐리는 신이 나서 이 이야기를 주절거렸는데, 앞뒤 없이 횡설수설하는 것이 이미 술을 한잔 걸친 것 같았다. 그 후, 레이디 올리비아는 세상 사람들 앞에 전혀 모습을 나타내지 않고 사우스 에식스[3]에 있는 자신의 시골 영지에 파묻혀 쓸쓸하게

---

2) Lady, 영국 귀족인 로드의 부인에게 부여되는 칭호.
3) 영국 남동부에 있는 주.

살고 있다고 했다. 로드 바질은 아내와 공식적으로 이혼을 하지는 않았지만, 아내와 관련된 그림이나 사진은 모두 불태워 버렸다. 그리고 두 번 다시 그 이름을 입에 올리지 않았다. 따라서 시릴은 자기 엄마의 얼굴조차 알지 못했다.

어떤 이유로 애버컴비가 아들을 신분에 걸맞은 교육 기관에 보내지 않고 계속해서 달고 다니는지 정확히 아는 사람은 없었다. 구구한 추측만이 무성할 따름이었다. 그러나 아버지로서의 애정 때문은 분명 아니었다. 왜냐하면 그는 외교관으로서의 공적 업무와 자신의 유일한 취미인 무기나 군용품 수집 말고는 그 무엇에도 관심이 없는 사람으로 유명했기 때문이다. 그가 세계 곳곳을 다니며 끊임없이 사들이는 그런 물건은 본가가 있는 클레이스톤매너로 보내지는데, 그때마다 늙은 창고지기 조너선은 더 이상 그것들을 보관할 곳이 없어 큰 곤욕을 치르곤 했다. 구구한 추측이 난무했지만, 사실 그 이유는 아주 단순했다. 아들을 자신의 통제 아래 두지 않으면, 레이디 올리비아가 어떤 식으로든 아이와 은밀하게 접촉을 시도하리라는 생각에서였다. 애버컴비는 그 모든 가능성을 원천적으로 봉쇄해야 했다. 아들을 위해서가 아니라, 평생 씻기지 않을 모욕을 안겨 준 아내에 대한 복수심 때문이었다. 이런 이유에서 그는 몇 년째 영국에 돌아가지 않았다. 업무상 피치 못해 잠시 귀국해야 하는 경우에도, 아들은 보모와 가정 교사에게 맡긴 채 외국에 남아 있도록 했다. 언젠가 이 꼬맹이가 자신의 두 감시자를 큰 곤경에 빠뜨린 해프닝이 벌어진 것도 바로 그런 상황에서였다.

무엇 때문이었는지는 모르지만, 자다 일어난 아이가 옆방에서 자고 있을 보모를 소리쳐 부른 것은 꽤 늦은 한밤중이었다. 아무런 대답도 없자 그는 옆방에 직접 가 보았다. 미스 트위글의 침대는 주름 하나 잡히지 않은 채비어 있었다. 아이는 보모를 찾아 나섰다. 가정 교사 방을 지날 때 이상한 신음 소리 같은 것이 들려왔다. 그는 살며시 문을 열었다. 거기서 아주 흥미로운 광경을 목격하게 된 아이는 살그머니 안으로 들어갔다. 그러고는 의자에 앉아 그 광경을 주의 깊게 살펴봤다. 옷을 거의 다 벗은 미스터 애슐리와 미스 트위글은 마치 무슨 레슬링 경기라도 하는 것처럼 서로 뒤엉켜 카펫 위를 굴러 다녔다. 남자는 꿀꿀거리고 여자는 낑낑거리면서. 탁자 위에는 빈 위스키 병이 덜렁 놓여 있었고, 두 개의 잔에는 절반쯤 술이 차 있었다. 잠시 후, 두 사람은 흥분이 어느 정도 가라앉았는지 가쁜 숨을 몰아쉬며 동작을 멈추었다. 시릴은 조심스럽게 헛기침을 했다. 소스라치게 놀라 벌떡 일어선 두 사람은 상기된 얼굴로 아이를 노려보았다. 사실 아이는 조금 전의 상황이 무엇을 의미하는지 잘 몰랐다. 그러나 그는 두 사람의 얼굴에서 수치심과 죄의식을 읽었다. 아이에게는 그것으로 충분했다. 그는 일어서서 아무 말 없이 자기 방으로 돌아왔다. 이후 두 사람은 그날의 사건에 대해 함구로 일관했다. 물론 시릴도 가만있어 주었다. 다만 지금까지 무덤덤하기 짝이 없던 보모와 가정 교사의 태도에 조금씩 상냥함이 섞이기 시작했고, 시릴은 그것을 남김없이 만끽했다. 그들이 자신에게 왜 그러는지는 정확히 알 수 없었지만, 무언가 도덕적으로 뒤가 켕기는 그 두 사람을 손에 쥐고 흔들 수 있다는 것만큼은 분명히 느낄 수 있었다.

그 뒤로 아이는 자신과 그들의 도덕적 차별성을 강조하기 위해, 식사할 때도 그들과 한 식탁에 앉지 않고 꼭 혼자 따로 앉아 독상을 받았다. 호텔의 다른 손님들이 힐끗힐끗, 혹은 아예 노골적으로 동물원의 신기한 동물을 쳐다보듯 해도 그는 전혀 개의치 않았다. 식사 후에는 대체로 호텔 라운지에 한두 시간 정도 혼자 앉아 있곤 했다. 미스 트위글이 자러 가자고 조심스럽게 애원해도 얼른 그녀의 입을 막아 돌려보내면 그만이었다. 자투리 시간이 지나기를 기다리며 시간을 죽이는 사람처럼 아이는 그렇게 앉아 있었다. 사실 그는 기다리고 있었다. 세상에 태어난 후, 그는 분명 기다리고 있었다. 단지 무엇을 기다리는지 모를 뿐이었다.

이런 아이에게 변화가 생겼다. 어느 날 저녁, 그는 로마 잉길테라 호텔의 카펫 깔린 복도를 하릴없이 배회하고 있었다. 그때 그는 관상용 야자수의 큰 잎사귀에 가려진 복도 한편의 칸막이 뒤에서 흘러나오는, 억지로 참는 듯한 그러나 가슴을 찢는 흐느낌을 들었다. 그는 발소리를 죽여 가까이 가 보았다. 거기에는 제 또래 여자아이가 있었다. 여자아이는 커다란 가죽 의자에 웅크리고 앉아, 얼굴을 한쪽 팔걸이에 파묻은 채 하염없이 울고 있었다. 아무 거리낌 없이 자신의 감정을 발산하는 그 모습은 시릴에게 신선하고 놀라운 충격으로 다가왔다. 그는 한동안 말없이 지켜보았다. 그러고는 마침내 신사다운 말투로 물었다. "무슨 일인지 모르지만, 혹시 내가 도울 일이라도……?"

여자아이는 눈물범벅이 된 얼굴을 홱 돌려 그를 사납게 째려보며 쏘아붙였다. "그 가자미 같은 눈으로 뭘 그리 바보처럼 쳐다보는 거야! 상관 말고 날 그냥 내버려 둬!"

영어이긴 했는데 지금까지 한번도 들어 보지 못한, 아주 무식하고 천박하기 이를 데 없는 말투였다.

"미안해요." 그가 가볍게 몸을 굽히며 말했다. "방해하려는 생각은 없었어요."

여자아이는 그가 사라지기를 기다리는 것 같았다. 그러나 그는 순순히 물러나지 않았다.

"꺼져 버려!" 그녀가 가쁜 숨을 몰아쉬며 말했다. "남의 일에 끼어들지 말고 네 앞가림이나 잘해." 말투는 여전히 거칠었지만 아까보다는 그 기세가 많이 누그러져 있었다.

"잘은 모르지만, 당신 심정을 충분히 이해할 것 같아요. 잠시만 앉아도 될까요?"

그녀가 의심스러운 눈길을 그에게 던졌다. 그가 자신을 놀리려는 건지 아닌지 알 수 없었기 때문이다. 결국 그녀는 어깨를 들먹이고는 말했다. "네 마음대로 해. 어차피 이 의자들을 내가 전세 낸 것도 아니니까."

그는 맞은편에 앉아 그녀가 코를 훔치는 걸 지켜보았다.

"누가 마음을 크게 상하게 했나 보죠?"

이윽고 그가 묻는 말에 여자아이가 씩씩거리며 대답했다. "응, 앤 아줌마가. 이 소름 끼치는 유럽 여행에 나를 꼬셔서 데려왔거든. 우리는 지금 집을 떠난 지 넉 달이나 됐어, 넉 달! 한번 생각해 봐. 이 여행에 들인 돈이 도대체 얼만데 단지 어린아이 어리광 때문에 그 큰돈을 휴지통에 처박아 버리듯 포기할 수 없다나, 이게 말이나 되는 소리니?"

시릴은 잠시 생각하더니 말을 이었다. "솔직히 말해서, 나는 그게 그 정도로 마음 상하는 일은 아니라고 생각해요."

"어휴." 그녀가 답답해했다. "나는 지금 집이 그립단 말이야, 집이! 그것도 아주 못 견딜 정도로!"

"뭐, 뭐가 그립다고요?" 이해할 수 없다는 표정으로 그가 물었다.

여자아이는 시릴의 질문에는 아랑곳없이 계속해서 종알거렸다. "최소한 나를 혼자라도 보내 주지 않았단 봐라! 같이 가 달라고 하지도 않겠어. 그냥 다음 배를 타고 집으로 가 버릴 테야. 얼마가 걸리든 상관없어. 집 방향으로 제대로만 가고 있는 거라면 말이야. 매일매일 집에 가까워지는 만큼 내 기분도 조금씩 나아질 거야. 아마 아빠하고 엄마가 뉴욕으로 마중 나올 거야. 나는 기차 타는 법을 잘 모르거든."

"어디가…… 아픈가요?" 시릴이 물었다.

"응, 아니……. 아, 뭐가 뭔지 하나도 모르겠어." 그녀는 화난 얼굴로 그를 쳐다보았다. "한 가지 확실한 건, 지금 당장 집으로 돌아가지 않으면 난 아마 죽고 말거야."

"정말이요?" 그가 흥미롭다는 듯이 물었다. "그건 왜죠?"

이제 그녀는 아빠, 엄마, 동생 톰과 애비 등, 자기 가족이 살고 있는 미국 중서부 어딘가의 한 작은 마을에 대해 설명하기 시작했다. 그 집에는 수많은 노래와 귀신 이야기를 알고 있는 나이 많고 뚱뚱한 흑인 하녀 사라 그리고 들쥐도 잡을 수 있고, 언젠가 한번은 오소리와도 싸워 이긴 적이 있다는 자신의 강아지 핍스도 함께 산다고 했다. 그녀는 아주 진귀한 야생 딸기가 있는 집 뒤편의 커다란 숲과 옆 마을에서 구멍가게를 하는 미스터 커니글이라는 사람에 대해서도 이야기했다. 그 가게에서는 무슨 물건이든 다 살 수 있으며, 그 안에 들어가면 어떠한 냄새가 난다는 것까지도 덧붙였다. 그녀는 자기 이야기에 스스로 도취되어, 시시콜콜 온갖 잡다한 것들을 한도 끝도 없이 늘어놓았다. 이야기의 내용은 그리 중요한 것이 아닐망정, 그런 이야기를 하는 것 자체가 그녀에게는 도움이 되는 듯했다.

시릴은 귀 기울여 들었다. 그렇게 한두 달 정도도 떠나 있고 싶지 않은 그 '집'이라는 것이 도대체 얼마나 빌어먹게 대단한 것인지 알아내려고 애썼다. 어쨌거나 그녀는 그가 자기 이야기를 잘 이해한다고 받아들인 모양이었다. 그에게 자기 이야기를 들어 주어 고맙다며, 혹 그 근방에 올 일이 있으면 꼭 자기네 집에 들러 달라는 말까지 남겼으니 말이다. 그리고 나서 그 여자아이는 한

결 가벼워진 마음으로 그 자리를 떠났다. 그는 그녀의 이름조차 알지 못했다.

그다음 날, 아마도 그녀는 아줌마와 함께 일찍 떠난 것 같았다. 그녀는 어디에도 보이지 않았다. 하지만 다른 사람에게 물어보고 싶은 생각도 없었다. 사실 그 여자아이에 대해서는 별 관심이 없었다. 그가 관심을 가졌던 것은, 차라리 그 아이의 별난 상태였다. '집이 그립다'는, 자신으로서는 전혀 상상도 할 수 없는 그런 상태 말이다. 지금까지 단 한 번도 집이라는 곳에 있어 본 적이 없다는 사실이 처음으로 불안하게 느껴졌다. 그에게는 그리워하거나, 그것 때문에 안타까워할 대상이 전혀 없었다. 자신에게 무엇인가가 없다는 것만큼은 분명했다. 다만 그것이 자신의 이점인지, 아니면 결함인지 확실치 않았다. 그는 그것을 밝혀내고야 말겠다고 마음먹었다.

그는 미스터 애슐리와 미스 트위글은 물론, 아버지한테도 이것에 대해서 아무 말도 하지 않았다. 대신, 그 후로는 처음 만나는 낯선 사람들과 자주 대화를 시도했다. 그는 사람들이 자신의 '집'에 대해 이야기하도록 은근슬쩍 유도했다. 그 대상은 어린아이든 노인이든, 아니면 호텔의 청소부든 벨보이든 지배인이든 상관없었다. 그러는 사이에 그는 모든 사람들이 예외 없이, 집에 대해 이야기하는 것을 매우 기꺼워한다는 확신을 얻었다. 대개는 만면에 웃음을 띠며, 혹은 초롱초롱 눈을 빛내며 신이 나서 떠들어 댔고, 간혹 어떤 사람들은 우수에 빠져들기도 했다. 어떤 경우든, 그것은 각자에게 수많은 의미를 던져 주고 있었다. 개개인의 형편과 사연은 다양했지만 그것을 대하는 사람들의 마음은 한결같았다. 그것은 감정의 사치로 치부될 만큼 독특하거나 별난 구석이 있는, 그 무엇이 결코 아니었다. 그리고 또 한 가지는 그 '집'이라는 게 꼭 자신이 태어난 곳이어야 할 필요는 없다는 점이었다. 그렇다고 반드시 지금 살고 있는 집과 동일한 곳이어야 할 필요도 없었다. 그렇다면 그것은 어떻게 정의할 수 있을까? 또, 누가 그것을 한마디로 딱 잘라 말할 수 있을까? 판단은 각자의 생각에 맡길 수밖에 없는 것일까? 어째서 내게는 그와 비슷한 그 무엇도 없는 걸까? 자신을 제외한 모든 사람들이 그 신성하고 진귀한 보물을 가지고 있는 게 분명했다. 비록 그 가치가 손에 쥐어지지 않아 남에게 내보일 수는 없었지만, 그것은 엄연한 현실이었다. 그 평범한 소유의 대열에 끼지 못했다는 사실에 시릴은 견딜 수가 없었다. 어떤 대가를 치르는 한이 있어도 그것을 소유하고야 말리라. 그것은 자신을 위해서도 이 세상 어딘가에 반드시 예비되어 있을 것이었다.

시릴은 아버지한테 호텔 밖, 먼 곳까지 외출해도 좋다는 허락을 어렵게 얻어 냈다. 물론 그 허락에는 엄격한 전제 조건이 붙었다. 미스터 애슐리나 미스 트위글, 혹은 두 사람 모두와 동행하는 외출만이 가능했다.

처음 한두 번은 세 사람이 함께 나갔다. 그러나 이 경우에는 어른 두 사람이 자기들끼리만 속닥거려 쉬이 짜증이 나곤 했다. 무엇 때문인지는 몰라도, 미스 트위글은 미스터 애슐리에 대해 단단히 삐친 것 같았다. 그녀의 말한 마디 한 마디에는 그를 향한 가시가 돋쳐 있었다. 한편 미스터 애슐리의 대꾸에는 냉소와 조롱이 담겨 있었다. 시릴은 두 사람 모두 마음에 들지 않았다. 하지만 그들 가운데 한 사람을 골라야 하는 일은 피할 수 없었으므로, 자신의 꿍꿍이에 그나마 어울리는 미스터 애슐리를 선택했다. 자신의 여가 시간만큼은 철저히 관리하는 선생을 조금은 성가시게 하거나 혹은 놀라게 하려는 심산이었는지, 그때부터 시릴은 사방팔방 그를 따라다녔다. 제자의 꿍꿍이속을 알 리 없는 미스터 애슐리는 속으로 꿍얼꿍얼하면서도, 한편으로는 아이가 제법 대견하다고 생각했다. 주변 문화와 사람들에 대한 아이의 갑작스러운 관심이, 결국은 수년에 걸친 자신의 교육적 노력이 맺은 결실이라는 생각이 들어서였다.

처음에는 시내 중심 거리와 광장, 궁전, 교회, 사원 유적 등, 당시 영국 여행객들이 교양을 넓히기 위해 주로 찾는 관광 명소를 중심으로 돌아보았다. 시릴은 이 모든 것을 눈여겨 관찰했지만, 큰 관심을 가지는 것 같지는 않았다. 아이가 자신에게는 말하기 어려운, 뭔가 다른 기대를 가지고 있다는 느낌이 든 미스터 애슐리는 이제 사람들이 많이 찾지 않는 곳으로 발길을 돌렸다. 도시 뒷골목 빈민가나 부둣가 싸구려 술집 같은 곳들로. 그리고 그들은 도시를 벗어나 산이나 바닷가, 황야나 숲 같은 자연도 함께 돌아보았다. 이렇게 같이 다니는 동안, 두 사람은 동료애 비슷한 묘한 감정을 느끼게 되었고, 그것은 결국 미스터 애슐리가 자신의 제자를 투계장鬪鷄場이나 경견장競犬場, 심지어는 유흥가나 홍등가까지 몰아가는 동기가 되기도 했다. 물론 그것은 시릴의 함구가 전제되고, 자신의 통제 아래 그를 온전히 감독할 수 있다는 자신감이 있었기에 가능한 일이었다. 선생은 그렇고 그런 집에서 그렇고 그런 여자와 속닥속닥 가격을 흥정하고, 제자는 대기실에서 선생이 좋은 결과를 가지고 돌아오기만 기다리고 있는 장면을 한번 상상해 보라!

시릴은 이 모든 것을 예의 그 표정 없는 얼굴로 덤덤히 받아들였다. 수많은 견학을 통해 배운 바에 의하면, 결국 그 '집'이라는 것은 세상 어디에든 있었다. 다만 그것이 자신에게 기쁨이나 슬픔을 안겨 주는 그런 '집'이기를 바란 것이 착각이라면 착각이었다. 그가 경험한 모든 것은 그에게 별 의미가 없었다. 하지만 그는 일단 그것을 마음속에 담아 두었다.

물론, 공부를 빙자한 그들의 희한한 세상 견학이 언제
까지고 아버지 몰래 계속될 수는 없었다. 이미 오래 전에
그들에 대한 소문이 빅토리아 왕실에까지 파다하게 퍼졌
고 여왕이 그 때문에 크게 진노했다는데, 일이 그 지경이
되도록 아버지 로드 애버컴비만이 그 심각한 사실을 몰
랐다는 게 오히려 신기할 정도였다. 시릴의 열두 살 생일
이 지나고 얼마 되지 않은 어느 늦은 저녁, 아버지와 아
들은 마드리드 환락가의 한 이름난 유곽에서 맞부딪치게
된다. 아들은 자기가 무슨 아라비안나이트의 주인공이라
도 되는 양 의상을 차려입고, 커튼과 공작 깃털로 동양의
분위기를 낸 유곽 응접실의 안락의자에 앉아 있었다. 그
리고 속옷 바람의 젊은 여자 넷이 그에게 엉겨 붙어 요염
을 떨며 노닥거리고 있었다. 그들은—결국 뭘 하고 있
는 것이었겠는가?—각자 자신의 '집'에 대해 아들에게
설명하고 있었다. 아버지는 마치 전혀 모르는 사람처럼
아무 말 없이 아들을 지나쳐 그 음란한 소굴을 떠났다.
다음 날 오후 티타임, 시릴은 자신의 가정 교사가 그날
부로 해고됐다는 사실을 알게 되었다. 그 외에, 아버지와
아들은 전날 사건에 관해 서로 한마디도 꺼내지 않았다.
하긴 도덕이 엄격하게 존중되던 시대였으니까. 이틀 후
에는 미스 트위글이 침착한 얼굴로, 그러나 울어서 빨개

진 코를 훌쩍거리며, 로드에게 그만두겠다고 말했다. 시릴과 단둘이 남게 되자, 그녀는 고백했다. "사랑스러운 시릴, 아마도 너는 이 모든 걸 잘 이해할 수 없을 거야. 하지만 막스는…… 미스터 애슐리 말이야, 내가 생애 처음으로, 그리고 유일하게 사랑한 사람이란다. 나는 그가 어디를 가든지 따라가야 해. 설사 그게 고통과 죽음에 이르는 길이라 할지라도 말이야. 네가 나중에 사랑이라는 걸 하게 되면, 나를 생각하렴." 그러고 나서 시릴에게 작별의 키스를 하려 했지만 아이는 그마저도 완강히 거부했다.

새 가정 교사와 보모를 구하는 일은 얼마 못 가 필요 없는 일이 되어 버렸다. 불과 3주 후에 로드에게 날아든 전보 때문이었다. 레이디 올리비아가 인도에서 얻게 된 것으로 보이는, 오랜 만성병 끝에 사망했다는 내용이었다. 아버지와 아들은 즉시 사우스에식스로 달려가, 억수같이 퍼붓는 장대비 속에 치러진 장례식에 참석했다. 시릴은 그때 처음으로 영국 땅을 밟아 보았다. 그는 내심 그곳 영국에서 고향의 따스함을 맛볼 수 있으리라고 기대했지만, 사실 그는 실망했다. 그리고 아버지가 장례식 후에 데려간, 애버컴비 가문의 본가가 있는 클레이스톤 매너에서도 실망을 느끼기는 마찬가지였다. 덩그러니 덩치만 크고, 어두우며 게다가 온갖 무기들로 송곳 하나 찔러 넣을 틈 없이 꽉 찬, 지금까지 지내 온 특급 호텔에 비하면 불편하기 짝이 없고, 집 안에서도 동상에 걸릴 것만 같은 그 집은 시릴에게 매우 낯설기만 했다.

생후 몇 개월을 빼고는 얼굴조차 본 적 없는 아들에게 엄마가 자신의 전 재산을 물려주었다는 사실을 로드 애버컴비는 말하지 않았다. 그 이야기는 아들이 완전히 성년이 된 다음에 알려 줄 작정이었다. 아이들이 가질 수 있는, 단순한 고맙다는 감정마저도 완전히 차단하기 위해서였다. 이것 역시 자신을 배반한 아내가 살아서 다 받지 못한 징벌임은 물론이었다.

이제 더 이상 아들을 세상 밖으로 내돌릴 필요가 없어졌으므로 그는 시릴을 그 유명한, 영국 소년을 영국 신사로 길러 낸다는 E 스쿨에 주저 없이 들여보냈다. 시릴은 학교생활에 별 관심 없는 아주 게으른 학생이었다. 도무지 그에게는 무언가 배워 보겠다는 진지한 자세가 없었다. 이것은 그에 대한 학급 친구들과 담당 선생님들의 공통적인 느낌이기도 했다. 그럼에도 그는 학교 안에서 대단한 학생으로 통했다. 시릴은 이미 그 나이에 8개 국어를 자유자재로 구사할 수 있었다. 그를 특별히 좋아하는 사람은 없었지만, 시릴이 그 학교의 명물임에는 틀림없었다. 학교를 졸업한 그는 자신의 신분에 걸맞은 명문 O 대학에 진학했다. 그곳에서 그는 철학과 역사학 공부를 시작했다.

몇 학기가 지났을 때, 그는 애버컴비 가의 고문 변호사인 미스터 소른의 갑작스러운 방문을 받게 되었다. 공교롭게도 그때는 그의 스물한 번째 생일이 막 지난 무렵이었다. 그 노신사는 한숨을 몰아쉬며 자리에 앉더니 말을 빙빙 돌려가며, 이 젊은이가 '비극적인 사건'의 전말을 들을 수 있는 마음의 준비를 하도록 배려했다. 로드 바질 애버컴비가 파리 남동쪽에 위치한 퐁텐블로 숲에서 여우 사냥을 하다가 말에서 떨어져 목이 부러지는 중상을 입고 운명했다는 내용이었다. 시릴은 이 소식을 표정 없는 얼굴로 덤덤히 받아들였다.

"그러므로 이제 당신은······" 미스터 소른이 손수건으로 이마와 턱의 땀을 훔치며 말했다. "영면하신 부친의 작위를 상속함은 물론, 부친의 전 재산과 모친의 전 재산을 유산으로 물려받게 되었습니다. 여기에는 모든 동산과 부동산이 포함됩니다. 당신은 양쪽 가문의 유일한 상속인이기도 합니다. 이에 저는 당신에게 모든 관련 증서 및 문서를 전달하도록 위임되었습니다. 원하신다면, 당신은 지금 당장이라도 그 모든 서류를 일람하실 수 있습니다."

그는 무거운 서류 가방을 끌어당겨, 자신의 무릎 위에 힘들게 올려놓았다.

"고맙습니다. 하지만 그러실 필요는 없습니다." 시릴이 말했다.

"아, 예. 이해합니다." 미스터 소른이 말했다. "이 문제는 나중에 다시 상의하도록 하겠습니다. 제가 경솔했다면 용서하십시오. 장의 절차와 관련해서 특별히 당부하실 말씀은⋯⋯?"

"없습니다. 그 문제는 선생님께 위임하겠습니다. 필요한 것들을 알아서 처리해 주십시오."

"물론입니다. 언제쯤 출발할 생각이신가요?"

"어디로요?"

"이제, 아버님 장례식에 참석하셔야지요. 저는 그 말씀을 드린 건데요."

"소른 선생님, 제가 무엇 때문에 죽은 사람을 보러 갑니까? 저는 그런 모임을 아주 싫어합니다. 그래서 선생님께 모든 걸 위임한다고 하지 않았습니까!"

얼굴이 화끈 달아오르는 것을 느낀 변호사는 애꿎은 헛기침만 두서너 번 해 댔다. "그, 그거야⋯⋯" 침착함을 잃지 않으려고 애쓰는 모습이 그의 얼굴에 역력하게 드러나고 있었다. "물론, 그게 공공연한 비밀이긴 했습니다. 돌아가신 아버님과의 관계가⋯⋯ 어떻게 말씀드려야 할지는 모르겠지만, 그렇게⋯⋯ 이상적이지는 않았다는 점 말입니다. 그렇다 해도, 제 생각에는 이제 그분은 고인이 되셨으므로……, 이런 외람된 말씀을 드리는 걸 용서하십시오. 그것과 아들로서의 의무는 또 다를 수 있다고 생각합니다만……."

"그래요?" 시릴의 눈꼬리가 위로 약간 추켜올라 갔다.

미스터 소른은 망설이며 서류 가방을 열다가 다시 닫았다. "오해는 마십시오. 이것은 어디까지나 당신의 개인적인 판단에 달린 문제이긴 합니다만, 저는 단지, 귀댁 같은 가문의 모든 경조사에는 으레 세상의 이목이 집중되게 마련이고, 그렇게 되면 별의별 시시콜콜한 문제까지도 사람들 입에 오르내리게 된다는 점을 알려 드리고 싶었을 뿐입니다."

"아, 그런가요?" 시릴이 귀찮다는 투로 대꾸했다.

"정 그러시다면……. 그리고 유산 상속 문제와 관련해서 제가 드리고 싶은 말씀은……."

"전부 팔도록 하십시오." 시릴이 그의 말을 잘랐다.

순간 변호사의 얼굴이 뻣뻣하게 굳었다. 그는 벌어진 입을 다물지 못한 채 시릴을 바라보았다.

"예, 맞습니다. 제대로 이해하셨습니다. 아무것도 남기고 싶은 생각이 없습니다. 현재 현금이 아닌 모든 재산을 현금으로 바꿔주십시오. 처리 방법은 아마도 선생님께서 가장 잘 아실 겁니다."

"그, 그러면……" 미스터 소른이 더듬거리며 말했다.

"대지, 임야, 성城, 골동품 그리고 부친의 수집품에 이르기까지 모두 처분한다는 말씀입니까……?"

시릴이 짧게 고개를 끄떡였다. "전부 처분하겠습니다."

노인은 마치 뭍에 오른 물고기처럼 헐떡이기 시작했다. 그의 얼굴은 완전히 보랏빛이 되었다.

"우리 처음부터 차근차근, 다시 이야기해 봅시다. 지금 우리는 모든 걸 너무 감정적으로만 처리하는 게 아닌지 모르겠습니다. 저의 솔직한 심정을 말한다면 말이죠. 그럴 수는 없는 겁니다. 제발, 절대로 그러지 마십시오. 저는 지난 45년간 귀댁의 변호사로 일해 왔습니다. 따라서 이 말만큼은 해야겠습니다. 다른 건 몰라도 제발 그것만은, 그것만큼은…… 선조들이 수백 년을 두고 일군, 그들의 피와 땀이 배어 있는 그 많은 재산을, 그것도 하루아침에……, 안 될 일입니다. 들어보세요……, 시릴, 제가 한번만 더 당신을 이렇게 불러도 된다면 말이오. 당신에게는 그것들을 후손에게 물려줘야 할 도덕적 책임이……"

젊은 로드Lord는 당돌하게 등을 돌리더니, 물끄러미 창밖을 바라보았다. 그는 차가운, 그러나 조급함이 확연히 묻어나는 어조로 말했다. "내게는 후손이 없을 겁니다."

변호사가 두꺼운 손을 앞으로 내저었다. "젊은이, 그

처럼 젊은 나이에…… 그것은 아무도 장담할 수 없는 일입니다. 그건 얼마든지 달라질 수 있는……"

"아닙니다." 시릴이 날카롭게 말허리를 잘랐다. "절대로 그런 일은 없을 겁니다. 그리고 '젊은이'라는 식의 호칭은 앞으로 삼가해 주십시오."

그는 다시 돌아서서 차가운 표정으로 변호사를 쳐다보았다. "소른 씨, 이 일을 맡는 게 그렇게 부담스러우시다면, 다른 변호사를 선임하는 것이 피차 편한 방법이라는 생각이 드는군요. 안녕히 가십시오."

새파랗게 젊은 놈에게 맥없이 당했다는, 참을 수 없는 모욕감에 극도로 화가 난 미스터 소른은 처음에는 그런 식의 '부도덕하고 비양심적인 일거리'는 맡을 수 없다고 생각했다. 그러나 런던으로 돌아오는 길에 분이 조금씩 사그라지면서 그의 생각은 점차 이성적으로 바뀌어 갔다. 그는 동업자인 세이머와 퍼들레비 두 사람과 이틀 동안이나 상의를 한 끝에, 그 일을 맡기로 결정했다. 그 일이 진행되면 사회적 비난이 쏟아질 것이고, 그렇게 되면 자신들에게도 윤리적인 책임이 제기되리라는 것은 불을 보듯 뻔한 일이었다. 물론 그것은 지금까지 쌓아 온 자신들의 명성에 큰 상처를 내는 일이기도 했지만, 한편으로는 덩치 큰 부동산 처분에 따르는 공식적인 중개료만으로도 충분히 보상이 되고도 남으리라는 계산이 그들에게 있었다.

소른 법률 사무소는 젊은 로드 앞으로 여러 가지 규정이 빽빽하게 담긴 공식 서한을 보내 그 일의 처리를 담당할 의사가 있음을 분명히 했다. 얼마 안 가 그들은 시릴 애버컴비의 위임장을 손에 쥘 수 있었고, 곧바로 일에 착수했다.

이 일이 세상에 알려지자, 예상했던 대로 사회적인 공분이 크게 일었음은 물론이다. 왕실과 귀족들은 이구동성으로 일찍이 들어 본 적 없는, 전통과 명예에 먹칠을 하는 그런 방종을 그냥 두고 볼 수만은 없다며 들끓기 시작했다. 실제로 이 문제를 다루기 위한 의회가 며칠 동안 열리기도 했다. 심지어는 싸구려 술집에 모이는 서민들마저도 '그런 사람을 여왕의 신하라 불러도 되는 것인가'에 대한 열띤 토론으로 날이 새는 줄 몰랐다. 하지만 많은 신문들이 표현한 바, '영국의 문화와 위신을 팔아 치우는 행위'에 대한 법적인 제재는 불가능했다. 노련하게도 소른 법률 사무소가 미리 법적인 대응책까지 강구해 놓은 탓이었다.

정작 이 모든 소란의 당사자인 시릴은 누가 뭐라고 하든 신경도 쓰지 않았다. 그는 이제 막 시작한 학업을 당장 때려치우고, 나라 밖으로 긴 여행길에 올랐다. 그 후,

몇 년 동안은 일정한 목적지도 없이 기분 내키는 대로, 발길 닿는 대로, 세계의 많은 나라와 도시들을 돌아다녔다. 이번에는 아버지 생전에 가 보았던, 유럽과 근동의 나라들뿐 아니라, 아프리카, 인도, 남아메리카 그리고 극동의 나라들까지도 돌아보았다. 하지만 그는 지루해서 죽을 것 같았다. 왜냐하면 경치나 건축물, 태양이나 낯선 민족의 새로운 풍속, 그 어느 것도 그에게 피상적인 관심 이상의 것을 불러일으키지 못했기 때문이다. 그 관심이라는 것마저도 사실은, 시설 좋은 특급 호텔에서 편히 쉬는 것만큼의 값어치도 없는 하찮은 것이었다. 마음속의 비밀이 세상 어디에서도 풀리지 않았기에, 여타의 모든 신비나 경이로움이라는 것은 그에게 아무 의미도 없었다.

이 방랑의 유일한 동반자는 홍콩 마약 조직의 우두머리로부터 사들인 하인 왕이었다. 왕은 주인 옆에 있어야 할 때와 없어야 할 때를 가리는 능력을 천부적으로 타고난 하인이었다. 그리고 그는 얼굴 표정만으로도 주인이 무엇을 원하는지 알아차리곤 했다.

그사이 영국 귀족들 사이에서는 애버컴비와 관련된 상속 재산을 사들여서는 안 된다는 암묵적인 합의가 이루어지고 있었다. 그러나 이것은 결과적으로 혹 떼려다 오히려 혹 하나를 더 붙이는 상황만을 불러들이고 말았다.

적잖은 외국 투자가들이 관심을 보여 왔고, 덕분에 가격만 천정부지로 올랐기 때문이다. 결국은 미국 고무업계의 억만장자 제이슨 포페이라는 사람이 클레이스톤매너를 통째로, 심지어 늙은 창고지기 조너선까지 사들였을 때, 국가적 자존심을 완전히 구긴 영국이 받은 충격은 가히 가공할 만한 것이었다. 더 이상 이를 방관할 수 없다고, 다시 말해서 남아 있는 재산이라도 지켜야겠다고 생각한 많은 귀족 가문들이 앞을 다투어 나머지 재산 매입에 나섰고, 각 은행들은 이들 매입 자금의 조달을 위한 예금 인출 사태에 큰 몸살을 앓아야 했다. 때로는 이들이 외국 투자가들에 비해 다소 낮은 가격을 제시해도 그들보다는 유리한 위치에서 흥정에 임할 수 있었는데, 이것이 소른 법률 사무소가 국가에 세운 유일한 공이라면 공이었다. 어쨌거나 젊은 로드 애버컴비는 아버지 로드 애버컴비가 세상을 떠난 후 3년 만에 세계 100대 부자 명단에 자신의 이름을 올렸다. ― 최소한 은행 잔고에 있어서만큼은 그랬다.

이 파문이 조금씩 가라앉으면서 사람들은 그와 관련된 또 다른 문제에 관심을 가지기 시작했다. 특히 결혼 적령기의 딸을 둔 엄마들은 '시릴 애버컴비가 엄청나게 많은 돈으로 과연 무엇을 할 것인가'라는 문제에 집중하게 된 것이다. 알려진 바로는, 최소한 그가 노름이나 도박에 손을 대기 시작했다는 이야기는 아직 없었다. 그렇다고 그가 사치스러운 낭비벽에 빠져, 무슨 도자기나 인도 보석을 사 모으기 시작했다는 이야기도 아직은 없었다. 물론 그는 말쑥하게 차려입고 다녔지만 사치스러울 정도는 아니었다. 그는 신분에 걸맞은 생활을 했다. 그러나 언제나 호텔과 호텔을 전전했다. 그에게는 돈에 눈이 먼 골 빈 애인이 있는 것도 아니었다. 그렇다고 속된 말로, 계집질을 하고 다닌 것은 더더욱 아니었다. 그러면 과연 그는 그 돈으로 무엇을 할 것인가? 하기야 자신도 모르는 대답을 그 누가 알겠는가.

시릴은 이후 십 년 동안 끊임없이 여행을 계속했다. 그러는 사이, 스스로 '탐색 여행'이라 이름 붙인 그 방랑은 아주 자연스러운 그의 존재 방식으로 자리 잡게 되었다. 자신이 그토록 애타게 찾던 그것을, 언젠가는, 그리고 어디에선가는 진짜로 찾을 수 있으리라던 소년 시절의 순진한 희망은 이미 오래 전에 사라졌다. 오히려 이제는 자신에게 커다란 괴로움만 안겨 주는 그것을 더 이상 원하지 않게 되었다. 그는 자신의 상황을 이렇게 공식화했다. '여행의 길이는 목표 성취의 가능성에 반비례한다.' 이런 그의 생각에는 모든 인간적인 노력에 대한 빈정거림이 담겨 있었다. 모든 바람은 그것이 영원히 이루어지지 않는 것에 그 진정한 의미가 있는지도 모른다.

왜냐하면 모든 성취란, 결국 또 다른 의미의 실망만을 초래하기 때문이었다. 그렇다, 하느님이 일찍이 인간에게 주었던 그 약속들을 아직까지도 지키지 않는 것은 참으로 현명하신 처사임에 분명하다. 만일 어느 불행한 날에 하느님이 '어디 한번 진짜로 그렇게 해 볼까?' 하는 생각이 드셨다고 가정해 보자. 진짜로 메시아가 구름 속에서 재림하셔서 진짜로 심판의 날이 시작되고, 진짜로 천년 왕국이 이루어진다고……. 그렇게 해서 서로 얻을 수 있는 게 과연 무엇이란 말인가? '우스꽝스러운 민망함' 말고 서로에게 무엇이 더 남겠는가! 하느님은 지금 당장 무슨 큰일이라도 일어날 것처럼 해 놓고는 사람들을 너무 오래 기다리게 했다. 장담컨대, 그 때문에 많은 사람들은 더 열심히—물론 그 가운데 더러는 열심인 '척'만 했겠지— 하느님을 믿었다. 하지만 일은 무슨 놈의 일이 일어났으며, 도대체 얼마나 더 기다리란 말인가? 그래도 하느님은—진짜로 하느님이 계시기는 한 거야?— 사람들에게, 자신은 단 한 번도 약속을 어긴 적이 없으니 의심하지 말라고 채찍질하신다. 왜냐하면 그 바람에 의해, 아니 그 바람만으로도 세상은 돌아가기 때문이었다.

자신의 카드 패에서 이런 식으로 운명을 읽는 사람이 게임을 계속한다는 것은 분명 쉬운 일이 아니었다. 그럼에도 시릴은 계속했다. 그 판 자체를 조롱하는 기분으로 게임에 임하는 재미가 꽤 쏠쏠하기도 했다. 그 재미 뒤에는 바다보다 크고, 산보다 높으며, 하늘보다도 넓은 불만들이 남으리라는 것을 그는 잘 알고 있었다. 하지만 그 때문에 불행하지는 않았다. 세상과 사람에 대한 무관심이 이제는 자신과 자신의 인생에 대한 무관심으로 번져 갈 따름이었다. 그러나 실제로는, 자신이 이 무관심으로부터 벗어나고 싶어 한다는 사실조차 인정하려 들지 않는 그에게 이런 것들은 그리 중요한 문제가 아니었다.

시릴 애버컴비는 이런 생각을 그대로 담아 둔 채, 자신이 머무는 곳의 상당 부분을 '집'처럼 꾸며 보았다. 꼭 한곳에 정착해 사는 사람만 그렇게 하라는 법은 없었기 때문에 얼마든지 가능한 일이었다. 이제 그가 누릴 수 있는 감정이라는 것은 그나마 '지루함'밖에 없었기에, 그 감정이나마 이런 식의 역설적인 방법을 통해 끌어안아 보려고 했던 것이다. 어쨌거나, 그는 그렇다고 믿었다. 그에게 약간의 변화를 안겨 준 독일 프랑크푸르트에서의 그날 밤까지만 해도.

이미 오래 전부터 그는 사람들이 모이는 곳에 초대받는 일이 거의 없었다. 일반 사회, 혹은 귀족 사회의 예의 규범상 불가피한 경우가 아닌 한, 사람들은 차라리 그가 없는 편이 낫다고 생각했다. 편벽한 행동과 냉혹한 언사로 언제나 분위기만 흐리는 사람이라고 소문이 자자했기 때문이다.

따라서 야콥 폰 에르슐이라는 이름의 상업고문관[4]이 항상 로드 애버컴비를 앞질러 다니는 그에 관한 좋지 않은 소문들을 모를 리 없었다. 아마도 그에게는 다른 사람들이 꺼려하는 상황을 자신만은 능수능란하게 다룰 수 있다는, 자신의 권위에 대한 지나친 믿음이 있었던 것 같다. 아니면 이 영국 거부와 관계를 맺어 두면 자신의 사업에 유리할 것이라는 생각이 다른 모든 것에 우선했는지도 모른다. — 그는 독일에서 손꼽히는 개인 은행 가운데 하나를 소유하고 있었다. — 어쨌거나 그는 '예술과 음악 애호가들의 조촐한 저녁 식사 모임'에 초대한다는 내용의 카드를 뢰머 호텔에 묵고 있던 로드 앞으로 보냈다. 그의 이름에 들어 있는 '폰'[5]은 시내에서 몇 마일 떨어진 아름다운 숲에 위치한 신고딕 양식의 벽돌 건물인 그의 빌라만큼이나 '새것'이었다.

시릴은 이 초대를 받아들였다.

식사가 시작되기 전, 그 집 주인의 딸인 이졸데라는

---

4) Kommerzienrat: 1919년까지 독일의 상공업 공로자에게 주어졌던 칭호.
5) 귀족의 칭호.

아가씨가 노래를 불렀다. 그녀는 그레첸 머리[6]를 한 둥글둥글하게 생긴 어린 처녀였는데, 요제프 카츠라는 장래가 촉망되는 작곡가의 가곡을 여러 곡 불렀다. 십여 명 남짓한 손님들 중에는 그 작곡가도 포함되어 있었다. 작달막하고 뚱뚱한 체구의 대머리 신사인 그는 언뜻 보기에도 쉰 살은 족히 되어 보였다. 그는 줄곧, 합장한 손을 입에 대고 눈을 감은 채로 앉아 그녀의 노래를 경청했다. 아름답지만 아직은 덜 다듬어진 목소리를 위한 피아노 반주는, 가슴에 훈장이 달린 제복을 입은 한 껑다리 장교가 맡았다.

진심에서 우러나오는 박수가 길게 이어졌다. 시릴 혼자만 가만히 있었다. 카츠는 이졸데의 손등에 몇 번이고 반복해서 키스한 다음, 상기된 얼굴로 사람들에게 허리를 굽혀 인사했다. 높게 틀어 올린 머리 위의 화려한 장식이 돋보이는 안주인은 카츠의 재능에 얼마나 큰 감동을 받았는지 땀까지 뻘뻘 흘리고 있었다.

"우리 독일 민족은" 그녀가 시릴을 돌아보며 말했다. "위대한 작곡가를 수도 없이 배출한, 이 세상에 둘도 없는 민족이지요. 영국 사람들이 그렇게 떠받드는 헨델도

---

6) 괴테의 『파우스트』에 등장하는 여주인공 그레첸의 머리 모양. 일반적으로 길게 땋아 늘인, 혹은 그 땋은 머리를 틀어 올린 머리 모양을 일컫는 표현.

독일 출신이 아니던가요? 인정하시지요?"

"물론입니다." 시릴이 시큰둥하게 대답했다. "바로 그 때문에 그가 영국으로 건너와 귀화한 것이겠지요."

이 오프닝 멘트와 함께 그날 밤의 분위기는 이미 물 건너간 것이나 다름없었다. 집주인 에르슐은 자신에게 어울리지도 않는 유행어까지 동원해 가면서 어색해진 대화 분위기를 바꿔 보려 끊임없이 시도했지만, 분위기만 더 썰렁하게 할 뿐이었다. 후식이 나오려면 아직 멀었는데도 좌중에는 얼음장 같은 침묵만이 흘렀다. 상대방의 약점을 귀신처럼 찾아내 들쑤시는 데 있어서 타의 추종을 불허하는 시릴이 세운 그날의 전과였다.

마침내 모카커피와 코냑 그리고 여자들에게는 페퍼민트 술이 곁들여 나온 후식이 끝나자 집주인은 혹 손님들 가운데 미술에 관심이 있는 사람이 있으면 자신이 수집한 미술품이나 함께 보러 가자고 제안했다. 모두 그러자고 동의했다. 내키지는 않지만 로드 애버컴비도 침묵으로 동조했다.

몇 개의 복도와 온실을 거쳐, 사람들은 여러 개의 자물쇠와 손잡이가 달린 철문 앞에 이르렀다. 에르슐은 열쇠 꾸러미를 쩔그렁거리며 자물쇠를 하나하나 열고 정해진 순서대로 손잡이를 돌렸다.

"적잖은 진품이 들어 있어서" 그가 문을 열며 해설을

덧붙였다. "유감스럽게도 이런 방법을 쓸 수밖에 없었습니다."

이윽고 문이 열리더니, 창문 하나 없이 벽에 달린 가스등만이 실내를 밝히고 있는 방이 나타났다. 그곳에는 다양한 그림들이 무거운 금빛 액자에 담겨 빽빽이 걸려 있었다. 에르슐은 의기양양한 목소리로 자신의 소장품 가운데 주요 작품들을 먼저 소개했다. 렘브란트의 〈파이프를 입에 문 노인의 초상〉, 뒤러의 〈작은 장례식〉, 라파엘이 〈아기를 안고 있는 성모 마리아〉를 구상하며 그렸다는 스케치 몇 점, 티치아노의 〈무명 상인의 초상〉 등……. 그리고 그는 작품 하나하나를 설명할 때마다, 자신이 이 그림들을 얻기 위해 얼마를 지불했는지 덧붙이는 것을 잊지 않았다. 나머지 그림은 대부분 당대 화가들이 그린 〈삼손과 델릴라〉, 〈지그프리트의 죽음〉 그리고 〈프리츠와 뮐러〉 같은 역사와 신화 속의 장면들과 풍속을 모티브로 한 작품들이었다. 모르긴 몰라도, 그 그림들에 대해 그가 언급한 가격은 실제보다 많이 낮춰 부른 것임에 틀림없었다.

"이 그림들은 투자를 목적으로 구입한 것입니다." 그가 변명하듯이 설명했다. "물론 이런 식의 투자에는 언제나 커다란 위험 부담이 따르게 마련이지요. 하지만 이 그림들을 구입하면서 자문한 여러 전문가들은 한결같이 충분한 투자 가치가 있다고 했습니다."

사람들은 집주인의 기분을 어느 정도 감안해서 그에 걸맞은 놀라움을 표시한 다음, 응접실로 다시 돌아왔다. 한참이 지난 후에야 집주인은 로드 애버컴비가 자리에 없다는 사실을 알아차렸다.

"맙소사!" 그는 딸에게 작은 소리로 말했다. "혹시 그 사람을 화랑 안에 둔 채로 문을 잠근 건 아닌지 모르겠구나."

"제게 열쇠를 주세요." 딸 역시 작은 소리로 대답했다. "제가 한번 보고 올게요. 염려 마시고 손님들과 말씀이나 나누고 계세요."

실제로 로드는 화랑 안에 있었다. 하지만 그는 사람들이 자신을 그 방에 혼자 남겨 놓았다는 사실조차 모르는 듯, 한 그림에 시선을 고정시킨 채 꼼짝 않고 서 있었다. 그녀는 그의 등 뒤로 다가가 어깨너머로 그림을 넘겨다보았다. 그러나 그는 그것마저도 알아차리지 못하는 것 같았다.

"신기한 그림이에요. 그렇지 않나요?" 그녀가 말을 붙여 보았다. "이 작품의 제목은 〈긴 여행의 목표〉라고 해요. 어쩌면 이 그림에 이런 제목이 붙은 이유를 잘 아실 수도 있겠군요."

로드 애버컴비가 아무 반응도 보이지 않았기에 그녀는

아주 조심스럽게 말을 이었다. "이 그림은 아버지께서 한 두 해 전 나폴리에서 가져오신 건데, 어느 가난한 귀족한 테서 넘겨받은 거라고 했어요. 아마 아버지에게 갚아야 할 빚이 있었던 것 같아요. 그 귀족 이름이…… 제가 제 대로 기억하고 있는지 모르겠지만, 타글리아사시라고 했 던가, 아무튼 그와 비슷한 이름이었어요. 혹시 그 가문을 아시나요?"

손님은 여전히 굳게 입을 다물고 있었고, 그럴수록 그 녀는 그에게 조금씩 빠져들기 시작했다.

"제 수다가 방해되시면, 주저 마시고 말씀해 주세요. 아니시죠? 이 그림에 어떤 가치가 있다고 생각하세요? 분명 보통 사람들과는 다른 안목에서 이 그림을 보시는 것 같은데요……. 예, 맞아요. 적어도 이 작품에 그 '어 떤' 가치가 있는 건 확실해요. 예를 들어, 희소성의 가치 라고나 할까요. 이 그림의 화가는 기껏해야 2, 30점이 될까 말까 할 정도로밖에 그림을 그리지 않았다고 했어 요. 이름이 뭐더라……? 잠시만요……. 아, 예! 이제 생 각났어요. 이지도리오 메시우! 이 이름을 들어 보신 적이 있나요? 우리도 들어 보지 못했어요. 아버지는 아마도 그가 독일 사람일 거라고 말씀하셨어요. 그가 나폴리까 지 가게 된 사연이 무엇인지는 아무도 모르죠. 어쨌거나 그의 작품은 전부 이상야릇한 그림들뿐이에요. 폭파되는 교회, 죽음의 궁전, 유령의 도시……. 제가 좀 모자라서 그런지는 몰라도, 저는 그 그림들을 전혀 이해할 수가 없어요. 어쩌면 그는…… 단순한 제 생각이지만……, 조금은…… 정신이 이상한 사람이 아닐까요?"

시릴은 아직까지도 말없이 서 있기만 했다. 이졸데는 그가 자신의 이야기를 듣기나 한 건지조차 알 수 없었다. 그녀는 그의 어깨너머로 보이는 그림을 다시 한 번 찬찬히 훑어보았다.

그 방에 있는 다른 작품들과 비교해서 그렇게 크다고는 할 수 없는 그림이었다. 대략, 가로가 60센티미터 정도, 세로는 80센티미터 정도 되어 보였으며, 달빛이 환하게 드리워진 — 새카만 밤하늘에는 달도 별도 없었지만 — 커다란 바위들만이 가득한 어느 계곡을 묘사하고 있었다. 산세가 기이한 폭넓은 계곡의 한 가운데에는 곳곳이 침식되어 갈라지고 구멍 난, 버섯 모양의 거대한 바위 기둥이 우뚝 솟아 있었다. 유리처럼 반질반질한 그 기둥 위로 오르는 길은 보이지 않았고, 계곡과 기둥 윗부분을 연결하는 사다리나 계단, 승강기도 없었다. 그 윗부분에는 우윳빛이 도는, 그러나 반쯤은 투명한 월장석月長石으로 지은 꿈의 궁전이 세워져 있었는데, 이 궁전은 수많은 첨탑과 둥근 지붕 그리고 툭 튀어나온 창과 발코니 등으로 꾸며져 있었다. 벽의 오목한 부분과 테라스의 돌난간

46

곳곳에는 작지만 그 형체가 뚜렷한 갖가지 형상들이 하얀색으로 그려져 있었다. 거기에는 환상적으로 무장한 콧수염이 근엄한 기사, 화관 쓴 요정, 동물의 머리를 한 신과 악마, 두건 달린 외투를 입고 있는 수도승, 왕관 쓴 임금 등이 여러 배수倍數로 그려져 있었고, 아울러 미친 사람, 천사, 불구자, 연인, 원무를 추는 아이들, 등 굽은 백발의 노인 등의 모습도 보였다. 이상하게도 그 그림은 오래 들여다보면 볼수록, 마치 꿈이나 착란 상태 속에서 여러 장의 그림이 끊임없이 중첩되어 나타나는 것처럼, 점점 더 많은 형상들이 그림 속에 새롭게 나타났다. 궁전의 모든 창에서는 밝은 불빛이 새어 나왔는데, 아마도 안에서는 촛불을 환하게 밝히고 시끌벅적한 파티라도 열리는 모양이었다. 정면의 커다란 출입문은 굳게 닫혀 있고, 바로 위의 창에 유일한 사람의 그림자가 깃들여 있었다. 그 그림자는 손을 들어 인사를 하는 것 같기도 하고, 아니면 무엇인가를 만류하는 것 같기도 한 자세였다.

"상상할 수 있으세요?" 이졸데가 이번에는 손님 옆으로 다가서며, 다시 말을 꺼냈다. "엄마가 이 그림을 진짜로 무서워했다는 사실 말이에요. 엄마는 언제나 이 그림을 쳐다보지도 않고 재빨리 지나치곤 하셨어요. 벌써 눈치채셨는지도 모르겠군요. 하지만 솔직히 말씀드리면요…… 제 생각도 엄마와 크게 다르지 않아요. 뭔가 좀 으스스한 기분이 드는 게 사실이에요. 이건 뭔가, 좀……
글쎄, 어떻게 말씀드리는 게 좋을까요? 제게 말씀해 주
실 수 없나요? 이 그림에서 어떤 인상을 받으셨는지 말
이에요……."

그녀는 옆에 서 있는 그를 바라보았다. 그리고 놀랐
다.

"아니…… 왜, 왜 그러시죠? 지금 우시는 건가요……?"

시릴은 그녀로부터 휙 돌아서더니 무뚝뚝하게 그 방을
빠져나갔다. 이졸데는 당황한 표정으로 그의 뒷모습을
바라보았다. 잠시 후, 그녀의 엄마가 그 방에 들어왔다.

"애, 도대체 여기서 뭐하는 거니?" 엄마가 소리쳤다.
"네 노래를 몇 곡 더 듣고 싶다며 손님들 모두 너를 기다
리는데……. 카츠 씨도 그렇게 부탁하더구나. 그건 그렇
고, 그 꼴값하는 영국놈은 어디 있니? 여기에 없었어?"

"있었어요." 이졸데가 엄마를 멀뚱하게 쳐다보며 말했
다. "글쎄, 엄마, 그 사람이…… 아무 말도 없이 이 그림
앞에 서 있더니만, 눈물을 주르륵 흘리는 거예요. 정말로
그 사람이 울었어요. 제가 이 두 눈으로 직접 봤다니까
요."

엄마와 딸은 다른 손님들이 있는 곳으로 돌아와 미주
알고주알 방금 있었던 일에 대해 이야기했다. 로드 애버
컴비는 그사이에, 먼저 가서 미안하다거나 초대해 주어

고맙다는 인사 한마디 없이 사라져 버렸다. 이 모든 것이 그의 괴팍한 성격을 여실히 보여 주는 좋은 실례實例가 아니겠냐며, 나머지 손님들은 입을 모았다. 아무튼 그날 밤, 그들은 공통의 화젯거리를 찾느라 더 이상 애쓸 필요가 없었다.

다음 날 오전, 상업고문관 에르슐은 로드 애버컴비가 보낸 한 통의 편지를 받게 되었다. 지난밤의 상상도 할 수 없는 결례에 대해서는 단 한마디 해명도 없이, 이건 뭐……, 거의 명령조로 이지도리오 메시우의 그림 〈긴 여행의 목표〉를 자신에게 최대한 빨리 넘기라고, 간략한 문장으로 요구해 왔다. 자신은 그 그림 값으로 얼마든지 지불할 용의가 있다는 것도 밝히고 있었다.

이에 질세라, 야콥 폰 에르슐도 아주 간단명료한 답장을 써 보냈다. 그럴 생각이 전혀 없다고.

그날 밤, 에르슐은 오페라 로쥬[7]에 앉아, 물고기 꼬리가 달린 의상을 입은 목소리 큰 소프라노 가수 몇 명이 〈바갈라바이아〉를 무대에서 합창하는 동안, 낮에 있었던 로드의 무례한 요구를 아내에게 간략히 설명했다.

"어째서 그 그림을 팔지 않는 거죠?" 그녀가 속삭였다. "어차피 저는 그 그림이 마음에 들지 않아요. 그리고

---

7) 극장에서 칸막이가 된 관람석을 뜻하는 프랑스어.

당신도 그리 중히 여기지 않는 줄 알았는데요. 제 생각에는, 그 사람이 제시하는 가격만 적당하다면……"

"그가 원하는 게 내 낡은 슬리퍼라 할지라도 말이야……" 그가 분을 삭이며 말했다. "나는 팔지 않을 거야."

"왜죠? 영국 사람들의 '슈블리엔'은 알아주잖아요." 그녀는 영어 'Spleen스플린[8]'을 독일어식으로 'Schblien슈블리엔'이라 발음했다.

"대부분 영국놈들은 우리 같은 사람이 돈이라면 사족을 못 쓰는, 쓸개 빠진 인간이라고 생각하지만 말이야, 실제로 돈을 더 밝히는 건 바로 저 엉큼하기 짝이 없는 앨비언[9]놈들이라고. 그래도 아직까지 우리 독일 사람들에게는 이상에 대한 믿음이 남아 있어."

아내는 남편의 옆모습을 바라보았다. 그녀는 그가 고집부릴 때 늘상 사용하는 표현을 잘 알고 있었다.

"야쿱, 당신 말씀이 옳아요." 그녀가 달랬다. "돈은 우리에게도 충분히 있어요."

"그 버르장머리 없는 영국놈은 이번 기회에 단단히 배워야 할 거야." 그가 이를 악물었다. "돈으로 이 세상 모든 것을 살 수 없다는 걸!"

---

8) '심통', '화풀이'를 뜻하는 영어.
9) 잉글랜드의 옛 이름.

바로 옆 로쥬에 있던 단안경을 쓴 신사 한 명이 불쑥 몸을 내밀더니, 그들 쪽으로 따가운 눈총을 보냈다. "쉬!" 아내는 남편의 무릎을 쓰다듬으며 말했다. 그리고 그들은 무대 위, 물고기 꼬리를 단 가수들의 공연에 다시 집중하기 시작했다. 그들은 아직도 〈바갈라바이야〉를 부르고 있었다. 결국 한 장면도 놓치지 않은 셈이었다.

　같은 시각, 이졸데는 자신의 방에 틀어박혀 손으로 턱을 괸 채 무언가를 골똘히 생각하며 커다란 벽거울을 뚫어져라 바라보고 있었다. 오페라에 같이 가자는 엄마 아빠의 말을, 오늘은 기분이 별로라는 이유로 거절한 참이었다. 그녀는 혼란에 빠진 자신의 감정을 정리하기 위해 혼자만의 시간이 필요했다.

　흔히들, 남자는 여자의 눈물에 약하다고 한다. 남자는 여자가 흘리는 눈물의 실제 의미를 자신의 그것과 동일시하는 커다란 오류를 범하기 때문이다. 설사 이 주장이 맞다고 하더라도, 여자는 남자와 달리 눈물의 본질적인 차이를 구분할 수 있는 섬세함을 타고났다는 점에 더 주목해야 한다. 다시 말해, 여자는 남자가 흘리는 눈물의 의미가 자신의 그것과 어떻게 다른지 느낄 수 있기에, 자신의 운명을 남자에게 맡길 수 있는 것이다. 돌처럼 굳어 있는 남자의 얼굴에 눈물이 흐를 때, 어떤 여자의 마음이 녹아내리지 않겠는가!

이졸데는 그 짧은 순간에 시릴 애버컴비의 진실을 꿰뚫어 보았다. 이제 그녀는 알게 되었다. 그가 영원히 녹지 않을 고독의 얼음 속에 갇힌, 그래서 한 여인의 사랑에 의해 풀려나기만을 손꼽아 기다리는 '추락한 천사'라는 것을. 그녀는 자신이 읽었던 모든 소설 속의 사랑을 떠올려 보았다. 사랑의 깊이와 그 사랑이 동반하는 고통의 크기는 언제나 비례하지 않던가. 그녀는 알 수 있었다. 아니, 예감할 수 있었다. 저 추락한 천사를 어둠에서 구해 내려면 엄청난 고통을 감수해야 할 게 분명했다. 그리고 자신에게 그만한 힘이 있는지도 확실치 않았다. 이 의구심을 떨칠 수 없어 그녀는 거울에 비친 자신의 얼굴을 자세히 뜯어보았다. 둥그스름하고 여려 보이기만 한 소녀의 얼굴. 그 얼굴에 그런 일은 너무도 벅차 보였다. 하지만 곧 달라지리라. 이제는 그 고통을 나의 일부로 받아들이리라. 바로 그것이 나에게 주어진 운명이리라. 결국, 모든 사람들이 나를 우러러보게 되리라.

로드 애버컴비는 뢰머 호텔의 스위트룸 창가에 서서, 프랑크푸르트의 밤거리를 내려다보고 있었다. 하인 왕이 조심스럽게 저녁상을 들여왔지만, 그는 돌아보지도 않고 단지 침묵으로 그것을 물리쳤다. 왕은 소리 나지 않게 저녁상을 다시 내갔다.

과연 그 그림의 무엇이 내 마음을 이렇듯 뒤흔들어 놓

은 걸까? 아니, 말 그대로 나를 사로잡은 걸까? 그 그림의 예술적 가치? 그 그림이 진귀한 것임은 분명했지만, 그 이유 때문이 아닌 건 확실했다. 예나 지금이나 예술적인 문제에 대해서는 그다지 관심이 없는 그였다. 아니야, 이번에는 뭔가 달라. 그 그림에는 아주 특별한, 그래, 아주 은밀한 메시지가 담겨 있어. 그 메시지가 무엇인지는 '아직' 이해할 수 없으나 한 가지 사실만큼은 분명히 알 수 있었다. 충격적인 확신으로 다가온 그것은 다름 아닌, 이 세상 모든 사람들 가운데 단 한 사람, 바로 자신에게만 의미가 있는 메시지라는 점이었다. 수백 년이 지나더라도 그것에 합당한 사람은 자신밖에 없을 터였다. 여태껏 현실 세계에서는 다른 사람들이 말하는 그놈의 '집'이라는 것과 비슷한 그 무엇도 찾을 수 없었다. 그것을 상상력이나 예술의 영역에서 찾게 되리라는 생각은 꿈에도 하지 못했다. 어쨌거나 그는 이제 전혀 생각지도 못했던 돌발적인 상황에서 자신의 해묵은 비밀과 정면으로 맞서게 되었다. 그리고 그 전령이 다른 낯선 사람의 손에 들어가 있다는 사실, 게다가 개나 소나 그것을 염탐할 수 있다는 사실에 그는 참을 수 없는 모욕감마저 느꼈다. 그것은 자기 애인이 벌이는 누드쇼를 지켜봐야 할 때의 치욕스러움과 다를 바 없는 것이었다.

이미 알다시피, 시릴의 모든 생각과 행동, 그 질긴 의지의 심줄 한 올 한 올은 오로지 한 가지 목표에만 집중되기 시작했다. 자력磁力에 의해 자장磁場의 중심으로 순식간에 모여든 쇳가루 더미처럼, 지금까지 산산조각 나 있던 인생의 파편들이 일거에 이 마력의 중심으로 몰려들었다. 〈긴 여행의 목표〉라는 제목만으로도 그 그림은 그에게 아주 큰 의미가 있었다. 그는 그 그림이 가지고 싶었다. 아니, 가져야만 했다. 그 값이 얼마가 되었든. 그리고 그는 확신했다. 자신이 그 '목표'를 이루어 내고야 말 것이라는 당연한 사실을. Right or wrong어떤 식으로든.

그림을 팔라는 제안을 거부당한 것은 그에게 다소 놀라운 일이었다. 자신이 제시한 액수가 실로 엄청났기 때문이었다. 그러나 이런 식의 반응은 그의 오기에 기름을 붓고 불을 지피는 무모한 행위라는 걸 에르슐이 알 리 없었다.

그다음 일주일 동안, 시릴은 계속해서 하루에도 몇 번씩 가격을 올리며 상업고문관을 융단 폭격했고, 그 가격은 결국 말도 안 되는 황당무계한 선까지 올라가고 말았다. 애당초 그림을 내주지 않은 에르슐의 의도를 '은행가로서 몸에 밴 상술' 정도로 가볍게 받아들였던 시릴은 그런 종류의 게임이라면 얼마든지 상대할 자신이 있었다. 그러나 상황은 그게 아니었다. 이제는 상업고문관에게서

가부간의 대답조차 돌아오지 않았다. 문제가 되는 건 그림의 가격이 아니라 그림을 사겠다는 사람이라는 사실을, 좋든 싫든 시릴은 깨달아야만 했다. 모르긴 해도 에르슐은 자신의 마음에 드는 다른 사람이 이 그림을 사려고 했다면, 분명 적당한 조건에 그림을 넘겼을 것이다. 개인적인 악감정 때문에 자신에게 그림을 넘기려 하지 않는다는 것이 이제는 확실해졌다.

우선은 큰 싸움을 피하는 길을 택하기로 했다. 그 후 시릴은 평판이 괜찮은 미술상을 여럿 골라 그들이 그림을 사들이도록 하는 방법을 써 보았다. 이 때문에 그는 파리의 한 미술상에게 일부러 다녀오기까지 했다. 에르슐과 협상할 때 자기 이름이 언급되면 일이 깨진다고 신신당부하면서, 그들에게 전권을 위임했다. 그러나 누가 봐도 빤한 이 일이 성사되리라는 건 턱없는 망상이었다.

이제 싸움은 원래 생각했던 것보다 엄청나게 커졌다. 운명조차 이미 오래 전에 그를 시험할 채비를 끝내 놓았는데, 뭘 몰라도 한참 모르는 에르슐은 그를 시험하기 위한, 말 안 듣는 무딘 연장일 뿐이었다. —까짓것, 그게 죽기 아니면 까무라치기의 싸움이라 해도! — 시릴 애버컴비는 벌써 운명의 링 위에 올라와 있었다. 전쟁에서는 승리를 위해서라면 그 어떤 수단이나 방법도 정당화될 수 있었다. 곧 알게 될 테지만, 운명은 싸움의 무기를 고르는 데 있어서도 절대 까다롭지 않았다. 무슨 말인고 하면, 시릴이 도덕적으로 양심의 가책을 느낄 하등의 이유가 없었다는 뜻이다.

시릴은 런던으로 건너가 영국 은행에 '지극히 개인적으로 의논해야 할 사안'이 있다는 이유로, 임원 한 사람과 급한 면담을 요청했다. 시릴은 그 은행의 가장 중요한 손님 중 하나였으므로, 은행은 즉시 극진한 예우를 갖춘 면담 자리를 마련했다.

그를 맞이한 은행 간부의 이름은 존 스미스였다. 평범한 자신의 이름에 어울리게 중용의 도가 철저하게 몸에 밴 사람이었다. 나이는 쉰 살 정도였고, 특징도 표정도 없는 얼굴을 지니고 있었다. 그의 양복, 체구, 수염, 모든 게 다 그랬다. 이런 걸 두고 소위 '노련한 위장술'이라고 한다. 그의 유일한 특징이라면, 가끔씩 반사적으로 씰룩거리는 오른쪽 눈꺼풀 위의 저 조그만 흉터 정도라고나 할까?

두 사람은 떡갈나무 판자를 벽에까지 댄 사무실의 안락의자에 마주 앉았다. 미스터 스미스는 담배와 셰리 한 잔을 권했다. 때는 3월 초순이었는데, 우선 예년에 비해 굉장히 따뜻한 날씨가 화제에 올랐다. 그리고 잠시 침묵이 흘렀다.

"먼저 당부 드리고 싶은 것은" 마침내 시릴이 정적을

깨며 말했다. "지금 여기에서 나온 말들이 절대 밖으로 새어 나가서는 안 된다는 점입니다."

"물론입니다." 미스터 스미스가 대답했다. "무엇을 도와드리면 될까요?"

"야콥 폰 에르슐이라는 사람을 아십니까?"

"예, 알고말고요. 독일 프랑크푸르트의 은행가 아닙니까? 우리 은행이 신뢰하는 사업 파트너 가운데 한 사람입니다. 우리와 관계를 맺은 지는 불과 한두 해밖에 되지 않습니다만, 그렇게 꽉 막힌 사람은 아닙니다. 제 말이 무슨 뜻인지 이해하시겠습니까?"

시릴은 담배를 한 모금 빨아들인 다음, 도넛 모양의 연기를 만들었다.

"그 사람은 우리 영국에 대해 그렇게 큰 호의를 가지고 있는 것 같지 않더군요."

"그럴 수 있습니다. 하지만 거래와 호의가 반드시 일치하지는 않습니다."

시릴이 뭔가를 깊이 생각하는 듯한 표정을 지으며 끄떡였다.

"물론 저의 재산 상태를 잘 알고 계시겠지만, 그것은 언제든지 융통이 가능한 자금들 아닙니까?"

"그렇습니다."

"그 재산으로 어느 수준의 사업까지 할 수 있겠습니

까?"

"무슨 말씀이신지 잘 이해를 못하겠습니다."

"제가 알고 싶은 건 말입니다, 스미스 씨. 제가 가진 재산으로 에르슐을 파산시킬 수 있느냐는 점입니다."

은행원은 맞은편에 앉아 있는 사람을 몇 초간 무표정하게 쳐다보았다. 그리고 자리에서 일어나, 떡갈나무 판자를 댄 벽 뒤에 감춰진 작은 금고에서 얇은 서류철 몇 개를 가져왔다. 그는 서류를 대충 훑어본 뒤, 자신의 셰리를 한 모금 홀짝이고 나서 두어 번 헛기침을 했다

"우선, 걱정이 앞서는군요. 그건 그렇게 간단히 성사될 수 있는 문제가 아닙니다."

"그래서 이렇게 찾아온 것 아닙니까?" 조금은 화가 난 목소리로 시릴이 말했다.

"첫 번째 가능성은, 물론 사전 검증이 있어야겠지만," 미스터 스미스가 설명했다. "아주 개인적인 문제를 파고드는 겁니다. 다시 말해서 한 개인의 사회적인 관계, 혹은 도덕성의 문제를 떠보는 것이지요. 털어서 먼지 안 나는 사람 없다고, 누구나 세상에 밝히고 싶지 않은 작은 비밀 하나씩은 가지고 있게 마련이니까요."

순간 은행원의 얼굴에 작은 미소가 날아와 앉았지만, 예의 그 무표정에 이내 자리를 내주고 말았다. 그의 오른쪽 눈이 실룩거렸다.

"저더러 사립 탐정이라도 고용하라는 말입니까?"

"뭐, 꼭 그럴 필요는 없습니다. 그것은 우리의 아주 오래된 관행에 속하는 일이기도 하니까요. 우리는 우리와 거래하는 주요 파트너들에 대한 완벽한 정보를 가지고 있습니다. 물론 아주 개인적인 사생활에 속하는 문제들까지도 다 파악하고 있지요. 이건 아주 민감한 사안이라는 것을 이해하실 수 있을 겁니다. 관련된 서류들을 살펴본 결과, 유감스럽게도 에르슐의 경우, 조금 전에 말씀드렸던 것과 같은 종류의 단서는 특별히 눈에 띄지 않는군요. 원래 이것은 안 되는 일입니다만, 확고한 믿음을 전제로 말씀드리겠습니다. 에르슐은 이따금 저녁 시간에 사업상 관계있는 사람들과 아니면 혼자서 홍등가를 찾는 일이 있기는 합니다. 그런데 그가 주로 찾는 곳의 수준이 그의 사회적 신분이나 지위에는 어울리지 않게 너무 형편없다는 점이 조금은 특이합니다. 아마도 그의 성향은…… 어떻게 표현해야 좋을지 모르겠습니다만, 싸구려 선정성에 오히려 더 큰 자극을 받는 쪽인가 봅니다. 그것이 그의 검소함인지, 아니면 그의 취향인지는 알 수 없지만 말입니다. 어쨌거나 이 문제를 물고 늘어져 에르슐에게 사회적으로나 가정적으로 일정 수준의 타격을 가할 수 있는 것은 사실입니다. 하지만 이것은 지금 생각하고 계시는 수준의 타격을 줄 수 있는 건 절대로 아닙니다.

저도 그 점에 대해서는 매우 유감스럽게 생각합니다."

"좋습니다. 정 그렇다면, 그를 재정적으로 파산시키는 방법은 없습니까?"

미스터 스미스의 오른쪽 눈꺼풀이 실룩거렸다.

"정말로 그렇게 하실 생각입니까?"

"왜요? 정말로 하겠다면요?"

"제가 실례했다면 용서하십시오. 하지만 이것은 골목의 구멍가게나 채소가게를 상대로 하는 싸움이 절대 아닙니다. 일단 그 차원이 다르지 않습니까?"

은행원은 한참동안 서류를 들여다보았다. "거두절미하고, 지금 소유하신 재산으로 충분히 가능합니다. 신중하고 치밀한 계획 아래 일을 진행한다면, 분명 적잖은 타격을 상대방에게 안겨 줄 수 있을 겁니다. 그리고 운이 따라 줄 경우에는, 저쪽을 아주 막다른 골목까지 몰아넣을 수도 있습니다. 다만, 여기에서 한 가지 분명히 짚고 넘어가야 할 점은, 우리가 그 일을 맡을 수는 없다는 것입니다."

"사업 윤리상 안 된다는 겁니까?" 시릴이 냉소적으로 웃으며 물었다.

"아, 아닙니다. 우리 영국 은행이 무슨 대단한 윤리의 파수꾼이라서가 아니고······"

"아니던가요?" 시릴이 말을 잘랐다.

"우리는 에르슐의 은행이 안정적이길 바라기 때문입니다. 최소한 당분간은 그렇습니다. 유감스럽습니다만, 이것은 저희로서도 어쩔 수 없는 일입니다."

"바꿔 말하면, 이 은행이 내 일에 방해가 될 수도 있다는 말이군요?"

"솔직히 말씀드린다면, 간접적으로는 그럴 수 있을 겁니다. 정치적인 또는 경제적인 우선순위를 먼저 생각할 수밖에 없는 것이 우리의 입장이니까요." 시릴은 셰리 잔을 손가락 사이에 끼워 빙글빙글 돌렸다.

"스미스 씨, 분명 조금 전에 '당분간'이라고 하셨지요? 그러면 어디 한번 그 우선순위가 바뀌었다고 가정해 봅시다. 그리고 나서 내가 그 일을 추진한다고 가정한다면……"

"무슨 말씀이신지 알겠습니다. 하지만 그 에르슐이라는 사람은 이 바닥에서 알아주는, 뛰어난 전문가입니다. 진심으로 드리는 말씀입니다만, 어떠한 경우에도 혼자서, 다시 말해서 전문가의 도움 없이 이 싸움을 시작하면 안 된다는 걸 잊지 마십시오. 말씀드린 바와 같이, 유감스럽게도 우리는 이 일을 맡을 만한 입장이 아닙니다. 따라서 장기적인 계획을 세우고, 그 계획 아래 치밀하게 일을 추진할 수 있는 진짜 능력 있는 전문가들을 구하셔야 할 겁니다. 그리고 그 사람들이 여러 나라에서 동시에 일을 진행하도록 해야 합니다. 또한 그들은 전문 지식 외에도 그 일을 위해서라면 어떠한 수단과 방법도 가리지 않는 뻔뻔스러움을 지닌 사람들이어야 합니다. 아울러 그들의 흔들리지 않는 충성심을 담보할 수 있어야 함은 물론일 테고요. 이 모든 게 전제되지 않으면, 노회한 에르슐에게 역으로 당하는 일이 생길 수도 있다는 걸 염두에 두셔야 합니다. 문제는 그런 사람들을 구하는 일이 쉽지 않을 거라는 점입니다."

"그렇더라도…… 내가 그 사람들을 구한다면, 에르슐의 은행을 날려 버리는 데 얼마나 시간이 걸릴 거라고 보십니까?"

"이 일에는 적잖은 인내가 필요합니다. 하루 이틀 사이에 성사될 수 있는 일이 절대 아닙니다. 일이 제대로 진행된다는 것을 전제하더라도 말입니다."

"도대체 얼마가 걸리는데요?"

"그것은 단정적으로 얼마가 걸린다고 말하기 힘든 문제입니다. 예기치 못한 상황이 수시로 끼어들 수 있으니까요."

"글쎄, 그래서 얼마가 걸리냐니까요?"

미스터 스미스의 눈이 신경질적으로 실룩거렸다. "좋습니다. 제 생각을 말씀드린다면, 일이 별 무리 없이 진행된다면 4, 5년은 걸릴 것으로 예상됩니다. 하지만 실제 계획을 세우실 때는 당연히 그 이상을 계산에 넣으셔야 합니다."

"그렇게 오래?" 시릴이 화를 내며 말했다.

미스터 스미스가 한숨을 돌리는 모습이었다. "제 생각은 거의 그렇습니다. 이런 일은, 이런 표현이 적당할지는 모르겠습니다만, 평생을 두고 해야 하는 그런 일입니다. 그리고 최종적으로 누가 파산하게 될지는 아무도 예견할 수 없습니다. 만약 생각하신 대로 일이 잘 안 풀려 아주 엉뚱한 결과가 나온다면, 그것은 우리에게도 뼈아픈 타격이 될 것입니다. 이런 질문을 드려도 괜찮은지 모르겠습니다만, 그런 생각을 하시게 된 무슨 특별한 이유라도 있습니까?"

"내가 그 사람한테서 사들이려는 물건이 하나 있었습니다. 돈은 달라는 대로 다 주겠다는데도 그 인간이 끝내 고집을 부리는 겁니다."

"정말입니까? 그건 당연히 열 받는 일이지요."

"그걸 손에 넣기 위해 별의별 방법을 다 써 보았습니다. 상상이 되십니까?"

"여부가 있겠습니까. 그런데 그것이 도대체 어떤 물건이기에 그렇습니까?"

"미술품입니다." 시릴이 모자와 지팡이를 들고 일어서며 말했다.

미스터 스미스는 앉은 상태로 그를 올려다보았다.

"〈모나리자〉나 밀로의 〈비너스〉 정도 되는 모양이지요?"

"아니요, 아닙니다. 그냥…… 어떤 그림 한 점입니다."

"아, 예…….." 미스터 스미스가 또다시 실룩거렸다.

그는 손님을 문 앞까지 배웅하며, 실없는 농담 한마디를 툭 던졌다. "차라리 이렇게 하시는 게 더 간단하지 않을까요? 예를 들어, 그 사람의 딸과 결혼을 하거나, 그러기에는 너무 희생이 크다고 생각하신다면……, 사람을 시켜 몰래 그림을 훔치는 방법은 어떻습니까?"

시릴은 머리를 들고 문 앞에 잠시 멈춰 섰다가, 인사도 없이 그냥 나가 버렸다. 미스터 스미스는 문을 닫고 의자로 돌아와 깊숙이 몸을 파묻었다. 그리고 정신 나간 사람처럼 자신의 셰리 잔에 담뱃재를 털었다.

물론 시릴은 은행원의 그 마지막 말을 한 귀로 듣고 한 귀로 그냥 흘려버렸다. 적어도 처음에는 그랬었다. 그러나 프랑크푸르트로 돌아오는 동안, 그 말은 짜증스럽게 달려드는 날파리처럼 끊임없이 그의 생각 속으로 날아들었다. 심지어 그것은 꿈속에까지 나타났다. 그림을 훔치거나, 또는 훔치게 하면 되지 않겠느냐는 그의 제안은 시릴의 상상력에 불길한 추진기를 달아 주었다. 하지만 아직까지 그것은 허공을 맴도는 막연한 공상에 불과

했다. 왜냐하면 그것을 실현할 구체적인 방법들이 떠오르지 않았기 때문이었다.

시릴이 뢰머 호텔의 스위트룸으로 돌아왔을 때, 그를 마중한 것은 뜻밖에도 왕으로부터 온 한 통의 편지였다. 시릴이 역겨워하는 제비꽃 향기 가득한 담홍색 종이에 쓴 그 편지는, 로드에게 전해 달라며 누군가가 호텔 문지기에게 맡겨 놓은 것이라고 했다. 정성들여 예쁘게 쓴, 소녀의 글씨가 돋보이는 그 편지에는 다음과 같은 내용이 담겨 있었다.

믿고 의지할 한 사람의 영혼도 찾지 못한 당신,

낯선 길을 외롭게 혼자 걷고 있는 당신은 길가에 피어 있는 꽃들을 보신 적이 있나요?

여기에 당신을 이해하는 한 사람의 마음이 피어나고 있습니다.

－당신의 친구로부터

쑥스러워서 이름을 적지 않은 것일까? 어쨌거나 보낸 사람의 이름은 없었지만, 그것이 누구인지는 어렵지 않게 짐작할 수 있었다. 이 예기치 못한 돌발 상황에 그는 너무나도 자연스럽게 대처했다. 돌다리도 두드려 보고 건넌다고, 그는 왕에게 이졸데 에르슐이 언제 집 밖으로 나들이하는지를 알아 오도록 했다. 그리고 호텔 급사를 시켜 나들이 나온 그녀에게 한 통의 편지를 전달했다. '언제 한번 만나고 싶다'는 요청이 담긴 그 짤막한 편지에는 '그 꽃의 친구로부터'라고 쓰여 있었다. 편지를 읽은 그녀의 볼이 빨갛게 달아올랐다. 그녀는 망설이지 않고 이미 오래전에 준비해 두었음직한 봉투 하나를 그 심부름꾼에게 바로 건넸다. 시릴은 그 안에서 시간과 장소가 적혀 있는 쪽지 한 장을 발견했다.

첫 번째 랑데부는 오전 열 시, 교외의 어느 찻집에서 조금은 싱겁게 이루어졌다. 젊은 남녀의 첫 만남이 대개 그렇듯, 그들도 부자연스럽고 형식적인 대화로 시간을 보내야만 했다. 그런 상황에서 어떠한 표정을 지어야 하는지 알 턱이 없는 이졸데는 내내 당황해서 어쩔 줄 몰라 했고, 시릴은 자신의 야비한 속마음이 드러날까 봐 전전긍긍했다. 하지만 이 어색한 만남 후에도 두 사람은 계속 만났고, 점점 가까워지기 시작했다.

시릴은 최선을 다해 이졸데의 환심을 사려고 노력했다. 까놓고 말하자면, 그녀를 이용하려고 무진장 애를 썼다는 말이다. 이 일만 제대로 되면, 이미 그 그림이 걸린 방에 한 발을 들여놓은 것이나 다름없었다. 다만 여자를 꼬셔 본 경험이 없다는 것이 그가 그녀를 만나면서 뼈아프게 아쉬워한, 자신의 유일한 흠이라면 흠이었다. 우선 그가 가진 조건들이라는 게 그런 일과는 상당한 거리가 있었다. 본인도 인정하는 바이지만, 일단은 생긴 게 여자의 마음을 끌도록 생겨 먹지 못했다. 그리고 감정이나 정신을 지금까지 단 한 번도 여자와 분위기 잡는 일에 어울리도록 다듬어 본 적이 없었다. 하기야 그동안 여자와 맺은 관계라는 것이 기껏해야, 남자의 본능적이고 생리적인 욕구를 도시의 뒷골목에서 돈으로 해결하는 철저한 거래 수준의 것밖에 없었으니 충분히 그럴 만도 했다. 그러나 일단 남을 속이려고 마음먹은 이상 자신의 약점을 보완하려는 노력이 필요했음은 물론이다. 설사 지금까지는 그런 노력 없이 잘 살아왔다 해도 말이다. 그래서 그는 좋든 싫든, '끝내주는 매너'의 신사가 되어야만 했다. 장미 꽃다발을 한아름 그녀의 품에 안겨 주고, 보석을 선물하고, 비싼 화장품을 사 주고, 온갖 찬사의 말을 아끼지 않고……, 이 모든 것이 그에게는 닭살 돋는 일이었다. 누구를 속인다는 생각 때문이 아니라, 모든 게 어설프기만 한 자신에 대한 민망함 때문이었다.

몇 번인가는 전혀 예기치 못한 난처한 상황이 있었지만, 오히려 그런 기회를 통해 확인한 것은 더 이상 그녀의 마음을 사로잡기 위해 억지로 애쓸 필요가 없다는 점이었다. 자신의 물량 공세는 이미 진력이 나도록 즐겼고, 이제는 더 뜨거운 관계로 발전하거나 사랑의 고백 같은 것을 기대하는 게 분명했다. 막말로, 자신이 그녀를 차갑고 무관심하게 대하면 대할수록 그녀는 더욱더 자신에게 집착하며 매달리는 것 같았다. 그리고 어차피, 그녀 스스로 누차 분명하게 암시하기를, 자신은 '고통이나 희생이 따르는 그런 역할'을 자청하고 나섰다지 않은가. 관계가 진전될수록 그는 그녀가 바라는 대로 되리라는 것을 어렵지 않게 짐작할 수 있었다.

그녀는 아는 사람을 만날까 봐 그의 호텔에 가는 것을 매우 꺼려했다. 그래서 로드 애버컴비는 왕을 통해, 두 사람만의 밀회 장소로 아파트 한 채를 빌렸다. 관상용 야자수, 터키풍의 화려한 응접세트, 벨벳 커튼, 야한 분위기의 석고상 등이 가득 차 있는 그 집은 무엇보다도 출구가 많아 그들에게 안성맞춤이었다. 집 관리를 맡은 늙은 부부는 이런 식의 은밀한 남녀 관계에 대한 비밀 보장을 업으로 하는 사람들이라서 오히려 서로 편했고, 말이 날 염려도 그다지 없었다.

그는 첫 번째 '사랑의 밤'─커튼을 쳐 놓은 상태에서 일을 치렀기 때문일까? 이졸데는 그때 시간이 오후 세 시밖에 되지 않았음에도 이렇게 표현했다─에 그녀가 아직 처녀라는 사실을 알았다. 불과 10분 전까지만 해도 처녀였던 그녀가 그의 귀에 속삭였다. "나는 이제 영원히 당신의 여자예요. 나의 사랑하는 님이여, 나의 사랑을 증명하기 위해 내가 가지고 있는 것 중에 가장 소중한 것을 당신에게 바친 거예요. 이젠 나를 믿을 수 있나요?"

그는 그녀에게서 빠져 나와 담배에 불을 붙였다. 그리고 동그란 담배 연기를 내뿜으며 말했다. "언젠가 내게도 사랑이라는 것이 진짜로 찾아온다면, 나는 한 잔의 독을 마시고, 내 머리에 총을 쏘며 높은 탑에서 뛰어내리고 말거야. 왜냐고? 다시 살아날 수 없도록."

이 말을 들은 그녀의 눈에는 눈물이 고였지만 한편으로는 가슴 뿌듯하기도 했다. 자신의 따스한 손길이 그에게 얼마나 절실한지 이 말을 통해 더욱 확실해졌기 때문이다.

이때부터 이들의 관계는 정해진 수순을 밟기 시작했다. 그는 항상 그녀의 조건 없는 사랑에 대한 더욱 새롭고 확실한 증거를 요구했고, 그녀는 아무 말 없이 그의 의지에 복종할 따름이었다. 그동안 여자로서 지켜 온 품위와 도덕에 대한 마지막 자존심과 믿음마저도 그녀는 이 제단에 제물로 바쳤다. 자기가 '사랑하는 님'—그녀는 이렇게 말했다—이 나락의 어둠 한가운데 있다면, 그를 구하기 위해서 자신도 그 안으로 들어갈 수밖에 없다고 믿었다. 가시밭길을 맨발로 걸어야 하는 고통이 따른다 해도. 이렇게 그녀의 일기장에는 하루하루 눈물이 고이고 있었다.

마침내 시릴은 그 갤러리의 열쇠를 포함한 아버지 빌라의 모든 열쇠를 가져오라고 그녀에게 말했다.

"왜요? 그건 어디에 쓰려고요?"

"아무 데도. 나는 다만, 네가 네 부모와 나 가운데 누구를 더 중요하게 생각하는지 알고 싶을 뿐이야."

"제발, 그것만큼은 내게 요구하지 마세요."

그의 입가에는 삐뚤어진 웃음이 번졌다. "그래, 됐어. 그만두자고. 이미 그럴 줄 알고 있었어."

"하지만 그것이 왜 필요한지 만큼은 알려 주세요. 도무지 이해할 수가 없어요."

"그래, 바로 그거야. 정말로 너한테 나를 위해 뭔가 해야겠다는 마음이 있었다면, 내가 왜 그러는지, 또는 그것을 어디에 쓰려는지 이해할 수 없더라도 그렇게 했어야 해. 나는 그런 네 모습이 보고 싶었던 거야. 하지만 이걸로 됐어. 이 얘기는 없었던 걸로 하자고."

이졸데는 자신과의 싸움을 시작했다. 이제는 노골적으로 피부에 와 닿는 그에 대한 실망감에 그간의 모든 노력이 허물어지고 있음을 느꼈다. 하지만 더 참을 수 없는 것은 그가 자신에게서 벗어나고 있다는 사실이었다. 그래, 열쇠를 가져다주는 것이 뭐 그리 대단한 일이랴?

"좋아요. 상황이 되는 대로 그렇게 하겠어요. 아빠가 눈치만 못 채신다면 좋겠어요."

나흘 후, 그녀는 열쇠 꾸러미를 가져왔다. 상업고문관이 잠시 여행을 떠나면서 책상 서랍에 넣어 둔 것이라고 했다.

"하지만 여행에서 돌아오시면 당장에 누가 열쇠를 치웠느냐고 물으실 거예요." 그녀가 괴로워했다. "그러면 뭐라고 말씀드리죠?"

"아마 그렇게 되지 않을 거야." 시릴이 대답했다. "네가 그때까지 열쇠를 가져다 놓지 못할 이유가 없기 때문이지. 나는 단지, 네가 아버지의 것이라도 훔쳐 올 만큼 나를 사랑하는지 알고 싶었을 뿐이야. 됐어, 이걸로 충분해."

그녀는 그의 목에 매달려 그에게 키스를 퍼부으며 울먹였다. "고, 고마워요. 정말 고마워요."

잠시 후, 이졸데가 샤워를 하러 들어간 사이 시릴은 모든 열쇠의 밀랍본을 조심스럽게 떠 두었다. 그날, 그녀는 자신이 훔쳐 온 물건을 자랑스럽게 손가방에 다시 집어넣고는 행복한 마음으로 돌아갔다. 그러나 이것이 로드 애버컴비와의 마지막 만남이라는 사실을 알지는 못했다.

누구나 아는 사실이지만, 미술품 전문 도둑 가운데 진짜 거장들은 옛날부터 이탈리아에 몰려 있었다. 그리고 그 거장들 중에서도 진짜 진국은 나폴리에 모여 있다는 게 정설이었다.

그곳에는 그 당시 국제적으로 이름을 날리던 대도_{大盜}한 사람이 있었다. 그런데 '이름을 날리다'는 표현은 조금 잘못된 것일 수도 있겠다. 왜냐하면 아무도 그 도둑의 진짜 이름을 알지 못했기 때문이다. 진짜라고 공식적으로 거론되던 이름만으로도 수십 개에 달했다. 그 리스트를 살펴보면, '아박키우', '로자리오'로부터 시작해서 '파팔라르도', '나자레노 디' 그리고 '자니', '엘리오가발레'에 이르기까지, A에서부터 Z에 이르는 거의 모든 알파벳이 망라되어 있었다. 아마도 이 때문인지 그들 세계에서는 편의상 그를 **프로페서**라고 부르고 있었다.

그의 활약상은 실로 대단했다. 카스텔 페라토에 있는 산타마리아 델라 몬타나 교회의 크기가 세로 3미터, 가로 5미터나 되는 지오토[10]의 프레스코[11]를 흠 하나 내지 않고, 그것도 30분 만에 벽에서 완벽하게 떼어 내, 아드리아 해를 건너 몬테네그로까지 운반했다고 한다. 이 일을 시킨 사람은 그곳의 군주였는데, 그 벽화로 자기 성의 예배당을 치장하고 싶어서 그랬다는 것이다. 이것은 그가 달성한 전설적인 성공 사례들 중 하나에 불과하며, 성

---

10) 중세 이탈리아의 화가이자 건축가.
11) 회반죽벽이 채 마르기 전에 그 위에 채색을 완성하는 기법으로 그려진 벽화.

공 요인의 상당 부분은 자신이 개발한 독창적인 수법에 의한 것이라고 알려져 있었다. 그의 명성에 대한 나머지 이야기는 더 이상 들어 볼 필요도 없었다. 그에게 일을 맡길 이유는 이것만으로도 충분했다.

프로페서는 몸집이 작으면서도 아주 날렵하게 생긴 사람이었다. 나이는 마흔 살 정도 되어 보였고, 여자처럼 부드러운 손을 지니고 있었다. 그리고 그의 붉은색 고수 머리는 나폴리 사람으로서는 흔치 않은 것이기도 했다. 그는 화려한 저택에 살았는데, 보아하니 사돈의 팔촌에 이르는 온갖 친척들이 어떤 형태로든 그 집에 빌붙어 사는 모양이었다. 그의 고객 명단에는 이름만 들어도 알 수 있을 암흑가 조직의 보스들 말고도, 몇몇 장관과 추기경, 심지어는 이탈리아 안팎의 수많은 박물관 관장들까지 들어 있었다. 합법적인 방법으로는 그 처리가 너무 번거로운 거래들이 분명 있었기(또는 있기) 때문이다. 그래서인지 경찰도 어느 정도는 그의 영업을 묵인 내지 방조하고 있었다. 그를 잡아넣을 만한 확실한 물증이 없기 때문이기도 했지만, 그만을 닦달한다고 해결될 성질의 문제가 아니었던 것이다.

찌는 듯한 무더위가 기승을 부리던 8월의 오후, 이 저택의 테라스 그늘에는 로드 애버컴비와 전문 도둑이 마주 앉아 있었다. 뜰에서는 귀를 찢을 듯한 음악 속에 그

릴파티가 한창이었고, 바로 옆 분수에서는 요란한 물소리가 울려 퍼졌기 때문에 아무도 이 두 사람의 대화를 엿들을 수 없었다. 그래도 시릴은 꽤나 신경이 쓰였는지 복사해 온 에르슐 빌라의 열쇠를 엉뚱한 대화 도중에 슬쩍 내밀었다. 그러고 나서 프랑크푸르트 건설국 자료실에서 몰래 빼낸 빌라의 구조 도면을 건넸다. 그림이 걸린 자리에는 미리 빨간색 표시를 해 두었다. 그다음에는 영국 파운드화 지폐가 들어 있는 작은 상자를 넘겨주었다. 일종의 착수금이었다. 조금 전까지만 해도 시큰둥하던 전문가의 얼굴에 갑자기 화색이 돌았다. 그리고 일이 성사되어 그림을 넘겨받은 후에 주겠다는 나머지 돈의 액수를 들은 그의 눈에는 직업적인 공명심이 날카롭게 번득이기 시작했다. (그는 그 그림이 원래는 타글리아사시 후작이 가지고 있었던 이지도리오 메시우의 작품이라는 것과 그래서 시릴이 주겠다는 돈의 액수가 그 가치에 비해 말도 안 되게 높다는 것을 이미 알고 있었다. 하지만 그런 얘기는 입도 뻥긋 안 했다. 어차피 자기 돈도 아니었다. 자기 수중에 들어오기 전까지는.)

시릴은 자기 신분을 감추기 위해 브라운이라는 가명을 사용했다. 물론 **프로페서**도 그 이름이 가짜라는 것을 알았으며, 시릴도 그가 그 사실을 눈치채고 있다는 것을 알고 있었다. 애당초 브라운이라는 사람은 존재하지도 않앉지만, 그것과 거래에 필요한 신뢰는 별개라는 것 또한 그들은 알고 있었다. 물건은 9월 15일 오후 여섯 시, 터키의 이스탄불에 있는 골든 혼이라는 여관에서 넘겨받는 것으로 약속했다. 그리고 두 사람은 서로에게 만족하며 헤어졌다.

모든 일은 약속대로 진행되었다. 골든 혼은 싸구려 유곽이었다. 시릴과 **프로페서**는 여관 맨 위층의 어느 쪽방에서 만났다. 바퀴벌레가 우글거리는 그 방의 창가에서는 지붕들 너머 저 멀리에 펼쳐진 보스포러스 해협[12]까지도 조망할 수 있었다.

프로페서는 가져온 물건을 확인시킨 다음 시릴에게 넘겨주었고, 시릴은 잔금을 치렀다. 그러고 나서도 이 이탈리아 사람은 헤어질 생각을 않고 뭔가 쭈뼛거리는 모양새였다.

"저, 브라운 씨, 이것이 선생에게 중요한 문제인지 아닌지는 모르겠습니다만……" 마침내 그가 입을 열었다. "유감스럽게도 일을 진행하는 과정에서 우발적인 사건이 하나 있었습니다. 이 일을 선생께도 알려 드리는 것이 사업 파트너로서의 마땅한 도리라고 생각되어……"

상대의 눈빛이 달라지는 것을 느낀 그는 서둘러 말을

---

12) 흑해와 마르마라해 사이에 있는 해협.

이었다. "아, 아닙니다. 오해하지 마십시오. 수고비를 더 올려 달라는 그런 얘기가 절대로 아닙니다. 저는 제가 받은 돈에 충분히 만족하고 있습니다. 문제는 그게 아니라, 어떻게 말씀드리는 것이 좋을까요. 에……, 그러니까, 전혀 예기치 못했던 비극적인 사고가 있었습니다. 이것은 제가 감수할 수밖에 없는 제 직업상의 위험 부담이며, 결국 모든 책임은 저에게 있습니다. 원하던 그림을 손에 넣으신 좋은 기분에 초를 칠 생각은 눈곱만큼도 없습니다. 하지만 브라운 씨, 분명한 건 이 그림을 가지고 있다는 사실을 될 수 있는 한 비밀에 부쳐 두셔야 한다는 점입니다. 최소한 십 년은 그렇게 하셔야 합니다. 다시 말해, 일이 꼬이는 바람에 원치 않던 최악의 사태가 벌어지고 말았습니다. 뭘 말씀드리려고 하는 것인지 이해하시겠습니까?"

"누가 죽기라도 했단 말이오?"

프로페서는 성호를 그으며 긴 한숨을 내쉬었다. 그의 얼굴에는 괴로운 기색이 완연했다.

"에르슐이라는 그 사람이 새벽 두 시에 잠도 안 자고 뭐하러 그 갤러리에 나타났는지……, 참으로 알다가도 모를 일입니다. 우리는 얼른 그곳을 빠져나가려 했지만, 그는 우리를 막아서며 소리를 지르기 시작했습니다. 그래서 나의 조수 두 명이 그를 덮쳐 꽁꽁 묶은 다음 입에 재갈을 물리게 되었던 것입니다. 브라운 씨, 절대 그를 해칠 생각은 아니었습니다. 이건 정말입니다. 하지만 재수 없는 놈은 뒤로 자빠져도 코가 깨진다고, 그 사람이 코감기에 걸려서 코로 숨을 쉴 수 없는 상황이었다는 것을 우리가 어떻게 알 수 있었겠습니까? 우리는 그다음 날 신문을 보고서야 그 사람이 질식해 죽은 시체로 발견되었다는 사실을 알았습니다. 대단히 유감스럽습니다. 사람을 죽이는 것은 절대 제 방법이 아닙니다."

시릴은 삐뚤게 걸린 벽의 그림을 담담한 얼굴로 바라보았다. 이제 막 기울기 시작한 해는 붉은 빛줄기를 창문에 드리우고 있었다.

"유감스럽게도, 이야기는 그것으로 끝나지 않습니다." 이탈리아 사람이 말을 이었다. "브라운 씨, 에르슐 집안에 대해 얼마나 아시는지 모르겠습니다만, 아마도 그에게 과년한 딸이 하나 있다는 것 정도는 아실 겁니다. 그런데 그 딸이 아버지를 꽤 따랐던 모양이지요? 어쨌거나, 우리는 곧바로 국경을 넘을 수 없어서 일주일 동안 숨어 지내야만 했고, 그래서 날마다 신문을 통해 그 사건 이후의 소식을 접할 수 있었습니다. 그 딸은, 이름이 이자벨…… 뭐라던가? 하여튼 그 딸은 아버지가 죽은 다음 다음 날 어디론가 사라져 버렸습니다. 그녀가 남기고 간 편지에는, 그 편지의 표현을 그대로 옮기자면, 악마의 하수인 노릇을 한 자신에게도 책임이 있다는…… 알쏭달쏭

한 내용이 쓰여 있었답니다. 도대체 그 악마가 누구며, 또 하수인 노릇이라는 게 무슨 뜻인지는 아무도 이해할 수 없었답니다. 얼마 후 그녀는, 그 강 이름이 뭐더라……? 아, 예, 마인 강이요! 그 강에서 시체로 발견됐습니다. 그리고 그녀가 임신 중이었다는 사실이 그곳에서 확인되었답니다."

그 순간, 시릴은 벌떡 일어서서 창가로 다가갔다.

프로페서는 그의 뒷모습을 바라보며 고개를 끄떡였다. 잠시 침묵이 흘렀다. "그 여자의 엄마는 그 후 정신병원에 보내졌다고 합니다. 더 이상은 저도 모릅니다."

"이제 됐소." 시릴이 무덤덤한 목소리로 말했다. "알려주어 고맙소. 안녕히 가시오."

"안녕히 계십시오, 브라운 씨." 나머지 한 사람이 대답했다. 그러고는 밖으로 나가서 조용히 문을 닫았다.

시릴은 그림 크기에 맞는 은도금 철가방 하나를 터키의 철공소에 주문했다. 안은 청색 벨벳을 입히고, 겉은 정교하게 세공하도록 했다. 그리고 아라비아 문자로 된 글자 조합을 모르면 절대로 열 수 없고, 언제든지 그 조합을 바꿀 수 있는 비밀 열쇠를 달았다. 그 가방은 혹시라도 있을지 모르는 도난에 대비한 것이기도 했지만, 그보다는 다른 사람들의 시선을 차단하기 위한 목적으로 만든 것이었다. 단 한 사람, 시릴이 유일하게 신뢰하는 왕만이 가끔이나마 그 그림을 볼 수 있었다.

때때로 로드는 몇 시간이고 방에 틀어박혀 그림을 바라보며 명상에 잠기곤 했다. 그가 그림을 보면서 무슨 생각을 하는지에 대해 설명하기란 매우 어려운 일이었다. 그는 그림에 대한 자신의 생각을 단 한 번도 입에 올리지 않았다. 그것이 허구 속의 건축물과 풍경을 보통의 캔버스 위에 2차원적으로 묘사한 상상화에 지나지 않는다는 것은 너무나 확실했지만—그는 한순간도 그 사실을 잊지 않았다—그는 자신도 이해하지 못하는 방법을 통해 얼마든지 그 건물에, 말 그대로 들락날락할 수 있었다. 그는 '비몽사몽간에' 그 건물 안에 감춰져 있는 공간들을 매번 새롭게 찾아낼 수 있었다. 방과 복도 사이를 거닐었고, 계단을 오르내렸다. 이런 공간들은 그림 위에는 나타나 있지 않고, 저 촛불 켜진 창문 뒤에 펼쳐져 있었다. 하지만 이것은 몽상가의 환상이 빚어낸 가상의 공간이 결코 아니었으며, 그래서 그 구조가 바뀐다거나 하는 일은 절대 있을 수 없었다. 그림 속을 소요하며 다닐수록 시릴은 건물의 구조가 자기 머릿속에 점점 더 또렷이 새겨지는 것을 느꼈다. 이제는 건물 각 층의 구조를 그려낼 수 있음은 물론, 궁전 안에 들어 있는 가구며 집기, 심지어는 책이며 골동품 등의 물품 목록까지도 한번 만들어보라고 한다면 만들 수 있을 것 같았다.

시릴은 점점 그것이 '우리의 현실과 평행을 이루고 있는 또 하나의 놀라운 현실'이라는 확신을 가지게 되었다. 자신은 그 현실을 늘 체험하지만, 그것을 설명할 길은 단 하나밖에 없었다. 그 그림은 한 화가의 독창적인 상상력에 의한 작품이 분명 아니며, 어딘가에 정말로 실재하는 건물을 단지 화가가 그대로 옮겨 그린 것일 뿐이라는 점이었다. 다른 가능성은 전혀 없었다. 그게 아니라면 어떻게 시릴이 그런 세세한 것들까지 정확히 '기억'할 수 있단 말인가? 그것이 진짜로 '기억'이라면, 이는 곧, 시릴이 언젠가 한 번은 그곳을 보았어야 한다는…… 아니, 그곳에 살았어야 한다는 말인데……, 그러나 그 자신도 분명히 아는 바이지만, 그런 일은 절대로 없었지 않은가!

기억? 그러나 이 단어가 내포하고 있는 의미는, 그리고 그 기억을 담는 그릇인 우리의 의식은 또 얼마나 빤한 것인가? 우리가 말하고, 읽고, 행동하는 것은 이미 그다음 순간에는 더 이상 현실이 아니다. 그것은 우리의 생각 속에서만 존재할 뿐이다. 결국 우리의 인생도, 우리의 세계도 마찬가지이다. 우리가 현실이라고 말하는 '현재'라는 것도, 그것을 머리에 떠올리기가 무섭게 지나가 버리고 마는 미분微分의 찰나에 불과하지 않던가! 우리가 가지고 있는 지난 삼십 년, 백년, 혹은 천년에 대한 기억이 사실은 오늘 아침, 한 시간 전, 혹은 바로 이전 순간에 있었던 일이 아니라고 어떻게 확신할 수 있는가? 도대체 그 기억이라는 것이 무엇이며, 또한 어디에서 오는 것인지를 우리는 알지 못하지 않는가. 그리고 '시간'이라는 것이, 애당초 시간 없이 존재하는 이 세계를 우리 의식이 인지하는 방법이라고 전제한다면, 어째서 가까운, 혹은 먼 '장래에 일어날 일에 대한 기억'은 있을 수 없는 것인가?

이러한 생각들은 로드 애버컴비에게 지금까지의 여행 생활을 새로운 시각으로 저울질할 수 있는 계기를 마련해 주었다. 몇 차례의 공백이 있긴 했어도 지금까지 단 한 번도 그만두어야겠다고 생각해 본 적이 없는 여행, 이제 그것은 전혀 새로우면서도 아주 구체적인 목표를 가지게 되었다. 그는 이지도리오 메시우의 그림 속에 있는 저 궁전을 찾아내 소유하고 말리라 마음먹었다.

이 지구상에는 헤아릴 수 없이 많은 계곡이 있겠지만, 기이하게 생긴 산들로 둘러싸인 저런 바위 계곡이 무한대로 있지는 않을 터였다. 아마도 아이슬란드나 안데스 산맥, 혹은 코카서스 산맥 정도 되지 않을까 싶었다.

그렇게 8년이라는 세월이 흘렀다. 이전의 여행과 비교해서 크게 달라진 것은, 그가 이제는 특급 호텔 같은 곳에서 누릴 수 있었던 문명 생활의 안락함을 포기하는 일에도 많이 익숙해졌다는 점이었다(물론 충직한 하인 왕이 주인의 고생을 덜어 주기 위해 전력을 다했지만). 시릴은 어느 곳을 가든지 그 그림이 든 철가방을 지니고 다녔으며, 그림을 보지 않고 잠자리에 드는 날은 단 하루도 없었다.

차츰 유럽으로 돌아오는 일도 줄어들었다. 사실은 그것마저도 다른 목적이 있어서가 아니라, 단지 병을 치료하기 위해서였을 뿐이다. 그사이에 그는 마흔다섯 살이 되었고, 갈수록 그 정도가 심해져 가는 '평형 장애'에 시달리고 있었다. 당시 유일하게 이 병을 다룰 수 있는 의사가 볼로냐에 있었고, 시릴은 매주 한 차례씩 그 의사한테서 치료를 받았다. 그리고 나머지 시간은 베네치아의 다니엘리에 머물렀다.

때는 11월이었고, 이 '물의 도시'는 하얀색 베일에 가려진 유령처럼 아주 두껍고 촉촉한 안개에 젖어 있었다. 시릴이 호텔 방에서 창밖을 내다보니, 대운하 건너편에 있는 산타 마리아 델라 살루테 교회의 윤곽마저도 알아볼 수 없을 정도였다. 아직은 이른 오후였고, 그는 작은 골목을 따라 산책에 나섰다. 별 생각 없이 걷던 그는 '게토'[13]라 불리는 유대 인 거리에 들어서게 되었다. 안개는 점점 짙어지고, 날은 저물기 시작했다. 시릴은 유대 인

---

13) 1516년에 지정된 베네치아의 유대 인 거주 지역. 그 이전에는 주물 공장getto이 있었기 때문에 그 지역을 '게토Ghetto'라 부르게 되었다. 그 후로는 전 세계의 유대 인 거주 지역에 대한 통칭이 되었다.

예배당 앞을 다섯 번째로 지나고 나서야, 완전히 길을 잃었다는 것을 인정했다. 거리는 죽은 듯이 음산하게 엎드려 있었고, 사람은 그림자도 보이지 않아 누구에게 길을 물을 수도 없었다. 다만 불 켜진 어느 창 하나만이 그곳에 살아 있는 영혼이 있음을 알려 주었다. 아치 모양의 작은 다리가 두 팔을 벌리면 양쪽 벽에 손이 닿을 정도로 아주 좁은 골목 안으로 그를 인도해 주었다. 위로는 높다란 상자처럼 솟은 퇴락한 건물들의 전면이 어지럽게 겹쳐지고 있었다. 안개와 어둠에 휩싸인 이 골목은 흡사 깜깜하고 좁은 골짜기 같았다. '기원起源의 거리', 벽에 붙은 대리석판 위에 새겨진 거리 이름이었다.

시릴은 계속 걸었고, 얼마 안 가 골목의 막다른 곳에 가로로 놓인 어느 문 앞에 이르게 되었다. 등불이 문 위에 달린 가게 간판을 비추고 있었다. 간판에는 뛰어오르는 사슴을 화살로 쏘아 쓰러뜨리는 중세의 사냥꾼들을 묘사한, 소박한 화풍의 삽화가 들어 있었다. 그런데 신기하게도 그 사슴은 진짜 사슴이 아니라, 사냥꾼들이 쏜, 날아가는 화살들이 그려낸 '사슴 형상'이었다. 그 그림은 시릴의 마음을 사로잡았다. 그림 위에는 히브리 어로 무슨 글귀가 적혀 있었지만, 그는 히브리 어를 읽을 줄 몰랐다. 하지만 그림 아래에 적힌 가게 주인의 이름 정도는 읽을 수 있었다. 아카쉬퍼 투발. 그는 문고리를 밀며 안으로 들어갔다.

커다란 둥근 천장이 그를 맞아 주었고, 희미하게 켜진 몇 개의 등불은 구석으로 가면서 점점 그 힘을 잃고 있었다. 썰렁한 방 한가운데에는 육중한 책상만이 하나 놓여 있을 뿐이었고, 그 책상 뒤에는 멜빵을 맨 바지를 입고, 팔뚝에는 검은색 토시를 낀 한 남자가 서 있었다. 키는 보통이 훨씬 넘었고, 어깨는 떡 벌어졌으며, 머리에는 원통형 모자를 쓰고 있었다. 시릴은 수염이 없는 그의 얼굴을 본 순간 조금은 놀라지 않을 수 없었다. 그의 얼굴은 단순히 늙어 보이기만 하는 것이 아니라, 마치 회색 용암이 흘러내린 것처럼 두껍고 무겁게 갈라져 있었다. 너무 깊숙이 들어가 시커먼 동굴 같아 보이는 눈구멍 깊은 곳에서는 번쩍거리는 두 개의 빛줄기만이 새어 나왔다.

"무슨 일로 오셨소, 신사 양반?" 노인의 낮고 쉰 목소리가 둥근 천장에 메아리쳤다.

"지나다가 우연히 이 가게의 간판을 보게 되었습니다." 시릴은 되도록 말을 돌려서 물어보려 했다. "그 간판의 의미가 무엇인지 궁금하기도 하고……"

"그건, 선생이 그 간판에서 본 그대로요. 사냥꾼들이 쏜 화살이 날아가며 사슴의 형상을 만들어 낸다, 바로 그거요. 그런데 그건 왜 물으시오?"

"저는 히브리 어를 모르기 때문에 그 위에 적힌 글귀

를 읽을 수가 없었습니다."

"찾으라, 그러면 찾을 것이요. 바로 이 뜻이외다. 예수께서 하신 유명한 말씀 아니오?"

"그렇군요. 그러면 이 가게는 '분실물 취급소' 같은 곳이겠군요."

"그렇소." 노인이 천천히 고개를 끄떡였다. 그의 목소리와 행동에는 끝 모를 피곤함이 담겨 있었다.

시릴이 방 안을 둘러보았다. "괜찮으시다면, 한 가지만 더 여쭤 봐도 되겠습니까, 투발 어르신?"

노인이 다시 끄떡였다. "그러시오."

"이곳은 텅 비어 있지 않습니까?"

"그렇소, 비어 있소."

"그러면 뭘 가지고 장사를 하십니까?"

"그건, 선생 생각처럼 꼭 그렇지만은 않소."

"제가 어떻게 생각하는데요?"

"다른 사람들이 잃어버린 것을 여기에서 찾을 수 있다. 그렇게 생각하는 거 아니오?"

"예, 그런데 그게 뭐 잘못된 생각인가요?"

투발이 머리를 좌우로 흔들었다. "찾으라, 그러면 찾을 것이요—라고 말한 그 사람은 결코 이 세상에 존재하지 않았소. 그러나 많은 사람들이 그를 믿었고, 또 그를 찾았소. 그렇게 해서 그가 있게 된 거요. 바로 그런 이치지."

"그가 이 세상에 존재하지 않았다고 어떻게 장담하십니까?"

노인은 자신의 방문객을 날카로운 눈매로 쳐다보았다. "난 이미……" 그가 중얼거렸다. 마치 그것은 상대방보다 자기 자신에게 하는 말 같았다. "그것을 알고 있지. 그리고 나도 예전에는 뭔가를 찾았었지. 오래 전, 아주 오래 전에 말이야. 하지만 그만두었어. 이제는 더 이상 아무것도 찾지 않지."

시릴은 뭔가 혼란스러웠다. 조금은 노망기도 있어 보이는 이 늙은이의 요설에 은근히 부아가 났다. 그는 가시 돋친 목소리로 물었다. "하지만 뭐라도 찾은 물건이 있어야 그걸로 장사를 해서 먹고살 게 아닙니까?"

투발이 다시 한 번 고개를 끄떡였다. "살아야지, 죽을 수 없다면……. 그럼 어디 한번 들어나 봅시다. 선생은 자신이 뭘 원하는지 알고 있소?"

"그럼요, 알다마다요." 시릴이 말했다. "그런데 그것을 찾을 수 없습니다."

"거 안됐군." 노인이 말했다. "아마, 제대로 찾지 않은 게지."

"그러면 어떻게 해야 제대로 찾을 수 있습니까?"

"그거야, 화살로 사슴 형상을 만든 사냥꾼들처럼, 그

렇게 하면 되지."

"솔직히 말해서 잘 이해를 못 하겠습니다."

"그걸 이해 못 한다……." 투발은 이 말을 되뇌며 뭔가를 깊이 생각하는 눈치였다. "나는 알고 있소. 그리고 나는 보았소. 그래서 선생이 내게 온 거요. 어쨌거나 잘 오셨소. 그 '찾는다'라는 문제에 대해 뭔가 배워 볼 생각이 있소?"

"한 수 가르쳐 주십시오." 시릴이 비꼬는 투로 대답했다. "그 대가로 얼마를 원하십니까?"

"단 한 푼도." 노인은 몸을 약간 구부리며 낮은 목소리로 말했다. "하지만 이것은 금지된 일이라는 것을 알아야만 하오. 그래도 배우고 싶소?"

"금지? 누가요?"

"누구긴, 신이지! 선생은 신을 믿소?"

"아직 일면식도 없습니다." 시릴이 냉랭하게 대답했다.

"그러면 신이 이레 만에 이 세상과 인간을 만드셨다는 건 아시오?"

"그렇게 들었습니다." 시릴이 말했다.

"그러면 좋소." 투발이 말했다. "하지만 그건 반은 맞고, 반은 틀린 이야기요. 신은 낙원과 인간을 만드셨지. 그러나 신은 인간에게서 낙원을 빼앗지 않았소? 그래서 어딘가에 살 곳이 필요했던 인간이 이 세상을 만든 거라오. 그리고 인간은 아직도 만들어 가고 있지."

"제 생각에는, 그건 제 질문과 별로 상관이 없는 것 같은데요."

노인은 긴 한숨을 몰아쉰 다음, 한동안 뭔가를 골똘히 생각하는 듯했다.

"한 사람이 있었소." 그가 마침내 입을 열었다. "선생도 아마 그 이름을 들어 보았을 거요. 거 왜, 한두 해 전고대 도시 트로이[14]의 유적을 발굴한 그 사람 말이오."

"하인리히 슐리만 말씀이신가요?"

"맞아, 바로 그 사람! 슐리만, 그게 그 사람 이름이었소. 선생은 그가 발굴한 것이 트로이라고 믿으시오? 하긴, 그건 분명 트로이였지. 그러면 그게 왜 트로이였겠소? 왜냐하면 그가 그것을 거기에서 찾았으니까. 마치사냥꾼들이 사슴을 잡듯이—그래서 그곳이 트로이였던거요. 무슨 말인지 이해하시겠소?"

"잘 모르겠습니다." 시릴이 솔직하게 시인했다. "그러

---

14) 고대 소아시아의 도시로, 호메로스의 『일리아드』에 나오는 트로이 전쟁의 무대가 된 곳. 독일의 고고학자 하인리히 슐리만이 1871~73년, 1882년, 1888~90년, 세 차례에 걸친 발굴을 통해 히사를리크의 언덕에서 초기 철기 시대부터 로마 시대에 이르는 9층의 도시 유적을 발견해 냈다.

면 어르신은 '그 이전에는 그곳에 아무것도 없었다'라고 말씀하시고 싶은 건가요?"

투발은 다시 한 번 자신의 큰 머리를 설레설레 흔들었다. 그리고 입맛을 쩝쩝 다셨다. "왜 이해를 못하지? 그가 그것을 찾았기 때문에, 그것은 이미 그곳에 있었던 거란 말이오."

한동안의 침묵이 힘없는 웃음소리로 들리는 노인의 마른기침에 의해 깨졌다.

"이런 식으로 인간은 모든 걸 찾아냈소. 고대 유인원과 공룡의 뼈까지도.—왜? 그걸 찾으려 했으니까! 인간은 이런 식으로 세상을 만든 거요, 하나하나. 그러고는 말하지. 신이 그것을 만들었다고. 하지만 세상이 지금 어떤 꼬락서니를 하고 있는지 한번 보시오. 크고 작은 기만과 모순, 잔인함과 폭력, 탐욕과 번민으로 가득 차 있지 않소? 사람들은 내게 와서 말하지. '그렇게 정의롭고 성스러운 신께서 왜 이처럼 모자라고 불완전한 것들을 만드셨나요?' 이 무슨 귀신 씻나락 까먹는 소리야? 인간이 세상의 모든 것을 만들었는데, 인간은 그 사실을 몰라. 하긴 알려고 들지도 않지. 왜냐하면 그런 자신이 두렵거든! 신대륙을 발견한 콜럼버스도 '네가 그것을 찾으려 했었기 때문에 그것을 찾을 수 있었다'는 내 말을 믿으려하지 않았어. 자기는 원래 다른 걸 찾을 생각이었다나 어쨌다나."

"잠깐만요." 시릴이 노인의 말을 끊었다. "그건 300년 전에 있었던 일인데, 그와 이야기를 나눴다는 말씀이십니까?"

투발의 눈구멍 깊은 곳에서 가느다란 빛줄기가 번쩍하더니 이내 사라져 버렸다. "이해를 못 하는군. 하지만 그게 중요한 건 아니니까. 이제 그만합시다. 나는 피곤하오."

"자, 잠깐만요, 어르신." 시릴은 그를 누그러뜨리며 말했다. "저는 어르신의 사상에 깊은 관심을 가지게 되었습니다."

"내가 무슨 철학자요?" 노인이 목청을 높였다. "아니면, 무슨 신학자요? 그것은 사상이 아니오. 그것을 왜 이해 못 하는 거요? 선생이 찾는 것을 찾고 싶다는 마음이 아직 있거들랑 서두르는 게 좋을 거요. 남아 있는 자리마저도 이제 곧 없어질 거요. 이제 곧 모든 게 마무리되고, 그러면 모든 게 끝이라오."

그는 따라오라는 눈짓을 한 다음, 방 뒤편 한 모퉁이로 시릴을 안내했다. 그곳에는 사람 키만한 지구의가 있었다. 투발은 그것을 돌렸다.

"여기를 좀 보시오. 산, 바다, 섬, 육지……, 곳곳에 뭔가가 이미 들어서 있소. 처음에는 전체가 하얗게 비어 있

있는데 말이오. 이제 빈자리는 몇 군데 없소. 원한다면, 한 군데 골라 보시오."

시릴은 빙빙 돌고 있는 지구의를 바라보았다.

"그러면 어르신께서는 이 빈 곳이 모두 없어지면 어떤 일이 일어날 거라고 보십니까?"

노인은 마른기침을 두어 번 했다. "내가 그걸 어찌 알겠소? 앞으로 직접 보게 될 거요. 아마도 세상의 끝이겠지. 바로 거기에 나의 희망이 있소. 내가 이 장사를 하는 것도 그 때문이라오."

시릴은 돌고 있는 지구의를 세웠다. 아직 힌두쿠시 산맥[15]에 약간의 빈자리가 남아 있었다. 그는 손가락으로 그곳을 가리켰다.

"여기……."

투발이 끄떡이며 중얼거렸다. "그렇게 하시오."

그 순간, 회색 용암 같은 그의 얼굴이 시릴의 얼굴 가까이로 확 다가왔다. 마치 그것은 커다란 바위산처럼 느껴졌다. 하지만 거의 동시에 그것은 자신을 바라보는 선량하고 소박한 어느 남자의 수염 난 얼굴로 바뀌었다.

"이제 좀 정신이 드십니까?" 그 남자가 명랑하게 웃으며 말했다. "제가 조금 전, 선생님을 물에서 건져 냈습니

---

15) 아프가니스탄 북동부의 산맥.

다. 아무 걱정 마십시오."

시릴은 자신의 옷이 젖어서 몸에 달라붙어 있는 것을 알았다. 그는 가볍게 흔들리는 어느 곤돌라[16]에 눕혀져 있었다. 그리고 그 수염 난 남자가 바로 위에서 그를 내려다보며 꾸부정하게 서 있었다.

"댁은 누구요?" 시릴은 자신의 입이 잘 떨어지지 않는 것을 느꼈다. "도대체 어떻게 된 거요? 내가 왜 여기에 있는 거요?"

"술을 좀 많이 드셨었나 보죠?" 그 남자가 설명했다. "제가 우연히 이곳을 지나지 않았더라면, 그리고 선생님이 안개 속에서 비틀거리며 걷는 것을 보지 못했더라면, 아마 무슨 일이 벌어져도 크게 벌어졌을 겁니다. 선생님은 금세 중심을 잃고 물에 빠지고 말았습니다. 물에서 선생님을 찾아내는 데 한참이 걸렸습니다. 망할 놈의 안개 때문에! 게다가 선생님은 자꾸만 물 밑으로 얼굴을 쑤셔 넣고……, 아무튼 선생님을 물에서 건져 올리는 일이 쉽지는 않았습니다."

"고맙소." 시릴이 인사를 했다. "이건, 은혜에 대한 나의 작은 성의요."

그는 주머니에서 물에 젖은 돈지갑을 꺼내 통째로 건

---

16) 베네치아의 유람용 작은 배.

넸다.

"아, 아닙니다. 괜찮습니다." 그 남자가 대답했다. "당연히 해야 할 일을 했을 뿐인데요." 그러나 그는 이 말이 채 끝나기도 전에 얼른 지갑을 낚아챘다. 지갑을 살짝 열어 본 그는 안에 든 돈의 액수에 매우 놀라는 모습이었다.

"무슨 파티에라도 다녀오시는 길인가 보죠?" 그가 웃으며 말했다. "아무래도 그런 모임에서는 과음하기 십상이죠. 한 잔, 두 잔, 계속해서 마시다 보면, 얼마든지 그럴 수 있죠."

"나는 술에 취한 게 아니었소. 어쨌거나 나를 좀 다니엘리까지 데려다주겠소? 추워서 견딜 수가 없소이다."

"예, 그러고말고요." 그 남자가 뱃사공다운 목소리로 대답했다. "여기서 멀지 않습니다. 2분 정도면 도착할 겁니다."

시릴은 자신의 방으로 돌아와 몸을 말리고 옷을 갈아입기가 무섭게 철가방을 열어 그림을 꺼냈다.

그림이 사라지고 없었다.

텅 빈, 그리고 흠이 난 캔버스만이 남아 있을 뿐이었다.

이후 반년 동안, 로드 애버컴비는 힌두쿠시 산맥 원정을 위한 준비에 몰두했다. 그는 여행에 필요한 지도를 모조리 섭렵한 후에 여행 루트를 확정했다. 아울러 필요한 장비와 식량의 목록도 작성했다. 그리고 자신이 이러한 원정을 계획하고 있다는 사실을 세상에 알렸다. 많은 사람들이 이 원정에 참가하고 싶다는 의사를 전해 왔다. 그는 그중에서 세 사람을 골라 그들과 세부적인 것들을 상의했다. 당시의 등반 기술은 아주 보잘것없는 수준이었는데, 그나마 이 분야에서 유일한 전문가라고 불리던 사람이 토르 토르발트라는 스웨덴 사람이었다. 시릴은 일순위로 그를 골랐다. 두 번째로는 안드레이 브론스키라는 폴란드 사람을 선정했다. 그는 젊은 나이에 벌써 교수가 됐거니와, 스무 개가 넘는 인도, 파키스탄, 몽골 방언을 구사하는, 자타가 공인하는 전문가였다. 세 번째로는 전문 도안사이자 화가인 에마누엘 메르켈이라는 뮌헨 사람이 선정되었다. 그는 이미 몇 차례의 전시회를 통해 확고한 명성을 얻은 화가였다.

이렇게 다섯 명은(당연히 왕이 일행에 포함되었으므로) 우선 카라치[17]를 거쳐 하이데라바드[18]까지 간 다음, 그곳에서 2주를 머물렀다. 자신들의 목적지에 대한 정보를 되도록 많이 모으기 위해서였다. 로드 애버컴비는 왕

---

17) 파키스탄 남부 아라비아 해에 연한 파키스탄 최대의 도시이자 경제 중심지.
18) 카라치 동쪽에 위치한 파키스탄 신드 주의 제2 도시.

을 제외한 나머지 일행들에게는 이 원정을 생각하게 된 원래 동기를 말하지 않았다. 공식적으로는 지리학에 대한 순수한 관심을 그 동기로 해 두었다.

하이데라바드에서 이슬라마바드[19]까지는 인더스 강을 따라 북쪽으로 거슬러 올라가는 길이었다. 그곳에서 그들은 본격적인 힌두쿠시 산맥 탐사에 필요한 인력과 물자를 조달하기 위해 또 한 번 여행을 중단했다. 그들은 그곳에서 무려 석 달 이상을 허비해야 했는데, 대상隊商 숙소에서 만난 대부분의 마부와 셰르파[20]들이 적지 않은 보수도 마다하고 동행을 거부했기 때문이다. 실현성 없는 무모한 모험에 끼어들고 싶지 않다는 것이 그 이유였다.

그러나 로드가 제시한 엄청난 액수의 돈에 '이성을 잃은' 사람들이 하나둘 모이기 시작해, 결국은 열여섯 명의 대부대가 조직되었다. 하지만 능력이 있거나 믿을 만한 구석이 있는 사람은 단 한 명도 없다는 사실을 시릴은 너무나 잘 알고 있었다. 스물네 마리의 나귀에 천막과 각종 장비 그리고 식량을 실었다. 이렇게 해서 그들 일행은 구

---

19) 오늘날 파키스탄 수도로 영토의 북동쪽에 위치해 있다.
20) 고산 지대에서 나고 자라 산을 잘 타는 티베트의 한 종족. 대개는 히말라야 등반대의 물자를 나르는 일을 하는 이 종족 출신의 짐꾼을 지칭함.

름 한 점 없는 맑은 날 길을 떠났다.

이슬라마바드부터 일행은 바닥이 거의 드러난 작은 강줄기를 따라 이동했다. 강바닥과 주변이 온통 돌밭이어서 좀처럼 걸음에 속도가 붙지 않았다. 그들은 웅장한 낭가파르바트[21]를 가운데 두고 서쪽으로 우회했다. 날이 갈수록 이들의 행군은 고통스러워지기만 했다. 이렇게 한 주가 지났을 때, 기어이 큰 사고가 하나 터지고야 말았다. 며칠 전부터 따라붙기 시작한 이리 떼가 일행을 덮친 것이었다. 점점 가까이 다가오는 이리들의 울부짖음은 나귀들을 공포에 떨게 했고, 결국 한밤에 이 야수들은 시릴 일행의 캠프를 쑥대밭으로 만들어 버렸다. 보통 늑대의 두 배가 넘는 몸집을 한 암회색의 포악한 짐승들이 한꺼번에 백 마리 이상 몰려들었다. 셰르파와 마부들은 이 등반대에 마가 끼었다고 입을 모았다. 새벽에 동틀 무렵이 되어서야 확인할 수 있었던 간밤의 참상에 사람들은 벌린 입을 다물지 못했다. 여덟 마리의 나귀가 갈기갈기 찢겨 죽었고, 다섯 마리는 종적도 없이 사라졌다. 사람도 세 명이나 죽고, 네 명은 실종되었다. 화가 메르켈은 중상을 입어 임시로 만든 들것에 실려 길을 갈 수밖에

---

21) 히말라야 서단, 인더스 굴곡부에 있는 세계에서 아홉 번째로 높은 봉우리로, 8000미터가 넘는 봉우리 중 가장 위험한 곳으로 알려져 있다. 높이는 해발 8126미터.

없었다. 일행은 침통한 심정으로 열흘을 더 가서야 칠라 스라는 작은 산간 마을에 도착할 수 있었다.

이들의 목적지가 어디라는 것을 전해 들은 그 마을 노인들은 그 즉시, 마을 전체에 이들과 말하거나 접촉하지 말라는 엄명을 내렸다. 이들의 불경스러움에 산신들이 진노했을 터, 까딱 잘못했다간 자신들에게도 그 불똥이 튈 수 있다는 생각에서였다. 마을 사람들은 이 불청객들을 못 본 척 아예 외면해 버렸다. 끝내 메르켈이 죽고, 그의 시신은 그 마을에서 멀리 떨어진 곳에 매장되었다.

일행들 사이에 심한 동요가 일었다. 토르발트는 탐사를 중단할 것을 제안했고 브론스키도 이에 동조했다. 그러나 로드 애버컴비는 계속 진행한다는 '명령'을 내렸고, 이에 모두 '복종'했다.

며칠간 휴식을 취한 다음, 그들은 트리치미르[22] 방향으로 이동했다. 빙하와 만년설이 보는 사람의 넋을 빼앗는 산악 지대에 이르자, 날씨가 갑자기 나빠졌다. 먹구름이 하늘을 뒤덮더니 폭풍우가 이내 산허리를 강타했다. 이 폭풍우에 눈사태가 일어 나귀 다섯 마리가 죽고, 마부세 사람이 목숨을 잃었다. 나머지 마부와 짐꾼 여섯 명은 한밤중에 자기들끼리 뭐라고 숙덕거리더니 말도 없이 사

---

22) 힌두쿠시 산맥 중 가장 높은 봉우리. 높이는 해발 7708미터.

라져 버렸다. 돌아간다고 말하면 로드가 순순히 보내 줄리 없다고 판단한 모양이었다. 그들은 약속된 보수의 부족분을 대신해서, 남아 있던 여섯 마리의 나귀 중에 세 마리를 데려가 버렸다. 이제 세 명의 유럽인과 한 명의 중국인이 살기 위해 할 수 있는 일이란 모든 걸 포기하고 당장 되돌아가는 수밖에 없었다. 그러나 로드 애버컴비는 전진을 명령했다.

이틀 후, 그들은 가파른 절벽을 만나게 되었다. 길을 계속 가자면 줄을 이용해 대각선으로 이 절벽을 기어오르는 방법밖에 없었다. 나귀의 등에서 짐이 내려지고, 곧이어 세 발의 총성이 울려 퍼졌다. 이것으로 길을 되돌아갈 수 있는 마지막 가능성도 완전히 사라져 버렸다. 그들은 자신이 감당할 수 있는 만큼의 식량을 각자 짊어졌다. 서로 몸을 한 밧줄에 묶고 암벽을 기어오르다가, 브론스키가 미끄러지면서 밑으로 떨어졌고, 그 바람에 앞서 가던 토르발트까지 줄을 놓치고 말았다. 정신을 잃은 채 공중에 대롱대롱 매달린 두 사람의 몸무게는 고스란히 로드에게 전달되었다. 왕은 이들의 밧줄을 끊어 버림으로써 주인의 목숨을 구할 수 있었다.

절벽 너머에는 끝이 보이지 않을 정도로 광활한 눈밭이 비스듬히 펼쳐져 있었다. 한 걸음 한 걸음이 고통 그 자체였다. 그 사이 꽤 높은 곳까지 올라왔는지 머리라도 닿을 듯 가까워진 하늘은 온통 잿빛이었다. 왕의 손과 발은 꽁꽁 얼어붙었다. 그는 더 이상 갈 수 없었다. '어디로 가시나이까, 주인님?'[23] 이것이 그의 마지막 말이었다. 그는 끝내 대답을 듣지 못하고 시릴의 팔에 안겨 숨을 거두었다.

며칠 밤낮이 지났을까? 로드 자신도 분간할 수 없는 시간이 그렇게 흘렀다. 그는 병풍처럼 둘러쳐진 산의 능선 어느 한곳에 이르렀다. 그 아래로는 넓은 계곡이 내려다보였다. 신기하게도 그곳에만 눈이 온 흔적이 없었다. 날카로운 바람만이 한가운데 우뚝 솟아 있는 거대한 바위기둥을 휘감으며 회오리칠 뿐이었다. 그 기둥의 윗부분에는 희미하게 반짝이는 궁전이 서 있었다. 시릴은 마침내 자신의 '빈자리'를 찾았다. 궁전의 창은 불이 꺼져 있었지만 커다란 정문은 활짝 열려 있었다.

시릴은 맞바람과 싸우며 계곡 밑으로 내려갔다. 바위기둥 밑에 이르자 날이 완전히 저물었다. 캄캄한 하늘에 점점이 박힌 별들이 유난히 크고 밝았다. 지금까지 단 한 번도 보지 못한 그런 밤하늘이었다. 밤공기가 꽤 싸늘했다. 유리 같은 바위기둥에는 순식간에 하얀 성에가 내려

---

23) 성서 「요한복음」 13장 36절, 최후의 만찬 때 베드로가 예수에게 한 말인 '주여 어디로 가시나이까'의 인용으로, 라틴어 '쿠오 바디스 (Quo vadis)'로도 잘 알려져 있다.

앉았다. 그러나 시릴은 얼어붙지 않았다. 이제는 아무것도 느낄 수 없었다. 그는 마비된 손으로 벽을 더듬어 튀어나온 곳을 찾았다. 그리고 한 뼘씩 한 뼘씩 바위기둥을 기어올랐다. 이루어질 수 없는, 그의 마지막 등반은 이렇게 시작되었다.

　세상의 눈과 귀가 이슬라마바드까지는 따라왔지만, 그 후의 여정은 쫓지 못했다. 사람들은 그저 이들이 모두 죽었거나 실종됐을 거라고 추측할 뿐이었다. 그리고 이 이야기는 사람들의 기억 속에서 사라져 갔다.

　72년이 지난 후, 치트랄[24]에서 사르하드 고개[25]를 넘어 호루그[26]로 도착한 후, 그곳에서 다시 서쪽의 파리다바드[27]로 넘어온 대상들과 거래를 하는 몇몇 보석상들 사이에서 다음과 같은 이야기가 떠돌았다. 파리다바드를 향해 가던 그들은 무엇에 홀리기라도 한 것처럼, 원래 예정된 길에서 벗어나 멀리 도는 길을 가게 되었다. 그 와중에 그들은 기이한 산세를 배경으로 둥글게 자리 잡은 어느 계곡 하나를 발견했는데, 그 계곡의 한 가운데에는

---

24) 힌두쿠시 산맥 기슭에 위치한 파키스탄의 도시.
25) 파키스탄 북서부 주에 위치해 있으며, 역사적으로 무역로이자 침략의 통로이기도 했다.
26) 아프가니스탄에 인접한 타지키스탄의 도시로, 파미르 고원의 해발 2200미터 지점에 위치해 있다.
27) 인도 북부에 위치해 있으며, 오늘날 뉴델리의 위성 도시.

버섯 모양의 거대한 바위기둥이 우뚝 솟아 있었고, 그 기둥 위에는 반짝이는 월장석으로 지은 궁전이 하나 세워져 있었다는 것이다. 그사이 날이 저물고, 산등성이 어딘가에 천막을 치고 야영을 하게 된 그들 일행은 밤새도록 그 궁전의 창에 불이 환하게 켜진 것을 볼 수 있었다고 한다. 아마도 안에서는 시끌벅적한 파티라도 열리는 것 같았단다. 그리고 그들은 굳게 닫힌 정문의 위쪽 창문에 비친 유일한 사람 모양의 그림자를 볼 수 있었는데, 그 그림자는 손을 들어 인사하는 것 같기도 하고, 아니면 무엇을 만류하는 것 같기도 한 자세로 서 있었다고 한다. 그들은 그 궁전에서 꽤 멀리 떨어진 곳에 있었기 때문에, 그 이상은 볼 수 없었다는 것이다. 무엇보다 두려움이 앞섰기 때문에 가까이 다가가 살펴보는 건 엄두도 내지 못했고, 새벽에 동이 트기도 전에 그곳을 떠났다고 한다.

하지만 이 이야기를 믿는 사람은 아무도 없었다.

보로메오 콜미의 통로
(호르헤 루이스 보르헤스에게 바침)

일러두기

숫자로 표기한 것은 옮긴이의 주석이고, 기호로 표기한 것은
원서에 실린 저자의 주석이다.

시인 공고라는 자신의 논고論考「미노타우로스의 고독 Soledad del Minotauro」에 이렇게 쓰고 있다.

어느 황야 한가운데 값진 보석이 있다. 그곳은 사람의 발길이 아직 한 번도 닿지 않았고, 앞으로도 신의 의지에 의해 아무도 그곳을 밟지 못할 것이다. 만약에 이런 상황을 가정해 본다면, 그 보석은 현실 속의 보석이 아니다. 왜냐하면 적어도 현실이란, 단 한 사람의 의식 속에서만이라도 '이것은 현실'이라는 개념을 형성할 때만 존재할 수 있기 때문이다. 동물이나 천사는 현실도 비현실도 알지 못한다. 동물은 아무 개념도 갖지 못하기 때문이라면, 순전히 정신적 존재인 천사는 완전한 개념과 자신이 온전히 하나이기에 그렇다.*

　현실은 무엇이 '단순히 있다'는 사실 외에 그것이 '있다'는 것을 인식하는 '의식'이 전제될 때에만 '실현'될 수 있다는 이 말의 의미를 내가 제대로 이해했다면, 그 '현실의 성질'은 '의식의 성질'에 의해 좌우된다고 대담하게 추론해 볼 수 있다. 특히 후자, '의식의 성질'은 모든 민족, 모든 인간들 사이에 큰 차이가 있으므로, 이 지구상의 수없이 많은 장소에는 그 숫자만큼이나 다양한 현실이 존재할 뿐 아니라, 한 장소에도 여러 현실이 동시에 존재할 수 있다는 가정이 얼마든지 가능할 것이다.

　누군가 아주 머리 좋은 사람이 이렇듯 복잡한 '현실의 구조도'를 그려낼 수만 있다면, 그것은 실로 대단한 일이 아닐 수 없다. 그러나 그 뒤에 얼마나 많은 오류가 도사리고 있을 것이며, 애당초 그것이 가능하기나 한 일일까? 그러므로 나는 이 글이 우리의 복잡다단한 현실을 이해하기 위한 작은 단서가 되길 바랄 뿐이며, 바로 그러

* 에스파냐 시인 루이스 데 공고라 이 아르고테(Luis de Gongora y Argote, 1561~1627)의 「미노타우로스의 고독」 중에서. 이 부분은 미완성 시작 「고독(Soledad)」의 제5부(이 역시 구상에 그침)를 위한 논고에서 인용되었으며, 이 논고는 그의 사망 4년 후에 별도로 출판되었음.

한 기대에 힘입어 펜을 들 용기가 생겼음을 아울러 고백
한다.

내가 그러한 망설임을 떨쳐 버리고, 비록 '보로메오 콜
미의 통로'에 한정하여 로마에 존재하는 현실을 묘사하
는 '모험'을 감행하기는 하나, 다시 한 번, 이 도시에는
수없이 많은 '독립된 현실'이 공존하고 있음을 강조하지
않을 수 없다. 지금까지 그 누구도 이 엄청난 일에 손을
댈 입장이 아니었다. 자신의 '독립성'은 그대로 유지하면
서도, 위아래로 맞물리고 뒤엉켜 서로 괴롭히기도 하고
싸우기도 하는 그 현실들이 각각 하나씩의 방을 꿰차고
들어앉은 저기 엄청나게 커다란 벌집을 한번 보라! 아무
리 오랜 세월이 흐른다 해도 그 크기가 결코 줄어들지 않
을 저 벌집은 그 자체가 살아 있는 유기체이기도 하다.
그리고 그처럼 다양한 현실 속에서 시간과 공간은 자신
들이 속해 있는 현실의 '성질'에 따라 각각 다른 기능을
하게 된다. 아울러 그들은 심심치 않게 자신들의 역할을
맞바꾸기도 한다.

이런 말을 하는 나 자신도 처음에는 그 현실의 미로에
적응하는 데 적잖은 어려움을 겪어야 했음을 인정하지 않
을 수 없다. 자기의식自己意識에 대한 부단한 최면 없이는
몸의 중심을 잡기도 힘들 정도였다. 반면 내 아내의 경우
는 나보다 훨씬 수월하게 그 상황에 적응할 수 있었는데,

일반적으로 여자의 현실 적응력이 남자보다 월등히 뛰어난 데다가, 그녀의 직업이 현실 공간을 바꾸는 일에 익숙한 배우라는 점도 아마 유리하게 작용했을 것이다.

로마 시내에서 그리 멀지 않은 곳에 살림집을 구한 우리는 박물관, 카타콤, 기념 건축물, 유적지, 교회 등 로마의 이름난 볼거리들을 1년 안에 다 돌아보겠다는 야무진 계획을 세웠었다. 대상에 대한 진지한 이해는 애초에 포기하고, 오래 전부터 책이나 사진에서 보아 온 건물들 앞에서 증명사진이나 찍으면 그만이라는 단체 관광객들이나 가질 법한, 일종의 '조바심' 같은 것을 우리는 실제로 가지고 있었다. 길게 설명할 것도 없이 우리의 이 기도는 실패하고 말았다. 이 도시에 오래 살면 살수록 그리고 이 도시를 잘 알게 되면 될수록, 우리는 이 도시를 구성하는 '독립된 소우주'가 감당할 수 없을 정도로 많다는 사실에 번번이 놀라지 않을 수 없었다. 그때마다 우리는 이 우주를 우리의 욕심에서 하나둘씩 덜어 내야만 했고, 단 하나의 현실이라도 우리의 의식에 제대로 각인시켜야 한다는 강박 관념에 시달리다가 결국은 한 우물만 파야겠다고 마음먹는 선까지 물러설 수밖에 없었다. 우리는 그때부터 한 달도 거르지 않고, 떨리는 가슴으로 그 '우물'을 파기 시작했다. 기적의 건축물인 '보로메오 콜미의 통로'가 바로 그 대상이었다.

보로메오 콜미에 대해서는 별로 알려진 바가 없다. 다만 그가 1573년 어느 부유한 집안에서 태어나, 1663년 아흔 살의 나이로 죽기까지 의사와 건축가 그리고 마술사로 동시에 일한 인물이라는 사실만이 확인됐을 뿐이다. 팔레르모에서 태어난 그는 1597년경 로마에 정착했으리라 추정되는데, 로마에서는 세상에 거의 모습을 드러내지 않고 숨어 지내다시피 했던 것으로 알려져 있다. 당시의 문헌이나 편지에서 그의 이름을 찾기는 쉽지 않다. 그의 외모에 대한 유일한 묘사는 당시 교황의 주치의였던 자코베 데 콜레오네의 일기에서 찾아볼 수 있다. 그는 콜미를 '사냥감을 찾는 맹수의 눈매에 태곳적 이미지를 지닌 작고 마른 사람'으로 묘사해 놓았다. 그리고 그는 간략하게 한마디만 덧붙였다. "우리는 이내 의학적인 문제에 대한 견해 차이로 다투게 되었다."

보로메오 콜미 자신이 쓴 저작은 두 편이 남아 있다. 그 가운데 한 편은 『신의 어둠Le Tenebre Divine』*이라는 제목의 신학 관련 논문으로, 그는 이 논문에서 '신은 전지전능하므로 그 책임 역시 무한하다'는 가설에 대한 증명을 시도했다. 이 논문은 콜미를 아끼던 사람들에 의해 세상의 이목에서 완전히 격리되었는데, 그 내용이 불러

---

* 1601년 로마에서 발간되었음. 단 1부만이 아직까지 남아 있으며, 바티칸 도서관에 소장되어 있음.

일으킬 교회 내의 파문으로부터 그를 보호하려 했던 것으로 추측된다. 또 다른 한 편은 『지옥과 천국의 건축학Architettura Infernale e Celeste』*이라는 제목의 건축학 교본이다. 풍부한 그림 해설을 곁들인 이 책에서 그는 건축물의 균형이 인간을 병들게 하기도 하고, 건강하게 하기도 한다고 역설하였다. 그 외에 벤베누토 레비가 별 설명 없이 역작이라고만 언급한 『바벨의 탑La Torre die Babele』**이라는 제목의 세 번째 저작이 있었지만 분실된 것 같다.

그밖에 'Totus Aut Nihil토투스 아우트 니힐[1]이라는 라틴어 문구가 그 통로의 입구 위에 새겨져 있는데, 그 필적이 콜미 자신의 것인지 아니면 건물주의 것인지는 확실치 않으며, 세탁 요금 계산서 몇 장과 자신의 조카 마르코에게 보낸 편지 두 통이 아직까지 남아 있지만 별 의미는 없는 것들이다.

유일하게 콜미와 친밀한 왕래가 있었던 사람으로는 교황의 비서실장을 지낸 '풀비오 디 바라노바'라는 백작을 들 수 있다. 이 사람은 말년에 정신 이상으로 자신의 아내와 아이들을 죽이고 스스로 목숨을 끊었는데, 많은 역

---

* 1616년 만토바에서 발간됨. 필사 원본이 부에노스아이레스에 있는 아르헨티나 국립도서관에 소장되어 있음.
** 발간 연도 미상.
1) '전부 또는 전무'라는 의미.

사학자들, 특히 크리스티안 순트크비스 같은 역사가는 그 정신 이상의 뿌리를 콜미와 바라노바 두 사람 사이의 친교에서 찾고 있다. 하지만 이것은 증명되지 않은, 그리고 영원히 증명될 수 없는 가설에 불과할 뿐이다.

신기하게도 그 통로를 제외하고 그가 설계한 다른 건축물들, 예를 들어, 체팔루[2]의 자르디노 델 리오코르노에 있는 '물 오르간', 몬테피아스코네[3]의 빌라 캄폴리에 있는 '템피에토'[4], 라벤나[5] 근교 알레산드로 스파다 추기경의 영지에 있는 커다란 의자 모양의 별장인 '일 트로노 델 지간테' 같은 것들은 모두 파괴되었다. 바라노바의 저택 안에 있는 그 통로만이 오늘날까지 유일하게 남아 있다. (하지만 시중에서 구할 수 있는 여행 안내서나 로마의 관광 명소 목록 같은 데에는 전혀 안 나와 있으니, 그걸 찾는 헛수고는 하지 마시라!)

나 역시도 그날 저녁, 스페인 계단[6]에서 알코올 중독자인 그 늙은 거지를 만나지 못했다면, 그러한 통로가 있

---

2) 팔레르모에서 동쪽으로 약 70㎞ 떨어져 있는 도시.

3) 로마에서 북쪽으로 95㎞가량 떨어져 있는 도시.

4) '작은 신전'이라는 뜻으로, 오늘날 남아 있는 유적 중 로마 몬토리오 성 베드로 성당이 유명하다.

5) 서로마제국의 마지막 수도였던 도시.

6) 로마에 있는 트리니타 데이 몬티 계단을 통칭하는 말로, 스페인 광장과 트리니타 데이 몬티 성당을 이어 준다.

다는 사실을 결코 알 수 없었을 것이다. 나는 그 거지와 이야기하던 중, 그가 전에는 보스턴에서 예술사 교수를 지냈던 사람이라는 사실을 알게 되었다. 그는 다른 사람에게 절대로 말하지 않겠다는 다짐을 나한테서 거듭거듭 받아 낸 다음에야, 그 저택의 주소와 그 안에 있다는 통로의 위치를 알려 주었다.

나는 그 약속을 죽는 그날까지 지킬 작정이다. 여러 개의 현실이 동시에 교차하는 것을 감당할 능력이 없는 사람이 그곳에서 겪게 될 육체적 그리고 무엇보다도 정신적 혼란이 얼마나 치명적인지를 그 사이에 알게 되었기 때문이다. 따라서 그 저택이 로마의 '어느 후미진 곳'에 위치해 있다는 것 이상은 절대로 말할 수 없다.

다리에 다리를 놓아 풀비오 디 바라노바 백작의 마지막 후손에게 접근해서 그녀의 신임을 얻기까지 들여야 했던 눈물겨운 노력에 대해서는 구구하게 설명하지 않겠다. 어쨌거나 그렇게 되기까지는 1년 이상의 시간이 걸렸다. 그 후손은 '마달레나 보'라는 팔순이 넘은 할머니였다. 오늘날 빈집을 홀로 지키는 그 할머니는 골수 공산주의자이면서도, 교황청 근위병들의 양말을 납품하여 자신의 생계를 이어 가고 있었다.

마침내 그날이 다가왔다. 보 할머니가 문을 열어 우리를 맞이한 다음, 곧바로 보로메오 콜미의 통로로 우리 두 사람을 안내했다. 그러고 나서 그녀는 급한 일이 있다며 금방 자리를 떴다. 이렇게 해서 나와 아내, 단둘이 그곳에 남게 되었다.

우리 앞에는 기둥이 열을 지어 늘어선 통로가 하나 놓여 있었다. 통로의 길이는 어림잡아 80에서 100미터 정도는 될 것 같았다. 아니, 그보다 훨씬 길 수도 있었다. 왜냐하면 그 통로 상하좌우의 축은 원근법에 의해 먼 곳의 한 점에서 만나기 때문이다. 바로 그 지점에서는 눈에 통증을 느낄 정도로 밝고 날카로운 녹색 광선이 뻗어 나오고 있었다. 그러나 보스턴에서 왔다던 그 교수의 경고를 떠올린 우리는 그것이 일종의 착시현상이라는 것을 어렵지 않게 알아차릴 수 있었다. 바라노바 저택의 평면 크기는 42×37미터이고, 건물의 사면은 도로에 둘러싸여 있다. 문제의 통로는 건물 1층의 서쪽 벽을 따라 나 있는 복도에서 건물 중심을 향해 직각으로 뻗어 있다. 따라서 그 복도의 폭 3미터를 전체 길이 37미터에서 빼다면, 통로의 최대 길이는 33미터 내지 34미터 정도밖에 되지 않는다는 계산이 쉽게 나온다. 게다가 반대편에도, 동쪽 벽을 따라 나 있는 복도가 있고, 그 폭이 이쪽과 마찬가지로 3미터 정도 되리라는 것을 감안한다면, 통로의 최대 길이는 약 30미터 정도로 줄어든다. 물론 동쪽에는 복도로 들어갈 수 있는 입구가 없다. 하지만 사람들은 이 저택의 내부에 있는, 다시 말해서 쭉 뻗은 것처럼 보이는 (혹은 실제로 뻗어 있는) 통로 양쪽에 있는 커다란 연회장과 수많은 방들을 보는 순간, 또다시 헷갈리게 된다.

물론, 이 통로가 공간적인 창조물이 아니라, 아주 정교하게 그린 그림이거나 매너리즘[7]의 극치를 적나라하게 보여 주는 교묘한 눈속임이 아니냐는 가정도 얼마든지 가능하다. 그러나 이것은 우리가 첫 방문에서 이미 확인했지만, 단순한 가정으로 끝나고 말았다.

나보다는 아내가 훨씬 용감했다. 그녀가 통로로 걸어 들어가는 것을 나는 입구에 서서 지켜보기만 했다. 내게서 점점 멀어져 가는 그녀는 그 거리에 상응하는 '정상적인' 크기로 점점 작아지고 있었다. 그것으로 이 통로가 단순한 눈속임은 아니라는 것은 증명되었다. 아내는 약 30보 정도를 가서 멈춰 서더니, 나를 향해 뒤로 돌아섰다. 이리 오라고 손짓을 하려는 게 분명했다. 그러나 그녀의 손은 올라가다 말고 천천히 다시 내려갔다. 그러더니 그녀의 얼굴색이 제법 멀리 떨어진 내가 다 알아볼 수 있을 정도로 창백해졌다. 뭔가에 크게 놀랐다는 표시였

---

7) 주로 회화에서, 르네상스에서 바로크 시기로 이행하는 사이 이탈리아에서 나타난 미술 양식을 지칭하는 사조로, 그 특징으로는 왜곡되고 늘어진 구불거리는 형상, 불명료한 구도, 양식적인 속임수와 기괴한 효과 등을 들 수 있다.

다. 그녀가 다시 내가 있는 곳까지 오는 데에는 꽤 오랜 시간이 걸렸다.

"뭘 봤기에 그래?" 마침내 그녀가 내 앞에 당도했다. "왜 그래? 어디 아파?"

그녀는 고개를 절레절레 흔들며 중얼거렸다. "어떻게 이런 일이! 당신이 직접 가서 확인해 보세요!"

나는 내키지 않는 발걸음으로 통로의 반대편을 향해 걸어갔다. 한 걸음, 한 걸음을 옮길 때마다 어떤 달갑지 않은 변화가 일어나지는 않을까 매우 조마조마했다. 이번에는 아내가 입구에 남았다. 그녀가 멈춰 섰던 그 지점에 도착한 나는 조심스럽게 좌우를 살펴보았다. 이상한 변화 같은 것은 전혀 느낄 수 없었다. 양 옆에는 기둥이 '정상적으로' 서 있었고, 물론 그 크기는 통로의 입구에 서 있는 기둥의 크기와 똑같았다. 나는 아내를 향해 돌아섰다. 그리고 소스라치게 놀랐다. 내 아내는 커다란 거인이 되어 그곳에 서 있었다. 뿐만 아니라 좌우의 기둥은 입구 방향으로 갈 수록 점점 커져, 그녀가 있는 곳에 이르러서는 엄청난 크기로 변해 있었다. 나는 그 자리에 그대로 얼어붙어, 꼼짝도 할 수가 없었다.

거인이 되어 버린 아내가 나를 향해 움직이는 순간, 머리카락이 곤두서고 이마에는 식은땀이 송알송알 맺혔다. 이제 곧, 엄청나게 커다란 구두 밑창에 깔려 죽는 개미 신세가 될 거라는 생각에, 후들거리던 다리에서마저 힘이 쭉 빠지면서 몸이 휘청하는 것을 느꼈다. 그러고는 곧바로 정신을 잃었다.

정신이 들어 눈을 떠 보니, 아내는 정상적인 크기로 되돌아와 있었다. 그녀는 자기가 늘 가지고 다니는 향수를 내 얼굴에 바르고 손으로 가볍게 두드리던 중이었다. 나는 일어서서 그녀의 부축을 받으며 통로의 입구로 돌아왔다. 우리가 입구를 향해 한 걸음씩 다가갈수록 통로는 원래의 크기로 오그라들었다. 우리는 그날, 그 이상의 다른 시도는 하지 않았다.

그 후로 우리의 머릿속에는 보로메오 콜미의 통로에 대한 생각이 떠나질 않았다. 그 통로 안에서 어떤 식으로 공간이 얽히고설키기에 그런 일들이 벌어지는 것인가, 하는 문제는 일단 접어 두기로 하자. 한 가지 분명한 것은, 그 통로의 실제 길이가 건물의 길이보다 길 수는 없다는 점이다. 이 얘기는 곧, 그 통로 안에서는 모든 척도尺度가 통로의 진행 방향을 따라 일정한 비율로 줄어든다는 것을 의미한다. 심지어는 그 통로를 걸어가는 사람의 크기마저도⋯⋯. 다시 말해, 그 통로 안으로 들어가면 갈수록, 그 사람의 크기는 시각적으로만 점점 작아 보이는 게 아니라, 실제로도 점점 작아지는 것이다. 그리고 주변의 기둥들도 같은 척도로 작아지기 때문에, 뒤를 돌아보지 않는 한, 그것을 전혀 눈치챌 수 없게 된다.

마술사이자 건축가였던 콜미가 어떤 방법을 사용했기에 이런 신기한 효과가 나타나는 것일까, 하는 질문은 수많은 현실이 교차하는 이곳 로마에서는 우문愚問이다. 나와 아내의 온갖 신경을 자극해 자꾸만 우리를 그 통로 위로 데려다 놓는 것도 어차피 그런 문제는 아니었다. 통로 안으로 깊이 들어가면 갈수록 사람도 실제로 점점 작아지는 게 사실이라면, 그 사람이 내딛는 보폭도 점점 짧아지는 것은 너무나도 당연한 귀결이다. 바꿔 말하면, 걸으면 걸을수록 걷는 속도는 점점 느려진다는 얘기다. 그렇다면 '문제'는 바로 이런 것들이다. 통로의 반대편 끝에 도달하는 것이 가능하기는 할까? 아니면 한없이 다가가기만 하는 걸까? 만약 그 끝에 도달하는 것이 가능하다면, 그 끝은 과연 어떤 세계로 들어가는 시작점일까? 그 녹색 광선은 어디에서 나오는 것일까? 그 빛이 생겨난 곳에는 아주 작은 원자의 세계가 열려 있을까? 아니면, 아예 다른 '차원'을 경험하게 되는 것일까? 그곳은 반공간反空間, 반시간反時間이 지배하는 딴 세상이 아닐까? 그리고 그 세상은 우리의 개념 속에 있는 '크다'와 '작다'가 완전히 하나로 통합된 그런 곳이 아닐까? 아니면, 그것은 신이 세상을 창조하기 전의 상태인 '혼돈과 공허'의 세계로 가는 통로가 아닐까?

어쨌거나 그사이 우리가 가지게 된 확신 하나는, 보로메오 콜미가 단순히 건축학과 마술에 대한 자신의 기교만을 과시하기 위해 그 '기적의 통로'를 만들지는 않았을 것이라는 점이다. 차라리 그것은 최고의 경지에 이른 예술의 정수임과 동시에, 그 깊이를 알 수 없는 통찰력의 산물이며, 한 예술가가 인류에게 보여 주고 싶었던 '본질적인 것'의 지평인 것이다. 하지만 애석하게도 콜미의 이런 깊은 뜻을 진지하게 헤아리는 사람은 아무도 없는 것 같다. 아니, 신경 쓰는 것마저 귀찮아하는 것 같다. 내가 이런 이야기를 보 할머니에게 했더니, 그녀는 튤립처럼 부푼 손을 내저으며 조금은 공격적인 억양으로 딱 한마디를 내뱉었다. "엥?" 이 외마디에 담긴 뜻은 이런 것이었다. 그게 뭐 워쨌다는 겨?

보로메오 콜미의 메시지를 유일하게 이해하고 있는 우리, 즉 나와 아내는 어떤 식으로든 이 문제에 대해 끝장을 보고야 말겠다는 생각으로, 얼마 전부터 장기간 탐사를 위한 준비에 착수했다. 아마도 우리는 낭가파르바트 등반에 필요한 것과 비슷한 수준의 장비를 준비해야 할 것이다. 텐트, 이불 그리고 약 50일치의 식량을 준비할 작정이다. 그리고 우리는 그 통로의 끝에 도달하기 전에는 결코 돌아오지 않기로 굳게 다짐했다. 우리가 세상에 나타나지 않는다면, 사람들은 우리의 실종을 두고 갖가

지 말과 소문을 만들어 낼 것이다. 하기야 그 모든 것이
우리가 따라야 할 '로마의 법'이기는 하다.

교외의 집
−독자의 편지

일러두기

숫자로 표기한 것은 옮긴이의 주석이고, 기호로 표기한 것은
원서에 실린 저자의 주석이다.

뮌헨 펠트모힝
1985년 3월 15일

철학 박사 요제프 레미기우스 자이들(퇴직 교사)
펠트모힝 에머란슈트라세 11번지

기사 〈보로메오 콜미의 통로〉의 저자에게

친애하는 M. E. 씨,

얼마 전 신문에 실렸던 당신의 기사에 깊은 인상을 받았습니다. 나는 그 기사에 용기를 얻어, 나의 일생에 한 전기가 되었던 어린 시절의 체험을 당신에게 털어놓고자 펜을 들었습니다. 내 눈으로 직접 확인한 그 놀라운 사건을 다른 사람들에게 증명해 보이려고 지금까지 수없이 시도해 보았지만 모두 허사였습니다. 무관심과 못 믿겠다는 의미의 고갯짓만이 돌아올 뿐이었습니다. 아마도 당신은 자신의 경험에 비추어 이러한 상식과 편견의 장애로부터 훨씬 자유로울 수 있을 것입니다. 나의 이야기를 당신이 어떻게 받아들일지는 모르겠습니다. 하지만 당신이 묘사한 통로만큼이나 신비한 건축물이 그곳 로마뿐 아니라, 이곳 펠트모힝에도 있을 수 있다는 사실을 결코 가볍게 넘기지는 못할 것입니다.

물론 당신의 기사가 순수한 허구로 이해되기를 바라면서 그 글을 썼는지(분명 대부분의 독자들은 그렇게 받아들였을 테지만), 아니면 실재하는 건축물을 묘사한 것인지 나는 알 수 없습니다. 전자의 경우라면 아마도 당신은 이 편지를 수없이 날아드는 허무맹랑한 독자의 편지 중 하나로 생각하고 무시해 버릴 겁니다. 하지만 후자의 경우라면, 이 편지는 당신의 연구에 귀중한 자료가 될 수도 있을 것입니다. 그리고 불과 몇 해 되지는 않았지만, 나 자신도 사람들이 쉽게 납득할 수 있는 근거를 들어 이를 공인받기 위한 연구를 시작했습니다. 나는 고질적인 신경 쇠약 증세 때문에 교직에서 조금 빨리 은퇴한 퇴직 교사입니다. 내가 교직에 몸담고 있을 때는 이 일을 할 수가 없었는데, 왜냐하면 이러한 일로 인해 나의 건전한 상식이 내 병력을 근거로 의심받는 것을 원치 않았기 때문입니다. 하지만 지금의 나는 더 이상 공인이 아닐 뿐더러, 아울러 나의 인생을 정리해야 할 시기가 됐으므로 이제는 어떤 식으로든 진실을 밝혀야 한다는 부담감이 나를 재촉하고 있습니다. 내가 평생을 끌어온 이러한 망설임을 크게 나무라지 말기를 바랍니다. 내가 존경해 마지 않는 다윈의 경우도 자신의 충격적인 연구 결과를 직업에 별다른 해가 없을 때가 되고 난 후에야 공개하지 않았습니까? 그리고 게임이 끝난 후에야 털어놓을 수 있는 진실이 있는 법입니다. 아무튼 내가 당신에게 진실만을 말하고 있다는 것, 그리고 곧 당신도 알게 되겠지만 내 나름대로는 이 수수께끼를 풀기 위해 적잖은 노력을 했다는 것만큼은 자신할 수 있습니다. 아울러 나는 역사, 독일어 그리고 고대 언어학 교사로 평생을 지내면서, 고삐 풀린 망상에 나 자신이 빠지지 않도록 늘 스스로 경계하며 살아왔다는 점도 밝혀 두고 싶습니다.

이제 각필하고 본론으로 들어가도록 하겠습니다.

내가 어렸을 때만 해도(나는 1931년생입니다.) 펠트모힝은 말 그대로 뮌헨 근교의 작은 시골 마을이었습니다. 지금과 같은 별장은 몇 안 되고 집이라야 들과 논밭 그리고 초원에 둘러싸인 농가가 대부분이었습니다. 하루 네

번 지나가는 기차가 뮌헨 시내와 이곳을 연결해 주었는데, 나의 아버지는 그 조그만 역의 관리인이었습니다. 역 바로 옆에 있는 낡고 지저분하며, 볼품없는 집에서 아버지와 어머니, 세 살 위의 형 에밀 그리고 나, 이렇게 네 식구가 살았습니다. 4학년까지는 펠트모힝 읍내의 학교를 다녔는데, 그 학교 건물은 10년 전에 헐리고 지금은 그 자리에 주택들이 들어섰습니다. 나는 지금 그 주택가의 한 집에서 여생을 보내고 있습니다. 내가 유년 시절을 보냈던 그 장소에 돌아와 있는 셈입니다.

우리 집에서 약 500미터 정도 떨어진 곳, 지금은 도로가 나고 커다란 주유소가 들어선 그 자리에 당시에는 넓이가 약 0.5헥타르[1] 정도 되는 초원이 있었습니다. 이것은 앞으로 이 글에서 중요한 의미를 가지게 되므로 정확히 밝혀 두고자 합니다. 토지 28b번지는(후에 토지 등기소에서 확인한 번지입니다.) 1945년 전에는 정확히 5221제곱미터였습니다. 그런데 지금은 5106제곱미터밖에 되지 않습니다. 물론 경계는 옛날 그대로이고, 최대한 정밀하게 측정했는데도 말입니다.

도대체 115제곱미터가 어디로 사라져 버렸느냐고 등기소 직원에게 물어 보았지만 '당시의 측량법은 부정확

---

1) 미터법에 의한 넓이의 단위. 1헥타르는 1아르의 100배로 1만 제곱미터이다.

해서……'라고 우물거리며 대수롭지 않다는 듯이 어깨를 으쓱해 보일 뿐이었습니다. 하지만 거기에는 그 이상의 예사롭지 않은 이유가 있다는 것을 나는 알고 있습니다. 그것이 무엇인지 확실한 증거를 들어 당신을 이해시킬 수 있다면 좋겠지만, 수년에 걸친 나의 노력만으로 이 수수께끼를 풀기에는 역부족이었습니다. 어쨌거나 나는 당신의 판단에 어떤 영향을 끼치고 싶지는 않습니다. 당신은 스스로 판단할 수 있을 테니까요.

내가 어렸을 적, 그 초원에는 아무렇게나 자란 주목나무 울타리와 가문비나무 숲에 감추어진, 그래서 펠트모힝 마을 사람들에게 온갖 종류의 상상과 억측거리를 제공해 주던 집이 한 채 있었습니다. 게다가 나의 아버지는 아무런 설명도 없이 우리 형제가 그 초원 근처에서는 놀지 못하도록 했기 때문에, 그 집은 우리의 호기심을 더욱 자극했습니다. 그 금단의 집에 누군가 들고나는 것이 사람들 눈에 띈 적은 한 번도 없었습니다. 단 한 사람, 아주 이상하고 나이가 꽤 들어 보이던 그 여자를(아이들에게는 모든 어른이 마흔 살 이상으로 보이게 마련입니다만) 제외하고는요. 사람들은 그 여자가 청소부로 고용된 '파출부'라고 했습니다. 하지만 당시 어린 나에게 이 말은 이상하게만 들렸습니다. (그리고 이 의심은 지금까지도 풀리지 않고 오히려 더욱 깊어지고 있습니다.) 왜냐하면 그 여자, 아니 그 부인에게서는 동네 개구쟁이들의 눈에도 도저히 청소부라고는 생각되지 않을 정도로 귀티가 흘렀기 때문입니다. 그녀는 작지만 균형 잡히고 단단해 보이는 몸매를 지니고 있었으며, 당시로서는 꽤 우아해 보이던 퀼로트[2]를 주로 입었습니다. 단발로 짧게 자른 머리는 백발이었고 담배를 피우는 모습이 곧잘 눈에 띄었습니다. 화장기 없는 얼굴에 팽팽한 피부가 인상적이었으며, 쓰고 있는 안경의 두꺼운 안경알 때문에 눈이 실제보다 커 보였습니다. 그래서 우리는 그녀를 '볼록 렌즈' 혹은 '병 바닥'이라고 불렀습니다. 그러나 무엇보다도 우리의 유아적 관심을 자극한 것은 그녀가 잘 씻지 않는 게 분명했다는 점입니다. 긴 손톱은 때가 끼어 꼬질꼬질했고 목과 얼굴에는 줄이 만들어질 정도로 더러웠습니다. 그녀가 먼지 구덩이에서 일하기 때문일 거라는 이유만으로는 이해가 되지 않았습니다. 그리고 만성적인 소화 장애에 시달리는 것이 분명했는데, 옆 사람이 들을 수 있을 정도로 쉴 새 없이 장 트림을 해 대곤 했습니다. 그녀가 이 근방 사람들에게 '쇼아스발리'라는 이름으로 알려지게 된 것은 바로 그 때문이었습니다. '발리'는 '발부르가'라는 그녀의 이름을 줄인 것이고, '쇼아스'는 '방귀'

---

2) 짧은 바지처럼 두 갈래로 갈라져 있지만 자락이 넓어서 스커트처럼 보이는 옷.

를 뜻합니다. (토속적인 의미를 정확히 전달하기 위해 비속어를 그대로 사용했습니다. 당시 이 지방 사람들의 대부분이 직설적 표현으로 이름난 바이에른 농사꾼들이었음을 감안하고 이해하시기 바랍니다.)

쇼아스발리는 한 주에 한 번 혹은 두 번, 시내 방향에서 그 대지까지 우리가 '철사 나귀'라고 부르던 자전거를 타고 왔습니다. 그것을 집 옆에 조심스럽게 세워 두고 안으로 들어가서 하룻밤을 묵은 후, 다음 날 아침에 다시 떠나곤 했습니다.

그 부인의 정체에 대해서는 지금까지도 별로 알아낸 것이 없습니다. 이곳 펠트모힝에서 그나마 그녀와 접촉했던 대부분의 사람들은 하나같이 입을 굳게 다물었으며, 심지어 몇몇 사람은 그녀를 알았다는 사실마저 숨기려고 합니다. 그들 가운데 몇 사람은 그사이 세상을 떠났습니다. 그것과 관련된 단서들은 후에 다시 언급하도록 하겠습니다.

당시, 언젠가 한번은 나의 대부인 요제프 — 바바리아 필름 스튜디오에서 무대 미술가로 일하던 나의 외삼촌 — 가 쇼아스발리를 조심하는 것이 좋을 거라고 말하는 것을 들은 적이 있습니다. 그녀가 루덴도르프 집안사람들과 관련이 있다는 것이었습니다. 현세에는 존재하지 않는 초인적인 종족의 출현을 기다리는 사람들의 모임이 그 루덴도르프 집안의 과부를— 외삼촌이 그녀를 가리켜 '기분 나쁜 과부'라고 말하는 것을 여러 번 들었습니다— 중심으로 조직되어 있다고 했습니다. 떠도는 소문에 의하면, 이 모임의 D. E. 와 M. H.*라는 두 사람은 히틀러가 란츠베르크[3]에 진을 치고 있을 때 하루도 거르지 않고 그에게 찾아가 교시를 전했답니다. 당시 '지도자'[4]가 이들에게 받은 가르침은 비범하기 이를 데 없었다고 하는데, 어쨌거나 그 주장이 사실이라면 이것은 아주 중요한 단서가 될 수도 있을 것입니다.

나는 이 문제를 이러한 정치적 방향으로 풀어 가야 하는 건 아닐까, 하고 늘 생각하곤 했습니다만 교사라는 신분이 언제나 그것을 망설이게 했고, 1983년에 교직에서 은퇴할 때까지도 그 망설임을 극복하지 못했습니다. 나는 당신이 어떤 정치적 입장을 가지고 있는지 모릅니다. 또한 이 이야기를 빌미로 당신의 입장에 접근할 마음도 없습니다. 나는 단지 사실을 전할 뿐입니다.

분명 1942년 초여름이었을 겁니다. 정확한 날짜는 기

---

* 편지에는 이름이 적혀 있었지만, 여기서는 편집자에 의해 머리글자만 표기되었음.
3) 뮌헨에서 서쪽으로 약 100킬로미터 떨어진 도시로, 히틀러가 1923년에 맥주홀 폭동을 일으킨 곳이다.
4) 히틀러 숭배를 위해 나치당에서 부르던 히틀러의 칭호로, 훗날 히틀러가 독일의 공식적인 총리이자 대통령이 된 후에도 쓰였다.

억할 수 없는데, 아무튼 심장병을 앓던 아버지가 지병이 있는데도 군대에 징집되었던 시기입니다. 에밀 형은 펠트모힝 역에서 나를 기다리고 있었습니다. 당시 형은 루펠이라는 자물쇠 기술자 밑에서 견습생 노릇을 했고, 비교적 공부를 잘했던 나는 뮌헨의 막시밀리안 김나지움[5]에 다닐 때였습니다. 그래서 나는 매일 새벽 기차로 시내에 갔다가 정오에 다시 돌아오곤 했습니다.

내가 도착하자마자 형은 몹시 흥분해서 쇼아스발리가 자기네 공장에 와서 그 집 대문의 자물쇠를 주문했다고 말했습니다. 루펠은 일거리가 생기면 언제나 그것을 도제들에게 맡겼고 그 일감은 다시 견습생들에게 넘겨지곤 했는데, 그렇게 해서 결국 그 일을 형이 맡게 되었다는 것이었습니다. 그리고 형은 혼자서 그 여자를 만나러 가는 것이 무섭다고 솔직하게 털어놓으면서 나더러 같이 가자고 했습니다. 형의 제안에 놀란 나는 오늘은 특별히 숙제가 많다는 둥 갖은 핑계를 급하게 둘러댔습니다. 하지만 형이 나의 유아적 영웅심을 부추기는 말로 계속 조르는 바람에 그러자고 해 버렸습니다. 우리는 점심을 먹고 몇 개의 자물쇠가 든 무거운 공구통을 질질 끌면서 그 집으로 갔습니다. 어머니가 알면 그만두라고 야단칠 것

---

5) 고전 교육을 위주로 한, 초등학교와 대학을 연결하는 9년제 중등교육 기관.

이 분명했으므로 어머니에게는 비밀로 했습니다. 그날따라 비가 오고 바람이 불어 몹시 추웠습니다.

그 대지에는 별도의 울타리가 없었습니다. 단지 앞서 이야기한, 사람 키만 한 주목나무 울타리가 둘러싸고 있고, 그 뒤로는 가문비나무 숲이 아무렇게나 방치되어 있을 뿐이었습니다. 그 사이로 여기저기 구멍이 나고 지저분한 웅덩이가 있는 길이 도로에서부터 집까지 꾸불꾸불하게 나 있었습니다. 때문에 집 바로 앞에서만 집의 형태를 제대로 볼 수가 있었습니다. 그 집의 외관은 아주 신기해 보였습니다. 보통의 가정집이라기에는 작아 보였지만 뭐라고 설명하기 어려운 사차원적 입체감이 느껴졌습니다. 마치 기하학적으로 잘 다듬어진 도형을 집의 외관으로 크게 확대해 놓은 듯했습니다.

외벽은 옅은 빛깔의 석회판으로 장식되어 있었는데, 현관 기둥을 비롯한 건물 전체도 마찬가지였습니다. 똑같은 형태의 창이 수없이 나 있었는데, 폭은 기껏해야 20센티미터가 될까 말까 할 정도로 좁았지만, 그 길이는 아주 높아서 마치 총의 가늠쇠를 들여다보는 듯한 기분이 들었습니다. 창문 사이사이의 벽은 장식물을 올려놓을 수 있도록 오목하게 패여 있었는데, 그 위에는 실물 크기의 대리석 조각상들이 각각 세워져 있었습니다. 그 조각상들이 무엇을 표현한 것이었는지는 기억하지 못합니다. 다만, 대개의 전쟁 기념물에서 흔히 볼 수 있는, 그리고 당시의 사회 분위기에도 맞는 예의 천박한 영웅주의를 과시했다는 인상이 남아 있을 뿐입니다. 전체적으로 그 건물은 금세기의 모든 파시즘, 혹은 사회주의 독재 정권이 사용하는 휘장 등에 공통적으로 드러나는 경박한 사이비 고전주의 양식을 그대로 답습한 것이었습니다. 물론 이러한 판단은 내가 그 집을 본 순간, 그 집의 건축 양식이 이미 뮌헨에서 본 적 있는 '지도자관(館)'이나 '기념 전당'과 너무도 흡사해서 무척 놀랐던 당시의 기억을 근거로 내린 것입니다. (전자가 오늘날 음악 대학과 몇몇 문화연구소로 그대로 사용되고 있는 반면, 후자는 종전 후에 철거되었습니다.)

이제 우리는 그런 건물의 축소판 앞에 서게 된 것입니다. 전면은 폭이 10미터, 높이는 5미터가 약간 넘어 보였습니다. 가운데에는 현관 기둥이 약간 돌출되었고 그 뒤에는 묵직하고 검은 니스 칠을 뒤집어쓴 떡갈나무 현관문이 버티고 서 있었습니다. 현관문에는 그 유명한, 왼쪽으로 도는 스바스티카[6]가 상감 세공으로 장식되어 있었습니다. 알아본 바로는, 이는 여신 칼리[7]의 상징으로 죽

---

6) 햇살이 왼쪽으로 도는 일륜(日輪) 형태의 문양인 만(卍)자의 산스크리트 어 표현으로, 여기서는 나치당의 하켄크로이츠를 뜻한다.
7) 힌두교의 신으로, 시바의 부인.

음과 파괴를 뜻한다고 합니다. 밑에서 보아도 눈에 들어오는 그 건물의 지붕은 평평했으며 가운데에는 단단한 벽돌로 높이 쌓아 올린 굴뚝이 있었습니다. 지붕 위에는 함석판으로 만든 풍향계가 달려 있어서, 봄바람에 이리저리 돌며 삐걱삐걱 기분 나쁜 소리를 냈습니다.

"여보세요, 자물쇠 달러 왔는데요!" 형이 큰 소리로 몇 번을 불러 보았습니다. 우리는 그 부인의 진짜 이름을 알지 못했기 때문에 이름을 부를 수가 없었는데, 그렇다고 우리 사이에 통용되던 별명을 부를 수도 없는 일이었습니다. (오늘날 역사 학자들조차 크게 관심을 갖지 않을 정도로 잘 알려지지 않은 나치 친위대의 한 연구소가 있는데, '발부르가 폰 튤레'라는 사람이 당시 그곳에서 중요한 보직을 맡았다는 사실이 그간의 조사로 확인되었습니다.)

몇 번을 불러 봐도 반응이 없어서, 우리는 그 부인이 정원 어딘가에 있기를 바라면서 건물 주위를 돌아보았습니다. 하지만 그녀는 없었습니다. 그러다가 우리는 그 건물의 옆면이 앞면과 너무나도 똑같다는 것을 알게 되었습니다. 똑같은 현관 기둥, 똑같은 조각상들, 똑같은 현관문……. 그리고 동시에 그 집의 뒷면 역시 앞면과 같았는데, 그 경우는 앞면을 거울에 비추어 놓은 것처럼 모든 사물의 방향이 대치되어 보인다는 점이 달랐습니다.* 우리는 초인종을 찾아보았지만, 사람을 부를 수 있는 어떤 장치도 발견할 수 없었습니다.

우리는 다시 앞으로 돌아와 보았습니다. 하지만 거기에도 초인종은 없었습니다. 형이 몇 번인가를 더 불러 보더니, 이번에는 용감하게 손으로 문을 똑똑 두드려 보았습니다. 그 순간, 문이 삐꺽 하고 열리는 바람에 우리는 소스라치게 놀랐습니다. 문이 잠겨 있지 않았던 것입니다. 하기야 자물쇠가 고장 났다고 우리를(엄밀히 말하면 형을) 부른 것이었으므로, 그것은 쉽게 수긍이 가는 일이긴 했습니다. 어쨌거나 우리는 그렇게 이해했습니다.

형이 문을 조금 더 열고, 다시 몇 번을 불러 본 후에 집 안으로 들어갔습니다. 나는 조금 뒤로 물러서서 지켜보는데, 형이 집으로 들어서는 순간 마치 새카만 커튼이 그의 등줄기를 타고 흘러내리기라도 하듯 칠흑 같은 어둠이 금세 그를 삼켜 버렸습니다. 그리고 형의 비명마저도 중간에서 잘려 버리는 것이었습니다. 나는 형을 소

---

* 편지 여백에 추가된 글: 유감스럽게도 나는 이 집이 정확하게 동서남북 어느 방향을 향해 놓여 있는지를 분간할 수 없었습니다. 그것은 아마도 거대한 피라미드의 방위가 구분되지 않는 것과 같은 이치가 아닌가 싶습니다.

리쳐 불러 보았지만 아무런 대답도 돌아오지 않았습니다. 그 순간 나는 밑도 끝도 없는 거대한 공포에 휩싸였습니다. 만약 그때, 조금이라도 발을 뗴 움직일 수 있었다면 나는 아마도 그냥 달아나 버렸을 겁니다. 하지만 나는 전신이 마비되어 꼼짝도 할 수 없었습니다.

형이 집 모퉁이를 돌아 뛰어오는 것을 보고서야 비로소 나는 마비 상태에서 풀려날 수 있었습니다. 그런데 형이 하는 말을 알아듣는 데 또다시 한참이 걸렸습니다. 형은 자기가 앞의 문으로 들어서는 동시에 바로 뒤편의 문으로 나왔노라고 했습니다. 마치 하나의 같은 문을 통과한 것처럼 말입니다.

그러고 나서는 나더러 같이 들어가 보자고 했습니다. 나는 완강히 거부했습니다. 그런 상황에서는 누구라도 절대 들어가지 않았을 겁니다. 나중에는 점점 고개를 드는 호기심을 결국 이기지 못했지만, 아무튼 그날만큼은 아니었습니다.

우리는 아직 열려 있는 문 안을 함께 들여다보았으나 아무것도 보이지 않았습니다. 정상적이라면 반대편의 문과 그 뒤에 정원이 보여야 하는데 말입니다. 너무 완벽하고 두꺼워서 빛조차 통과할 수 없을 정도의 진공 상태, 칠흑 같은 어두움 그리고—당신이 이 모순되는 표현을 어떻게 받아들일지는 모르겠습니다만— 빈 공간만이 **빽빽이** 꽉 찬 공간이 집 안에 놓여 있는 것처럼 보였습니다.

형은 자기가 집을 돌아볼 테니 그동안 꼼짝 말라고 했습니다. 나는 쿵쿵 뛰는 가슴을 달래며 기다리고 있었는데, 갑자기 형이 내 앞에 열려 있는 문으로 나오는 게 아니겠습니까! 형은 문고리를 잡고는 밖으로 나오더니 뒤로 문을 닫았습니다. 나는 멍하니 형을 쳐다보다가 간신히 입을 뗐습니다. "어, 어떻게 된 거야, 형? 지날 때 아무렇지도 않았어?"

"그럼, 정말 아무렇지도 않아. 아프다거나, 그렇다고 기분이 좋다거나 하지도 않고…… 그냥 아무 느낌도 없어. 그리고 저기에는 정말 아무것도 없어, 요제프!"

그는 문을 다시 열고 어둠 속으로 고개를 밀어 넣고는 이리저리 둘러보았습니다. 그러더니 중얼거렸습니다. "정말 아무것도 없어."

우리는 서로 바라보며 한참을 그렇게 서 있었습니다. 그 상황에서 우리가 해야 할 일이 무엇인지를 알 수 없었습니다. 우리 눈앞에서 벌어진 일이 현실적으로 가능하지 않다는 것만은 너무도 명백했습니다.

형은 자기가 자물쇠를 달러 왔다는 사실이 갑자기 떠올랐던지, 덜그럭 소리를 내며 공구통을 뒤적거리기 시작했습니다. 그는 막대자를 꺼내 뭔가를 망설이는 것처럼 그것을 접었다 폈다 했습니다. 그러다가 무슨 생각이 떠올랐는지 갑자기 명령하듯 말했습니다.

"요제프, 얼른 반대편으로 가서 뭐가 튀어나오는지 잘 보고 있어!"

나는 시키는 대로 반대편으로 뛰어가서 문 앞에 섰습니다. 그 문은 앞의 것과 마찬가지로 안쪽으로 열려 있었으며 열린 각도마저 똑같았습니다.

잠시 후, 나는 문기둥을 타고 검은 공간에서 갑자기 막대자 한 쪽이 튀어나오는 것을 보았습니다. 그것은 정확히 21센티미터 되는 지점까지 천천히 밀려 나왔다가 다시 안으로 빨려 들어갔습니다.

나는 형의 휘파람 소리를 듣고는 얼른 그에게 갔습니다. 그는 내게 뭔가 말해 보라는 듯 말없는 고갯짓을 해 보였습니다.

"자가 튀어나왔어."

"얼마나?"

"21센티미터."

"맞았어!" 그는 이렇게 확인을 하더니, 막대자로 턱을 살살 두드리며 뭔가를 깊이 생각하는 눈치였습니다.

"어떻게 이런 일이 가능하지?" 내가 물어보아도 형은 대답 없이 어깨만 들썩여 보일 뿐이었습니다. 잠시 후, 형은 작업을 시작했고 내가 옆에서 도와주었습니다. 형은 고장 난 자물쇠를 빼내고 거기에 맞는 새것을 갈아 끼웠습니다. 작업이 끝난 후에 거기에 딸려 있는 열쇠로 한두 번 열었다 잠갔다 하면서 시험해 보았습니다. 마지막으로 그것을 완전히 잠근 다음, 열쇠를 조심스럽게 주머니에 챙겨 넣었습니다. 그리고 우리는 아무 말 없이 집으로 돌아왔습니다.

내가 숙제를 하는 동안―나는 학교를 다니면서 그렇게 힘든 숙제를 해 보기는 처음이었는데, 그 정도로 내 생각은 온통 그날 있었던 일에 팔려 있었습니다―우리 집의 작업실인 지하 창고에서는 형이 줄질을 하는 소리가 계속해서 들려왔습니다. 그리고 나서 형은 자기 선생에게 다녀왔습니다.

물론 우리는 이 일을 아무에게도 말하지 않았습니다. 심지어 어머니에게도 말이지요. 저녁 때 잠자리에 들어서야―우리 형제는 한 방을 썼습니다―형이 속삭였습니다. "요제프, 내가 지금 무슨 생각하는지 알아?"

"뭔데?"

그가 말을 잇는 데는 한참이 걸렸습니다. "그 집은 말이야…… 속이 없어. 겉만 있단 말이야."

"형, 그만둬! 그런 집은 존재하지 않아." 다시금 공포감에 사로잡혀 내가 속삭였습니다.

"아니, 그런 집이 있다니까, 요제프! 내부가 없는 집."
형이 아주 진지하게 말했습니다.

그리고 다시 한참이 지났습니다. 이미 잠이 든 내게
형이 중얼거렸습니다. "한 가지 알고 싶은 게 있어. 아무
도 안으로 들어갈 수 없다면 자물쇠는 왜 필요한 거지?
어차피 거기에는 아무것도 없는데 말이야."

그다음 날, 세상의 온갖 추문을 다 몰고 다니는 그 쇼
아스발리가 자전거를 타고 루펠네 공장에 나타나서는 돈
을 지불하고 열쇠를 받아 가지고 돌아갔습니다. 저녁에
형이 말해 줬는데, 두꺼운 안경알 때문에 부리부리해 보
이는 그 눈으로 한참 동안 자기를 뚫어지게 처다보더랍
니다. 그녀에게서 풍기는 냄새도 냄새였지만, 그 눈초리
때문에 형은 하마터면 먹은 걸 다 게워 올릴 뻔했다고 말
했습니다. "아하, 바로 **너**였구나, 그렇지? 그 일을 한 게
너였지?"

손가락으로 천천히 형을 가리키며 그녀가 물었답니
다. 형이 가만히 고개를 끄떡여 대답한 후에 그걸 어떻게
알았느냐고 물어보았습니다. 선생이 그녀에게 이야기했
을 리는 없었습니다.

"됐어, 됐어! 아무려면 어때." 그녀는 애매한 표정을
지으며 형을 다시 한 번 찬찬히 훑어보더니, 갑자기 키득
키득하며 자기 지갑에서 1마르크를 꺼내 형에게 주었습

니다.

"이건, 네게 주는 거다."

형은 말없이 돈을 받았습니다.

쇼아스발리는 자전거에 올라 몇 걸음을 타고 가다가 형을 돌아보며 말했습니다. "꼬마야, 한 번 더 놀러 오렴. 어떻게 들어오는지는 알지?"

형은 동료가 옆에 와서 "그렇게 멍청히 보고 있으면 돈이라도 나오냐?" 하며 머리를 콩 쥐어박을 때까지 그녀를 바라보고 있었습니다.

형이 나한테까지 말하지 않은 것이 하나 있었는데, 그것은 나중에 쇼아스발리가 없을 때 그 집을 다시 한 번 살펴보려고 여분 열쇠를 하나 더 복사해 두었다는 사실이었습니다. 형은 쇼아스발리가 가면서 남긴 말을 굉장히 맘에 걸려 했는데, 도둑이 제 발 저린다고, 혹시라도 형이 열쇠를 복사한 사실을 염두에 두고 선수를 친 게 아닐까 했던 것이었습니다. 하지만 그것을 어떻게 알겠습니까? 그것은 절대로 불가능한 일이었습니다. 모든 것이 불확실했기 때문에 형은 잔뜩 겁을 먹었습니다. 그리고 그 비밀을 알게 된 나 역시도 예외는 아니었습니다. 한 가지 확실한 건, 그 집의 비밀을 안다는 것은 위험한 일이라는 사실이었습니다. 어쩌면 우리는 쥐도 새도 모르게 잡혀 가거나 죽임을 당하도록 예정되어 있는지도 모

른다고 생각했습니다.＊

　그 후로 우리는 오랫동안 그 집을 피해서 다녔습니다. 심지어 그 집에 가까이 가지 않기 위해 지름길을 두고 멀리 돌아서 다니기까지 했습니다. 그리고 그 집은 그냥 멀리서 살펴보기만 했습니다. 그러면서 혹시 우리의 비밀을 아는 사람이 있다면, 제발 그가 우리를 잊어 주기만을 바랐습니다. 그러나 낮이나 밤이나 우리의 생각은 온통 그 집에 대한 것뿐이었습니다. 종종 우리는 그 집에 대한 꿈을 꾸곤 했는데, 심지어 몇 번인가는 '**같은 꿈을 동시에**' 꾸기도 했습니다. 꿈의 내용은 다음과 같았습니다.

　우리는 나란히 떡갈나무 숲 사이, 밤의 어둠 속에 숨어 있습니다. 그리고 나뭇가지 사이로 집을 살펴봅니다. 주위에는 정적만 감돕니다. 그런데 바닥이 가볍게 진동하는 걸 느낍니다. 그 진동은 점점 잦아져 마치 우리는 엄청나게 커다란 북 위에 서 있는 것 같습니다. 그 북의 울림통에서는 흉포한 지옥의 울림이 퍼져 나옵니다. 그러나 우리가 그 울림을 직접 들을 수는 없습니다. 동시에 집 안에서는 창문 틈을 뚫고 날카로운 청백색의 빛이 새

＊ 편지 여백에 추가된 글: 당시의 이 공포는 오늘날 흔히 생각하는, 막연히 환상적인 아이들만의 공포심은 아니었습니다. 우리 마을에서는 벌써 여러 명이 밤사이에 어디론가 잡혀 가서는 돌아오지 않았기 때문입니다.

어 나옵니다. 그것은 마치 전기 용접기가 뿜어내는 빛 같아서 눈을 뜰 수가 없을 정도입니다. 우리는 공포에 질려, 말 그대로 피부에는 소름이 돋고, 온몸이 마비되어 꼼짝 못하고 서 있다가 이내 꽁꽁 얼어 버립니다. 그 죽음의 빛 속에 엄청나게 무시무시한 것이 숨겨져 있는 것만은 틀림없습니다. 그것은 우리에게 그 무엇이 분명 실존한다는 사실을 보여주는 것이라고 동시에 느낍니다. 우리가 '절대 악'이라고 부를 수밖에 없는 그 무엇이, 신이나 세상과는 더 이상 관계없는, 그래서 존재해서는 안되지만 그럼에도 존재하는 그 무엇이…….

그 모든 것에도 불구하고 호기심은 점점 커져 가기만 했습니다. 한번 생각해 보십시오. 당시 나는 열두 살이었고 형은 열다섯 살이었습니다. 우리 둘은 아직 어린아이들이었습니다. 우리는 점점 그 집에 가까이 다가갔습니다. 그리고 한 시간 이상 그 집을 살펴보는 일도 잦아졌습니다. 우리는 쇼아스발리가 많으면 일주일에 두 번, 화요일과 금요일 저녁에 와서 밤새 그 집에 머문다는 사실을 알아냈습니다. 그 외의 나머지 시간에 집은 그냥 방치되어 있었습니다.

하지만 **그녀는** 어떻게 그 집에 들어갈 수 있었을까요?

아마도 1943년 말쯤이었을 겁니다. 한번은 몇 명의 남자들이 탄 검은 색 메르세데스가 그 집에 온 일이 있었습니다. 그 차는 집 앞에서 한 시간 이상이나 쇼아스발리를 기다렸습니다. 자전거를 탄 그녀가 도착하자 나치 친위대 복장을 한 남자 두 명이 차에서 내렸는데, 그들은 모자를 쓰고 외투를 입은 남자 하나를 사이에 끼고 있었습니다. 그 남자는 아주 창백해 보였습니다. 그녀가 그 죄수—어쨌거나 우리에게는 그렇게 보였습니다—를 넘겨받았고 그는 그녀를 따라 힘없이 집으로 들어갔습니다. 잠시 후, 그녀가 혼자 나오자 친위대 사람들이 '당시의 독일 인사법'으로 인사를 했습니다. 그녀는 같은 제스처로 답례를 한 뒤 자전거를 타고 출발했습니다. 남자들을 태운 자동차는 방향을 돌려 그녀를 따라 시내 방향으로 사라졌습니다.

여기에서 한 가지 확실해진 것이 있습니다. 지금까지 우리가 믿어 왔던 대로 쇼아스발리 뿐만이 아니라 다른 사람도 그 집 안으로 들어갈 수 있다는 사실이었습니다. 그 내부는 어떻게 되어 있을까? 우리는 무슨 일이 있어도 그것을 밝혀내고야 말겠다고 마음먹었습니다.

나는 지금 탐정 소설이나 괴기 소설을 쓰고 있는 게 아니라, 사실에 입각한 보고서를 쓰는 것입니다. 그렇기 때문에 당신의 궁금증을 자극해 가며, 당신을 괴롭힐 생각은 추호도 없습니다. 결론부터 미리 이야기하자면, 결국 그 수수께끼를 푸는 것은 실패하고 말았습니다.

첫 번째 용감한 시도는 어느 날 오후, 그 집의 창문 하나에 돌을 던져 보는 것으로 시작되었습니다. 나는 그 실험을 형 없이 혼자서 했습니다. 쨍그랑 하고 유리창 깨지는 소리가 들리자, 놀란 나는 있는 힘을 다해 냅다 뛰었습니다. 그리고 도로 변에 놓인 모래 통 뒤로 가서 숨었습니다. 시간이 조금 지난 뒤에 나는 살살 기어 나왔습니다. 나의 치기 어린 영웅심은 이미 온데간데없이 사라졌고 무릎이 부들부들 떨려 왔습니다. 하지만 집 안에서 별다른 반응이 없었기 때문에 감히 그 집으로 다가갈 수 있었습니다. 유리창에는 구멍이 나 있었고, 사방으로 금이 뻗어 있었습니다. 나는 집 뒤쪽으로 달려가서 확인했습니다. 같은 위치의 반대쪽 창문도 똑같은 형태로 깨져 있는 것을, 그리고 심지어는 내가 던진 돌이 바닥에 떨어져 있는 것도 발견했습니다.

내가 그날의 무용담을 형에게 늘어놓자, 형은 당장 무언가 굳게 결심한 듯한 표정을 지어 보였습니다. 아마도 자기보다 어린 나에게 계속해서 주도권을 빼앗길 수 없다는 생각이 들었던 모양입니다. 바로 그다음 날은 일요일이었는데, 교회에 다녀온 뒤에 형은 자기만의 비밀 창고였던 이끼 낀 나무 구멍에서, 몰래 복사해 둔 열쇠를 꺼내 왔습니다. 그리고 우리는 그 집으로 갔습니다. 그는 깨진 유리창과 뒤편의 유리창을 살펴보고, 떨어진 자리에 그대로 내버려 두었던 돌을 관찰했습니다.* 이로써 그 건물은 내부가 없고, 앞면과 뒷면이 한 치의 오차도 없이 똑같다던 형의 주장이 확인된 셈이었습니다. 물론 창문 역시도 같은 창문이었던 것입니다.

형은 열쇠로 문을 따더니 용감하게 안으로 들어갔습니다. 지난번과 다른 일이 일어나지는 않았습니다. 내게는 갑작스러운 어둠이 그를 삼켜 버리는 것처럼 보였지만, 형은 문에 들어서는 동시에 반대편 문으로 나왔습니다. 이제 우리는 측면의 문들을 시험해 보았습니다. 사방 어디에서 보건 완전히 같아 보이는 이 집에 대해, 앞면이라거나 측면이라거나 하는 표현이 원래 적절한 것은 아닙니다만……. 어쨌든 열쇠는 네 개의 현관문에 모두 맞았습니다. (단지 '하나의' 자물쇠만을 새로 갈아 끼웠는데 말입니다.) 그리고 나머지 문들에서도 앞문에서와 똑같은 일이 벌어졌음은 물론입니다.

나는 그때까지 스스로 그 문으로 들어가는 것을 거부했습니다. 그때 형이 한 가지 실험을 제안했습니다. 자기가 한편에서 문을 통해 손을 뻗을 테니 나더러 반대편에 있다가 그 손을 잡고 흔들어 보라는 것이었습니다. 나는 한쪽 문에서 기다렸습니다. 손이 나타났고 나는 그 손을

---

* 편지 여백에 추가된 글: 그 깨진 유리창은 이후에도 새것으로 갈아 끼우지 않았습니다. 아마도 깨진 것을 몰랐던 것 같습니다.

잡고 흔들었습니다. 그런데 이번에는 형이 손을 놓지 않고 있는 힘을 다해 나를 자기 쪽으로 끌어당겼습니다. 나는 소리를 지르며 저항했지만, 결국은 중심을 잃고 넘어지면서 무릎을 바닥에 찧었습니다. 그런데 그 순간 이미 나는 형이 있는 반대편으로 넘어가 있었습니다. 나는 통증보다도 두려움에, 그리고 내 영혼을 짓누르는 이해할 수 없는 슬픔에 갑자기 북받쳐 크게 소리 내어 울었습니다. 우리는 더 이상 아무것도 할 수 없었습니다. 엉엉 울면서 절뚝절뚝 집으로 돌아가는 나를, 형이 조심스럽게 그 집의 문을 잠그고 나서 뒤따라왔습니다. 문은 하나만을 잠그는 것으로 충분했는데, 그것으로 나머지 문들도 함께 잠겨 버렸기 때문입니다.

그 후, 며칠 동안 형은 나를 겁쟁이 울보라고 놀려 댔습니다. 그러나 우리는 금방 다시 의기투합해서 새로운 시도를 해 보았습니다. 기왕에 버린 몸, 무엇이 두려우랴 싶은 우리의 장난은 점점 대담해져 갔습니다. 우리는 그 집이 가지고 있는 신비한 성질을 항상 새로운 방법으로 실험해 보기 위해 아이들이 생각해 낼 수 있는 온갖 장난이란 장난은 다 동원해 보았습니다. 호스로 물줄기를 뿌리거나 종이비행기를 날려 보기도 했습니다. 그리고 양쪽에서 서로 업어 보거나 재주넘기를 해 보기도 했지만 결과는 언제나 마찬가지였습니다. 그런 장난을 통해 한

가지 확인한 것이 있는데, 한쪽 문으로 들어가서 '반대편에 있는' 문으로 나올 수는 있지만 들어간 문의 왼쪽이나 오른쪽 문으로 나오는 것은 불가능하다는 점이었습니다. 그래서 우리는 재미 삼아, 한 사람은 앞에서 뒤로 건너뛰고, 그와 동시에 다른 사람은 왼쪽에서 오른쪽으로 건너뛰는 실험을 해 보았습니다. "하나, 둘, 셋!" 하면서 동시에 뛰었지만 우리는 한 번도 그 안에서 부딪친 적이 없습니다. 에밀 형의 주장이 맞다는 한 증거이기도 했습니다.

1944년, 날이 갈수록 심해져만 가는 뮌헨 공습을 피해, 나는 우리 반 아이들과 함께 슈타펠 호수 근처의 무르나우에 있던 소위 '주(州) 아동 수용소'라는 곳으로 보내졌는데, 만약 내가 계속해서 집에 있었다면, 아마도 우리는 그 집에서 무슨 일을 저질렀든가, 아니면 언제고 쇼아스발리와 맞부딪쳤을 것입니다. 당시, 막 열여섯 살이 되었던 형은 징집이 되었는데, 불과 몇 개월 후, 당시의 전황이 더 이상 손써 볼 수 없을 정도로 심각했던 동부 전선에서 전사했습니다.

전쟁과 '천년 제국'의 붕괴 후, 어머니가 있는 집에 돌아왔을 때—포로로 붙들려 있던 아버지는 2년이 더 지나서야 전상자로 집에 돌아왔습니다—내가 처음 한 일은 쇼아스발리의 집을 찾아가 보는 것이었습니다. 하지만 그 집은 더 이상 거기 없었습니다. 뮌헨의 마지막 전투 때, 폭탄을 맞아 폭삭 가라앉았다고 했습니다.

다음은 내가 풍문으로 들은 내용으로, 그 마을의 몇몇 목격자들의 증언을 바탕으로 당시의 상황을 재구성한 것입니다.

집이 파괴되기 며칠 전, 여러 대의 자동차가 몰려왔다고 합니다. 약 열 명에서 열다섯 명 정도 되어 보이는 사람들 가운데 몇 명은 높은 계급장이 달린 당원 제복을 입고 있었으며, 다른 사람들은 민간인 복장이었다고 합니다. 그들은 차에서 내려 그 집으로 들어갔는데, 그들 중에는 쇼아스발리도 있었다고 합니다. 그들은 다시 밖으로 나오지 않았고 자동차들은 같은 자리에 빈 채로 하루 종일 세워져 있었답니다. 물론 아무도 감히 그것을 건드릴 생각은 하지 못 했다고 합니다. 사람들은 그들이 누구인지는 알 수 없었지만, 그래도 지위가 높아 보이던 제복 차림의 사람들 가운데 최소한 두 명은 알아볼 수 있었다고 주장했습니다. 그들은 종적도 없이 사라져 실종자로 처리된 사람들이라고 합니다. 그 두 사람에 대해서는 사람마다 얘기가 엇갈리므로 여기서는 그 이름을 아예 언급하지 않는 게 좋을 듯합니다. 그리고 자물쇠 기술자 루펠의 부인은 자기가 그 집에 폭탄이 떨어지는 것을 지켜보았다는데, 그 집은 폭파되어 산산조각 난 것이 아니라 그냥 안쪽으로 빨려 들더니 종적도 없이 사라졌다고 했

습니다. 건물의 부서진 잔해나 파편 하나 남지 않았다고
합니다.

이때부터 시작해서 나는 최소한 그 집의 건축 연도라
도 알아내기 위해 많은 노력을 했습니다. 하지만 그것은
헛수고로 끝나고 말았는데, 1930년에서 1935년 사이의
모든 토지 대장이 전쟁 마지막 날에 불태워졌거나 — 아
니면 내 추측입니다만— 쇼아스발리, 또는 그녀와 한패
였던 사람들이 폐기한 것 같았습니다. 어쩌면 그 집을 지
으면서 그 안에 함께 보관했다가 집과 함께 영원히 사라
지도록 한 것일 수도 있습니다. 서두에서도 이야기한 것
처럼, 1935년에서 1945년 사이의 토지 대장에 의하면
28b번지의 대지는 집이 사라진 1945년 이후에 비해 115
제곱미터 더 넓었습니다. 내 생각에 이 차이는 그 집의
대지 넓이에 해당하지 않나 싶습니다.

물론, 나는 이것에 만족할 수 없었습니다. 원래는 없
었던 115제곱미터가 그 집과 함께 소위, '무(無)'에서 생
겨났다가, 나중에 다시 '무'로 돌아가 사라진 것인지 확
실하게 알아내고 싶었습니다. 이 경우 1930년 이전의 토
지 대장에 기록된 대지의 넓이가 오늘날의 넓이와 같아
야 합니다. 하지만 조사는 여기에서 더 이상 진전되지 못
했습니다. 공교롭게도 그 이전의 서류는 1930년에서
1935년 사이에 모두 분실되었고 이 기간에 펠트모힝과

그 주변의 모든 토지들은 경지 정리를 이유로 모든 구획이 다시 설정되었기 때문입니다. 그러므로 오늘날의 대지 28b번지가 1930년 이전에 설정된 구획 그대로라고 확언할 수는 없습니다. 결코 가볍게 넘겨 버릴 수 없는 이 문제를 확인하기 위해 관청에 도움을 청해 보았지만, 나의 모든 청원은 거절되었습니다. 나는 이것이 이른바 '높은 곳의 지시'가 아닌가, 하는 의구심을 떨쳐 버릴 수 없습니다. 사람들은 아예 노골적으로, 내가 제기하는 문제들은 쓸데없고 무의미한 것들이라며 무시했고, 심지어는 이 문제를 신경 정신과 의사와 상의해 보라고 서슴없이 말하기도 했습니다. 그 후로 나는 이 문제를 그냥 내버려 두었습니다.

당신은 지금까지의 내 이야기를 곡해하거나 일고의 가치도 없는 것으로 치부해 버리지는 않으리라고 믿습니다. 나의 진지함과 양심에 대해서는 이미 학자의 명예를 걸고 당신에게 보증한 바 있으며, 이를 다시 한 번 강조하고자 합니다. 유년 시절 이후 나의 머릿속에는, 흔히 말하는 우리의 현실이라는 것은 단순한 구조의 단층집이 아닌, 위아래에 수없이 많은 층들로 이루어진 거대한 건물의 '관리인 집'이라는 생각이 점점 깊이 뿌리내리고 있습니다. 내가 여기서 묘사한 그런 집의 존재는, 애당초 그런 집이 있지 않았던 것처럼, 그래서 오늘날에는 증명될 수도 믿을 수도 없는 것으로 다가옵니다. 하지만 그것은 당시 시대상의 적나라한 반영이기도 하다고 생각합니다. 최근 우리 역사의 적잖은 것들이 그 집의 사정과 크게 다르지 않기 때문입니다.

삼가 절하며 요제프 레미기우스 자이들 올림

추신: 아마도 악의 모든 비밀은 오로지, 그 안에 아무것도 없다는 데에 그 본질이 있나 봅니다.

조금 작지만 괜찮아

저녁 무렵이면 로마 사람들은 습관처럼 핀초 언덕이나 자니콜로 언덕에 오른다. 이곳에서 내려다보이는 로마 시내의 아름다운 경치를 즐기기 위해서이다. 싫증도 안 나는지 그들은 이 일을 2천 년 동안이나 계속해 오고 있다. 이곳의 돌난간에 새까맣게 몰려서는, 낮의 열기를 식히며 이 도시 특유의 보랏빛 속으로 사라져 가는 지붕과 탑의 물결 이곳저곳을 가리키며 외쳐 댄다. 마치 그 광경을 처음 보기라도 하는 사람들처럼.

"야, 저기 콜로세움 좀 봐라!"

"야, 저게 산타 마리아 마조레 대성당이다!"

"야, 바로 저기에 덴티에라틀니가 있다!"

('덴티에라' — 비토리오 에마누엘레가 카피톨리노 언

덕의 옛 로마의 성 바로 옆에 세운, 거대한 흰색 대리석 기념물인 조국의 제단을 그들은 이렇게 불렀다.)[1]

남자들은 자신이 주인이라도 되는 양 자랑스럽게 설명에 열을 올리고, 아내와 아이들은 전혀 새로운 이야기라도 되는 듯 신기하다는 표정으로 귀를 기울인다.

대부분의 사람들은 물론 자동차로 이곳에 온다. 이곳에 이르는 길이 걷기에는 만만치 않기 때문이다. 연인들의 경우는 오토바이, 그것도 이왕이면 자전거처럼 작은 것 말고, 되도록이면 큰 것을 애용한다. 그들은 열이면 열, 시동을 끄지도 않은 채 그냥 세워 둔다. 그래도 시끄럽다고 뭐라 하는 사람은 아무도 없다. 또 어떤 사람들은 아무 거리낌 없이 자기들이 가져온 트랜지스터라디오의 볼륨을 크게 올리고, 어김없이, 다른 사람들이 듣기에는 괴성에 지나지 않는 소리를 꽥꽥 질러 대며 제 딴에는 노래랍시고 따라 부른다. 하지만 그들에게는 그 괴성이 정신적 삶의 기쁨을 표현하는 한 방법인가 보다. 아니면 오페라 아리아에 대한 그들의 이루 말할 수 없는 애착으로 이해할 수도 있겠다.

이 얼마나 재미있는 도시인가! 또한 이 얼마나 재미있

---

1) 이탈리아 통일을 이룬 비토리오 에마누엘레 2세의 죽음을 애도하기 위해 비토리오 에마누엘레 3세에 의해 건축되었으며, 외관의 생김새 때문에 타이프라이터라는 별명으로도 불린다.

는 민족인가!

어느 날 저녁, 나는 자니콜로 언덕의 한 공원 벤치에 앉아 로마를 구경하는 로마 사람들을 구경하고 있었다. 그런데 얼마 전부터인가 이런 나를 유심히 바라보는 지저분한 수염의 한 남자가 있었다. 나는 다른 자리를 찾기 위해 일어섰다. 그러자 그는 이렇게 쉽게 놓아줄 수 없다는 듯, 나의 소매를 잡아끌어 돌난간 앞으로 나를 데려갔다. 그러고는 과장된 몸짓으로 먼 곳을 가리켰다.

"저기 산 피에트로 성당[2]의 둥근 지붕 좀 보세요! 멋있지 않나요, 그렇지요?"

내가 고개를 끄떡이자, 그는 무언가 요구하는 것처럼 손을 벌려 나에게 내밀었다.

나는 주머니에서 100리라짜리 동전을 꺼내 그 대단한 '봉사'에 대한 대가로 그에게 주었다.

"산 피에트로 성당을 알려줬는데 고작 100리라라고?" 동전을 내 발 앞에 던져 버리기라도 할 듯한 기세로 그가 말했다. 그는 내가 자기한테 무슨 커다란 실례라도 한 것처럼 소란을 피워 사람들의 주의를 모았다. 무슨 일인가 하고 모여든 구경꾼들이 이내 우리를 에워쌌고, 사람들은 한심하다는 눈초리로 나를 훑어보았다. 나는 얼른

---

2) 바티칸 시국의 성 베드로 대성당.

100리라를 더 주고 그 자리에서 도망쳐 버렸다.

어디로 가야 할지 몰라 잠시 서성이던 나는 어느 작은 연못가에 있는 한 공원에 이르러서야 비로소 한숨을 돌릴 수 있었다. 그 연못의 중앙에는 아주 작은 섬이 하나 있고, 섬 위에는 높이가 약 3미터에서 4미터는 족히 되어 보이는 희한한 조형물이 하나 우뚝 솟아 있었다. 그 조형물은 외벽이 유리로 되어 있어서 내부의 복잡한 기계 구조가 그대로 들여다보였다. 그것은 일종의 시계였다. 그 구조를 설명하자면, 우선 아래 부분에는 국자 모양의 우묵한 종지가 양쪽에 달린 저울대에 장치되어 있었다. 그리고 그 저울대 위에는 기차의 선로를 바꾸어 주는 전철기轉轍機의 원리를 응용한 장치가 달린 물통이 있고, 그 물통의 물은—저울대의 운동에 의해 자동으로 양쪽을 왔다 갔다 하도록 되어 있어서—왼쪽과 오른쪽 종지에 번갈아 가며 부어지도록 설계되어 있었다. 그래서 물이 위로 올라와 있는 종지에 부어지면 그 종지는 밑으로 내려가며 물을 쏟아 내고, 그 동안 반대편 종지에 물이 부어져 그 종지는 다시 위로 올라가고……, 이렇게 시계를 작동시키는 저울대에 반복 운동이 생겨나도록 만들어 놓은 장치였다.

그 신기한 장치가 돌아가는 것을 정신없이 바라보는 동안, 바로 옆 길가에 그 크기가 너무 작아 재미있어 보이는 자동차가 한 대 와서 멈춰 섰다. 생긴 게 꼭 찐빵 같은 그 자동차는 고속도로 같은 데를 달릴 만한 힘은 없어 보였지만, 대신에 도시의 좁고 꾸불꾸불한 골목길 같은 데에서는 아주 유용하게 쓰일 듯했다.

이윽고 왼쪽 문이 열리더니, 얼굴이 불그스레하고 머리는 훌러덩 벗겨진 뚱뚱한 남자 한 명이 내렸다. 다음에는 오른쪽 문이 열리더니, 윗입술 위에 잔수염이 돋아 있는 만만치 않게 뚱뚱한 여자 한 명이 밖으로 굴러 나왔다. 그 여자가 남자 옆에 서니 남자보다 머리 하나는 더 큰 것 같았다. 땀을 비 오듯 흘리는 그녀는 연신 부채질을 해 댔다. 그사이 첫 번째 문에서는 열네 살쯤 되어 보이는 삐쩍 마른 여자아이 하나가 나오고, 그 뒤를 이어 한 열여덟 살 정도 됐지 않을까 싶은, 놀랍도록 크게 부푼 가슴을 가진 여자아이가 따라 나왔다. 그리고 또다시 그 뒤를 이어 검은 곱슬머리의 사내아이 세 명이 연달아 밖으로 나왔다. 나는 아마도 그들이 열 살, 여덟 살, 다섯 살 정도 됐을 거라고 생각했다. 이제는 다 나왔겠지 하고 생각하고 있을 때, 담배를 입 가장자리로 씹어 문 백발의 수척한 노인 하나가 콧김을 몰아쉬고 기침을 하며 나타났다. 그가 허리를 펴니 키가 2미터는 족히 되어 보였다.

기가 탁 막혀 버린 나는 그 코딱지만 한 자동차와 한

무더기의 사람들을 정신없이 번갈아 보았다. 그래서 그 뚱뚱한 남자가 다른 사람들에게 뭔가를 설명하기 시작하고, 다른 사람들은 귀 기울여 경청하는 것에 신경 쓸 겨를이 없었다. 분명 그들은 한 가족이고 저 남자가 가장이리라. 저 수염 나고 펑퍼짐한 여자가 그의 아내이고 저 다섯 명의 아이들은 저들의 자식일 것이다. 그럼 저 백발의 노인은? 아무도 그에게 말을 걸지 않고 그 자신도 완고하게 입을 꾹 다물고 있는 것으로 봐서, 아마도 먼 친척 정도 되나 보다. 그것도 아니면 그냥 따라온 사람일 것이다. 그동안 다른 사람들은 와글와글 수다에 여념이 없었다. 서로 열을 올리며 뭔가에 대해 열심히 토론하는 것 같았다.

"하지만 그건 말도 안 돼!" 제일 나이가 많아 보이는 사내아이가 소리 질렀다. "그건 불가능해. 왜냐하면······"

"시끄럽다!" 아버지가 아이의 말을 끊었다. "알아듣도록 내가 다시 설명하마. 제발 좀 생각을 하면서 들어라. 에, 그러니까, 너희들도 보다시피 저 물줄기가 이 저울대를 움직이게 한다. 그리고 이 저울대는 시계를 돌아가게 할 뿐만 아니라 동시에 연못의 물을 저 물통으로 끌어올리는 펌프도 작동을 시킨다 이 말씀이다. 그게 아니라면 도대체 어디서 물이 온단 말이냐?"

"혹시 수도관을 통해서가 아닐까요?" 삐쩍 마른 여자 아이가 자기 의견을 말했다.

"말도 안 돼!" 아버지가 말을 가로막고는 아이를 노려 보았다. "다시 한 번 말하지만, 이 신기한 기적의 장치는 스스로 만들어 내는 에너지에 의해 계속 돌아갈 수 있는 것이다. 따라서 이게 바로 그 영구 기관[3]이라는 장치이 니라. 도대체 아니라는 이유가 뭐냐?"

"왜냐하면……" 벨리사리오라 불리던 제일 큰 사내아 이가 다시 말했다. "왜냐하면 우리 선생님이 그러셨어 요. 영구 기관이라는 건 없다고, 그리고 그런 장치는 절 대로 있을 수 없다고. 그건 과학적으로도 증명이 된다고 요. 바로 그게 이유죠!"

"그럼 넌 지금 이 애비 말이 말 같지 않아 무시하겠다 는 거냐? 이런 버르장머리 없는 놈 같으니라고!" 아버지 가 더 시뻘게진 얼굴로 소리 질렀다. "내가 한 말이 거짓 말이니까, 그래서 야단이라도 쳐 보겠다는 거냐?"

엄마가 그의 팔에 가만히 손을 대며 말했다. "하지만 선생님이 그러셨다는데……."

"그놈의 선생님, 선생님!" 아버지가 눈을 굴리며 말했 다. "도대체 그 선생이 누군데? 제까짓 게 뭔데, 그렇게

---

3) 에너지의 공급 없이 영구히 운동을 계속할 수 있는 가상적인 기 계나 장치.

조금 작지만 괜찮아 161

잘난 척을 해? 이런 장치에 대해서 그 선생이 대체 뭘 알아? 하지만 나는, 너희들 애비인 나는 안다. 왜냐면 저 물시계가 바로 우리 집안 어른의 작품이기 때문이지. 그러니까 증조할아버지뻘 되는 어른께서 직접 만드셨다, 이 말씀이야. 따라서 우리는 무한한 존경심을 가지고 이 작품을 대해야 하는 거다."

"그건 저도 알아요." 벨리사리오가 입을 삐쭉거렸다. "그렇지만 저게 영구 기관일 수는 없어요. 그런 장치는 이 세상에 하나도 없기 때문이죠."

"지금 네 코앞에 있는데도!" 아버지가 으르렁거렸다. "너는 눈도 없냐? 이런 고집불통 같으니라고!"

우거지상을 한 그가 갑자기 나를 돌아봤다.

"한번 말씀 좀 해 보시오, 선생. 글쎄, 요즘 아이들이 다 이렇다니까요. 도무지 부모 말을 말같이 여기지를 않으니 말이오. 정말 한심하지 않소?"

나는 분명치 않은 말 몇 마디를 대충 얼버무리는 것으로 그 난처한 상황에서 벗어나려 해 보았다. "맞아요! 바로 그렇다니까!" 뚱보 아버지가 신이 나서 소리쳤다. "지당하신 말씀이고말고! 그 유물론이라는 게 이렇게 어린 아이들의 눈까지 멀게 했다오. 여기 계신 '박사님'께서 하신 말씀을 너희들도 잘 들었으렷다! 이분은 아주 학식이 높으신 분이다."

'박사님', 로마에서는 안경을 쓰고, 책 한 권 정도는 읽었을 법한 사람은 무조건 이렇게 불렀다.

이후 십여 분 동안, 나는 별로 중요할 것 같지도 않은 또 다른 토론의 중심에 있어야만 했다. 그 말 없는 노인만 빼고 모두들 나를 자기주장의 후견인으로 삼으려고 아우성들이었다. 그들의 요구를 다 감당해 낼 수 없다고 판단한 나는 결국 쭈뼛쭈뼛 말을 꾸며 대고 말았다. 열띤 토론 도중에 미안하지만 급한 약속이 있어서 그만 가 봐야 한다고.

어디로 가는데?

마땅한 장소가 얼른 생각나지 않아, 일단은 멀리 떨어진 마르모라타 가街라고 둘러 댔다.

그럼 거기까지 어떻게 갈 건데?

나는 더듬거리며 뭐, 택시를 타야 하지 않겠느냐고 했다.

그러자 뚱뚱한 남자는—그의 아내는 그를 드루초 그리고 아이들은 '아빠'라 불렀다.—마치 무슨 선서라도 하는 것처럼 손을 들었다.

"그럴 필요 없소, 박사! 보아하니 여기 사람이 아닌 것 같은데……, 그렇지 않소? 내 그래서 드리는 말씀이외다만, 이 도시의 택시 기사라는 사람들은 모조리 날강도거나 노상강도라는 거 아니오. 우리는 친구가 당하는 걸 그대로 보고만 있을, 그런 무심한 사람들이 절대 아니라오. 그리고 어차피 우리 방향과도 거의 비슷하니, 우리가 모셔다 드리리다. 자, 어서, 어서 오시오!"

그사이 저녁 공기가 제법 쌀쌀해졌지만, 저 코딱지만 한 자동차에 묻어간다는 생각에, 그리고 까딱하다간 저 수염 난 여자의 무릎에 쪼그리고 앉아야 할지도 모른다는 상상에 진땀이 흘렀다. 나는 필사적으로 빠져나갈 구멍을 찾았지만, 막무가내로 호의를 베풀겠다는 이 식구들을 당해 낼 재간은 없었다.

"아니, 번거롭다니? 무슨 말씀을!" 드루초가 외쳤다. "결코 번거롭지 않소. 우리가 선생 같은 외국 손님에게 작으나마 도움이 될 수 있다면, 그게 바로 우리에게는 기쁨이자 보람 아니겠소."

사내아이들은 그 작은 차가 있는 방향으로 나를 앞에서 잡아끌고, 여자아이들은 뒤에서 밀었다. 엄마가 웃으며 뭔가 결정한 듯 말했다.

"그래, 로잘바가 운전해 봐라. 얘가 이제 막 운전면허를 따서 아주 우쭐해 있거든요. 뭐 애들이 저렇게 원하는데, 웬만하면……."

나는 최후의 거절 시도마저 무산된 뒤, 나로 인해 자리가 아주 비좁아질 수 있다고 경고 삼아 말했다.

"괜찮소, 이게 보기에는 좀 작아 보여도" 드루초가 내

164

말을 받았다. "안은 놀랄 만큼 넓다는 거 아니오. 자, 어서 이리로, 박사!"

그 순간부터 온 가족이 나를 식구 대하듯 했다. 이러다가는 자기네 호적에 내 이름을 올리겠다고 나서는 게 아닐까 싶었다. 물론 내게는 물어보지도 않고.

눈 깜짝할 사이에 나는 뒷좌석으로 떠밀려 들어갔다. 굉장히 큰 가슴을 가졌다는—큰딸 로잘바는 그사이 벌써 운전석에 자리를 잡고 있었다.

"한눈팔지 말고." 아버지가 조수석에 앉으며 말했다. "살살 몰아야 한다, 애야. 특히 신호등에 빨간불이 들어오면 말이다…… 그건 좌우를 조심스럽게 잘 살피면서 지나가라는 뜻이니라. 정신 나간 운전수들이 왕왕 있기 때문이지."

"예, 아빠!" 딸이 고분고분 대답하고 차를 출발시켰다. 바퀴가 찍찍 요란스럽게 울어 댔다.

나는 두 눈을 꼭 감고, 백발의 노인이 앉아 있는 앞 좌석 등받이에 찰싹 달라붙었다. 나는 한참이 지난 후에야, 차 안을 둘러볼 여유를 찾을 수 있었다. 실제로 안에서 본 차의 내부 공간은 소형 버스만큼이나 넉넉했다. 온 가족 모두에게 각기 하나씩의 자리가 돌아갔다. 어두워서 잘 보이지는 않았지만, 심지어 내 뒤에는 짐칸처럼 보이는 공간이 조금 더 남아 있었다.

드루초가 뒤를 돌아보더니 그것 보라는 듯이 의기양양하게 나를 쳐다보았다.

"놀랍군요!" 내가 고개를 끄떡여 동의를 표시했다.

그는 뒤쪽으로 의자를 기어 넘어와 내 옆에 앉았다.

"사실 생각해 보면 생존의 문제처럼 간단한 문제도 없소." 그가 설명했다. "도시는 좁고, 사람은 늘어가고, 공해는 심해지고, 그리고 개나 소나 할 것 없이 사람들은 차를 몰고 다니고, 심지어 바로 옆 골목에 담배 한 갑 사러 가면서도 차를 몰고 나오질 않나……, 그래서 자동차의 외부는 점점 작게 줄이면서도 내부는 점점 넓게 만드는 기술이 필요했던 거요. 아주 확실하면서도 환상적인 해결책 아니오?"

"아하, 그러고 보니 아주 간단한 문제군요!"

"암, 그렇고말고! 궁하면 다 통하는 거 아니오. 어떤 식으로든 필요한 것들을 만들어 내는 게 우리의 특별한 재주 아니겠소."

"그렇군요."

"이리 오시오, 박사. 더 보여 줄 게 있소."

우리는 몸을 일으켰다. 그리고 로잘바의 아슬아슬한 커브 길 곡예에 비틀비틀 흔들리며 기다시피 뒤쪽의 짐칸으로 갔다.

드루초는 쇠로 된 미닫이문을 열고, 불을 딸깍 켰다.

우리 앞에는 큼지막한 꽃무늬 벽지가 발라져 있고, 어디에서나 흔히 볼 수 있는 평범한 방문이 여러 개 나 있는 아주 좁다란 복도가 놓여 있었다. 그가 첫 번째 방문을 열자 작은 방이 하나 나타났다. 양쪽 구석에는 각각 이층 침대가 놓여 있고, 벽에는 여닫이장과 서랍장이 다닥다닥 붙어 있었다. 그리고 오디오 장식장처럼 생긴 책상 하나도.

"우리 네 아들의 방이오."

"넷이요?" 어리둥절해서 내가 물었다.

"그렇소. 큰 아들 나자레노는 바로 얼마 전 맹장 수술을 받아 지금 살바토르 문디 병원에 입원해 있소."

"아, 예⋯⋯."

그다음 방은 벽에 수없이 많은 포스터가 붙어 있는 두 딸의 침실이었다. 작은 딸 침대 위에는 알 바노와 로미나 파워[4]가 붙어 있는 반면, 큰 딸 침대 위에는 머리털밖에 안 보이는 안젤로 브란두아르디[5]가 붙어 있어 눈길을 끌었다. 그밖에는 온통 장밋빛 일색이었다.

"으이그!" 아버지의 해설이었다.

다음은 요란한 장식의 2인용 철재 침대가 있는 두 부

---

4) 이탈리아 칸초네 듀오로 세계적인 명성을 누린 부부 가수.

5) 포크와 클래식에 기반한 다양한 장르의 음악을 선보이며, 음유 시인으로 불리는 이탈리아 가수.

부의 침실이었다. 침대 위 벽에는 가슴을 그대로 드러낸 막달라 마리아가 죽은 사람의 머리를 끌어안고 눈물에 젖어 하늘을 바라보고 있는 그림이 걸려 있었다.

'여기는 욕실이오.'라는 설명만으로 다음 문은 그냥 지나쳤다.

복도 한편의 방들을 다 둘러본 우리는 반대편의 식당으로 들어갔다. 그곳에는 양쪽 엉덩이에 각각 하나씩의 의자가 필요할 정도로 뚱뚱한 노파 한 사람이 앉아 있었다. 속옷 바람의 그 할머니는 그물 모양의 헤어 캡을 머리에 쓰고 비눗물이 담긴 대야에 발을 담그고 있었다. 그녀 앞의 텔레비전에서는 미케 본조르노의 퀴즈 프로그램이 막 시작되고 있었다.

"어머니!" 드루초가 그녀의 귀에 대고 소리를 질렀다. "친구를 한 사람 데려왔어요."

그녀는 잠시 고개를 돌려 나에게 성호를 그어 보였다. 그러고 나서는 다시 퀴즈 프로그램에 열중했다.

"어머니는 아주 독실한 신자요." 드루초가 이어서 설명했다. "원래 우리와 함께 사시는 건 아니고, 교외의 작은 집에 따로 사신다오. 하지만 워낙 차 타는 걸 좋아하셔서……"

이제는 아예 자동으로 고개가 끄떡여졌다.

다음으로 우리는 응접실을 둘러보았다. 평소 식구들

이 사용하기보다는 결혼식 피로연, 유아 세례, 장례 모임 등의 가족 행사를 위해 마련한 것이라고 드루초가 설명했다. 반짝반짝 윤이 흐르는 식탁이 한가운데 있고, 그 위에는 갖가지 플라스틱 모조 과일로 가득한 녹색 대리석 과일 쟁반이 놓여 있었다. 벽 쪽의 장식장에는 기념품과 골동품이 진열되어 있었다. 예를 들어, 크기순으로 진열된 자기와 석고로 만든 여러 종류의 성모 마리아 상, 초콜릿이 가득 담긴 베네치아의 곤돌라, 파리의 에펠탑, 소연기[6]로 쓸 수 있는 요하네스 23세의 작은 흉상 등……. 그리고 방 한구석의 금장 받침대 위에는 횃불을 받쳐 든 규방 여인 형상의 전기스탠드가 세워져 있었다.

"그리고 이곳은 내 작업실이오." 드루초가 다음 문을 열면서 말했다.

나는 흡사 약국, 구두 수선 공장, 교회의 성구실聖具室을 혼합해 놓은 것처럼 보이는 그 작은 방을 들여다보았다. 그 안에는 온갖 종류의 병과 그릇, 상자와 깡통, 여러 형태의 십자가상과 부적, 약초 다발, 타로 카드 등이 수없이 널려 있고, 벽에는 점성占星 기호가 그려져 있었다.

"뭐, 그런대로 쓸 만하다오." 주인이 말했다. "이곳은

---

6) 담배 연기가 차 있는 실내의 공기를 정화하는 데 쓰는 기구.

모든 게 조금씩 작고 좁지만 말이오. 검소하게 살자는 게 내 신조요. 우리에게는 충분한 공간이오. 중요한 건 가족 간의 따뜻한 정 아니오. 내 말이 무슨 뜻인지 이해하겠소?"

"아, 아뇨……." 나는 다시 정정했다. "예, 물론 그 말 뜻이야 이해하지요. 하지만 그 이상은 도무지……."

그가 걱정스러운 눈길로 나를 바라보았다.

"선생은 지금 얼굴이 백짓장처럼 창백하구려. 아마도 차를 타는 게 힘든 모양이오. 특히 뒷자리에서는 많은 사람이 멀미를 하게 되지. 내, 뭘 좀 드리다. 금방 나아질 거요."

"아, 아니, 됐습니다." 내가 놀라서 거절했다. "멀미 때문에 그런 게 아닙니다. 고맙습니다. 이젠 정말로 괜찮습니다."

나는 비틀거리며 복도로 걸어 나왔다. 그도 나를 따라 나와 열쇠로 조심스럽게 작업실의 문을 잠갔다.

"애들 때문에……" 그가 말했다. "자, 이제 벌써 목적지에 도착한 것 같소. 급하다던 약속 시간에 늦지 않게 도착했으니 걱정 마시오. 친구!"

나는 마지막 문 앞에 섰다.

"여기는?" 기진맥진해서 내가 물었다. "여기는 또 뭐지요?"

"아, 뭐 별거 아니오. 차고로 들어가는 문이오."

"뭐라고요? 차고요?" 이렇게 중얼거린 나는 입술이 떨리는 걸 진정시킬 수 없었다.

그가 문을 열었다. 입구가 열려 있는 차고의 내부가 진짜로 나타났다.

"그렇소, 박사." 그가 덧붙였다. "선생도 알다시피 이 도시에서 주차 자리 찾기란 하늘의 별따기 아니오? 고로 자동차에 자기 차를 주차할 수 있는 자기만의 차고가 부속품처럼 달려 있다면 아주 실용적이지 않겠소. 좀 작긴 하지만, 이 작은 자동차를 두기에는 아주 넉넉한 공간이라오."

그 순간 나는 모든 게 뒤죽박죽되어 완전히 돌아 버릴 것만 같았다. 나는 외마디 비명을 지르며 드루초를 옆으로 밀쳐 내고, 열린 차고 문을 통해 우당탕탕 밖으로 냅다 뛰었다. 그사이 어두워진 밤거리를 가로질러 쫓기는 토끼처럼, 이리저리 질주하는 똑같이 생긴 작은 자동차들 사이를 지그재그로 달리고 또 달렸다. 운전사들은 욕을 바가지로 해 대고 숨은 턱까지 차올랐다.

나는 한밤중이 되어서야 나의 거처로 돌아올 수 있었다. 기진맥진해서 몸이 천근만근 무거웠지만 잠은 한숨도 잘 수가 없었다. 내가 보고 겪은 일들을 정리해 보려 했지만, 다람쥐 쳇바퀴 돌 듯, 이 생각 저 생각이 머릿속

을 맴돌 뿐이었다. 새벽 동이 틀 무렵, 진한 적포도주를
여러 잔 마신 후에야, 모든 생각을 접어 두고 꿈도 없는
선잠에 간신히 빠질 수 있었다.

다음 날, 나는 웃옷 주머니에 들어 있는 명함 한 장을
발견했다. 나는 전날의 황당한 모든 사건들을 나의 기억
속에서 지워 버리기로 이미 결정한 상태였기에, 그 명함
을 내 주머니에 찔러 넣은 사람이 드루초라는 사실 자체
를 받아들이지 않았다. 그리고 그것은 지금까지도 마찬
가지다. 그 말고 누가 왜 그런 일을 했는지는 알지 못하
지만 말이다. 나는 그것을 읽어 보았다.

마술사
아스드루발레 구라달라카포차
전문 분야
사랑의 묘약 / 액운 방지 /
경기 복권 사는 법 / 주택 조달 외
상담 시간 사전 예약 요망

그리고 거기에는 전화번호가 적혀 있었다. 하지만 나
는 전화를 걸지 않았다. 그다음 날에도, 그리고 그 후에
도. 아주 단순하게 생각해서, 그런 사람, 그런 가족, 그
런 자동차는 있을 수 없다는 내 상식에 대한 작은 기대

를, 확실치도 않은 도박에 그렇게 가볍게 걸어 버리고 싶지는 않았던 까닭이었다.

사족: 나는 얼마 전, 어느 유력 잡지에 실린 직업 통계 자료를 읽었다. 이탈리아에는 관청에 등록된 공인된 마술사만 해도 3천 명 이상이 된다고 그 잡지는 전했다.

그 기사가 그간의 모든 걸 설명해 주고 있음은 물론이다.

이 얼마나 재미있는 나라인가! 이 얼마나 재미있는 사람들인가!

갑자기 생각이 떠올랐다. 그리고 확실해졌다. 떨쳐 버리려 했지만 소용없었다. 그, 이브리는 그곳 세계의 다른 '그림자'들과 같지 않았다. 그는 결코 행복하지 않았다.

그는 자신의 '잠칸'에 누워 있었다. 그러나 잠을 이룰 수 없었다. 그는 뜬눈으로 자신의 얼굴에서 한 뼘 거리밖에 안 되는, 딱딱하고 검은 돌덩이인 천장을 뚫어지게 바라보았다. 그는 기억을 해내려고 애써 봤지만 헛수고였다.

이전에 그의 '잠'은 동굴의 다른 그림자들과 마찬가지로 작업 시간과 식사 시간 사이에, 좁고 어두운 잠칸에서 맞게 되는 의식 없는 마비 상태일 뿐이었다. 그러던 것이 얼마 전부터 조금씩 바뀌기 시작했다. 잠을 자는 동안 그의 머릿속에는 불분명한 인상들과 영상들이 스쳐 지나갔고, 알 수 없는 감정이 북받쳤다. 그는 그 상태에서 어렴풋하게 미스라임 세계의 끝에 갔던 사실을 생각해 냈다. 그곳에는 카타콤[1] 밖을 내다볼 수 있는 '터진 곳'이 있었다. 그러나 그 '바깥'이 어땠는지 기억해 낼 수는 없었다. 잠에서 깨어나면, 그의 두 볼은 언제나 눈물에 젖어 있었다. 이브리는 지금 자신이 비정상적인 상황을 동경한다는 것을 알고 있었다. 동시에 그는 그런 자신에 대해 커다란 두려움을 느끼고 있었다. 자신이 환상에 빠져 있는 게 확실했기 때문이다. 그것은 용서받을 수 없는 규칙 위반이었다.

감히 그 누구도 의심하거나 이의를 제기하지 않는 공식 교의校醫에 따르면, 그림자들이 먹고 자고 일하고 번식하며 살고 있는 이 미궁, 미스라임 세계만이 유일한 현실 세계였다. 통로와 계단, 강당과 창고, 갱도와 허방으로 이루어진 이 카타콤의 구조를 분석한 학자들은 이곳이 우주와 같은 '무한 공간'의 세계는 아닐지라도, 공간의 경계를 초월한 '초공간'의 세계는 된다고 늘 강조해 왔다. 예를 들어, 어느 가상의 보행자가 계속해서 같은 방

---

[1] 기독교에 대한 박해가 심했던 고대 로마 시대에 초기 기독교인들이 숨어 살던 곳으로, 죽으면 그곳에 매장했다. 그래서 오늘날 지하 무덤 또는 지하 묘지라고도 한다.

향으로만 전진한다면, 이 보행자는 육안으로는 식별이 불가능한 '공간의 만곡灣曲'을 따라 상상도 할 수 없는 긴 여행을 한 뒤에, 공간을 한 바퀴 돌아 원래의 출발 지점으로 돌아오게 된다는 것이다. 중간에 기존의 통로나 터널을 이용하든, 굴을 새로 뚫고 지나가든 결과는 마찬가지라고 했다. 따라서 미스라임의 경계 너머에 무엇이 있을까라는 질문만큼 어리석은 질문은 또 없다는 것이 이곳 그림자들의 생각이었고, 따라서 그 누구도 그런 의문을 제기하지 않았다. 바깥이란 '그냥' 있을 수 없는 것이었다. 설사 그런 것이 있더라도 이내 미스라임의 한 부분으로 흡수되어 버리므로, 더 이상 그것은 바깥이 아니었다. 원래부터 있었고, 계속해서 생성 발전하는 세계는 오로지 이 카타콤밖에 없다는 것이 그들의 생각이었다. 그러므로 어떻게 해서 그림자들이 이 카타콤 안으로 들어왔는가, 하는 의문 역시 대책 없는 무식함의 발로로 다른 그림자들의 비웃음을 살 뿐이었다. 나갈 수가 없는데 어떻게 들어올 수 있었겠느냐는 것이다. 요컨대, 의미니 이유니 하는 것들을 생각하지 말고 현재의 상황에 만족하면서 사는 것이야말로, 이 카타콤 세계에서 교양 있고 깨어 있는 그림자로 인정받는 지름길이었다. 그림자들이 이러한 자기기만이나 미망迷妄에 빠지지 않도록 돕는 이들이 바로 이곳의 학자들이었다. 그 일에 상당한 자부심을 가지고 있는 그들은 자신들을 '미망진압대Die Ent-Tauschten' 또는 '미망사냥꾼Die Ent-Tauscher'이라 칭했다. 그러나 이들은 항상 어둠 속에 있는 다른 그림자들에게 씁쓸한 '실망Enttauschung'만을 안겨 줄 따름이었다.

이브리의 잠칸은 커다란 '잠동굴'의 벽 사방에 빽빽이 들어찬 수많은 잠칸 중에 하나였다. 조금 더 정확히 말하자면, 서쪽 벽, 밑에서 일곱 번째, 오른쪽에서 스물여덟 번째에 위치해 있었다. 이곳에 오르내리려면 자동 사다리를 이용해야 한다. 나머지 벽들도 잠칸으로 꽉 차 있었다. 잠칸 하나의 크기는 길이 2미터, 높이 50센티미터였다. 이곳 카타콤 곳곳에는 또 다른 잠동굴이 있었다. 이브리가 있는 곳보다 큰 곳도 있고 작은 곳도 있었다. 그 숫자가 얼마나 되는지 이브리는 알 수 없었다. 그는 심지어, 1인용 또는 2인용 '잠방'이 있다는 얘기도 들었다. 그곳은 특권을 가진 그림자만이 이용할 수 있는 곳이라고 했다.

이브리는 자기가 언제 처음으로 이런 이상한 상태에 빠지게 되었는지 곰곰이 생각해 보았다. 그러나 그는 '언제'라는 질문에 스스로 당황하지 않을 수 없었다. 도무지 지나간 시간들이 구분되지 않았기 때문이다. 마치 그것은 두 개의 거울 사이에 서 있는 자신을 바라보는 것이나 다름없었다. 똑같은 모습이 끝없이 반복되다가 저 뒤편으로 희미하게 사라져 가는……. 미스라임의 모든 공간에는 언제나 변함없이 희미한 은회색 빛만이 가득했다. 그 빛은 어느 한 지점에서 뻗어 나오는 그런 빛이 아니라, 움직이지 않는 공기 속에 깔린 안개처럼 드리워진 빛이었다. 시간이 변화를 뜻한다고 할 때, 실제로 이곳에는 시간이라는 것이 전혀 없다고도 할 수 있었다. 단지 끝없이 반복되는 무정형의 '지금'만이 있을 뿐이었다. 이곳의 시간은 흡사 걸쭉한 죽과도 같아서, 끊임없이 저어 줘야만 움직이는 것 같았다. 만약에 손을 떼면, 언제 움직였냐는 듯이 그 자리에 그대로 굳어 버려 '이전'과 '이후'를 구별할 수 없게 된다.

"쓸데없는 짓이야." 그는 귀 가까이에서 울리는 보스의 음성을 들었다. "그런다고 변하는 건 아무것도 없어. 그래, 너도 이제 그 쓸데없는 생각을 떨쳐 버리고 싶지? 너 자신도 다른 그림자들이 생각하는 것을 생각하고, 그들이 행동하는 대로 행동하고 싶어 해. 너는 이 조직에서 이탈하는 것을 원치 않아. 그리고 너는 너 자신을 특별하다고 생각하지도 않아."

이브리는 그 목소리를 알고 있었다. 그만 아니라 이곳의 그림자라면 누구나 그 목소리를 알고 있었다. 방금 그의 귀에 들려온 목소리의 주인은 바로, 이곳 미스라임의 감독자이면서 지배자인 베히모트였다. 누구도 그의 얼굴을 보지는 못했다. 그러나 그의 작고 쉰 듯하면서도 위압적인 목소리는 카타콤 어디에서나 들을 수 있었다. 그의 중얼거림은 잠자는 시간을 빼고는 잠시도 쉬는 법 없이, 각 그림자의 꽁무니를 졸졸 따라다녔다. 그는 이 목소리로 작업 지시나 명령을 내리고, 칭찬하거나 꾸짖기도 했다. 그가 어떻게 이런 일을 할 수 있는지, 눈에 보이지 않는 교묘한 스피커 장치를 카타콤 전체에 설치해 놓은 것인지, 아니면 모든 그림자들의 귀에 특수한 음성 수신 장치를 해 놓은 것인지는 그 똑똑하다는 학자들마저도 잘 몰랐다. 그저, 각자의 특수한 상황을 고려한 그 수많은 명령들을 단 한 번도 헷갈리지 않고, 그것도 동시에 그 많은 그림자들에게 제때 제때 내리는 그의 능력에 놀라워할 뿐이었다. 그리고 그 정도의 일은 그가 지닌 신비하고 초인적인 지적 능력에 비추어 아무것도 아닌 일로 받아들여졌다. 그런 이유로 모든 그림자들에게 있어서 그는 종교적 숭배와 무조건적 복종을 바쳐야 할 대상이었다.

"너는 지금 일어나서 너의 일터로 가길 원하고 있어." 목소리가 속삭였다.

사다리가 스르륵 자동으로 미끄러져 왔다. 이브리는 잠칸에서 굴러 나와 사다리를 타고 밑으로 내려왔다. 그리고 사다리에서 내려 잠동굴의 입구를 통과하여 중앙 복도로 나갔다.

그림자들이 끝없이 줄지어 각자의 일자리로 가고 있었다. 그리고 맞은편에서는 일을 마친 그림자들이 줄지어 오고 있었다. 계단을 오르내리고, 터널과 통로, 강당과 갱을 지나, 바닥없는 절벽 위에 놓인 다리를 건너, 측정 불가능한 혈관 구조를 가진 미스라임의 마지막 '모세관'에 이르기까지 양쪽의 행렬은 끝이 없었다. 각자의 작업, 수면, 식사 시간은 엄격히 구분되었다. 한 개인의 나태함 때문에 전체 조직의 순환에 정체가 생기는 일은 지금까지 단 한 번도 없었다. 심지어는 배설이나 성관계 같은 극히 개인적이고 생리적인 욕구마저도 철저한 통제 아래 특정 장소에서만 해결하도록 되어 있었다.

이브리는 곧바로 한쪽 행렬에 편입되었다. 그는 어디로 가야 하는지 생각할 필요가 없었다. 왜냐하면 보스의 목소리가 그에게 길을 알려 주었기 때문이다. "왼쪽 길로, 계단 위로, 똑바로, 오른쪽 터널로……."

이 카타콤에서는 기본적으로 각자의 재주나 자질에 따른 직업 구분이 없었다. 아무 때고 아무에게나 아무 일이든 맡겨지면 그것으로 그만이었다. 그래서 이브리는 측량 그룹에 속하게 됐다. 모든 계단의 길이, 높이, 폭을 재는 것이 그의 일이었다. 그러나 계단은 셀 수도 없을 만큼 많았으므로, 이 일이 언제 끝날지는 전혀 알 수 없었다. 이런 이유 때문인지는 몰라도, 이 측량 그룹의 구성원은 자주 교체되었다. 그리고 새로 들어온 그림자는 처음부터 다시 측량을 시작했다. 이 일이 어떤 의미를 가지는지 아는 그림자는 그들 가운데 아무도 없었다. 그리고 묻지도 않았다. 이 일은 아주 중요한 일이라는 보스의 격려만이 들릴 뿐이었다. 이 말을 의심할 이유는 물론 없었다.

카타콤 전체는 아주 무겁고 밀도가 높은 흑연바위로 이루어져 있었다. 이 바위는 혼자서는 머리통 하나 정도의 조각도 들 수 없을 정도로 무거웠다. 게다가 잘 깨지지도 않고 딱딱하기까지 해서, 바위를 다루는 작업을 맡은 그림자들은 큰 어려움을 겪어야 했다. 그럼에도 그들은 이 바위를 용하게 조각내어 가루로 만들어 내곤 했다. 이 가루는 레일 위를 오가는 수레에 담겨져 그림자들의 유일한 식량이 만들어지는 아주 먼 곳—이브리는 이곳에 가 보았다는 그림자를 지금까지 한 번도 만나보지 못했다—까지 운송되었다. 그러니까 이 가루는 그들의 식량을 만드는 원료였던 것이다. 식사 시간에 나오는 음식은 일종의 검은 국이었다. '아무 맛'도 없지만, 조금만 먹어도 허기와 갈증이 금방 사라지는 음식이었다. 이 음식을 먹는 그림자들은 가루가 몸 안에 쌓이는지 몸이 점점 뻑뻑해지고 검어졌다. 반대로 이 음식을 제대로 먹지 않으면, 안개처럼 몸의 윤곽이 희미해지고, 그런 상태가 계속되면 몸이 조금씩 투명해지기 시작한다. 그래서 더 이상 투명해질 수 없는 상태가 되면, 그것은 곧 한 그림자의 죽음을 의미했다. 그렇게 투명하게 되었다가 가루로 돌아가는 것이 그들의 일생이었다.

그렇게 많은 그림자들이 계속해서 바위를 파먹으면 금세 바닥이 드러나지 않겠느냐고 생각하는 이들이 분명 있을 테지만, 학자들의 말에 의하면, 그렇지 않았다. 바위, 혹은 바위 가루의 총량에는 변화가 없다는 것이다. 한쪽에서 끊임없이 파내기는 하지만, 또 다른 한쪽에서는 파낸 만큼이 쓰레기, 배설물, 혹은 '시체 가루' 등의 형태로 다시 카타콤에 환원되기 때문이었다. 따라서 오랜 세월을 두고 볼 때, 카타콤의 내부 구조가 변화할망정, 미스라임 세계의 당초 부피에는 변화가 없었다. 말이 되든 안 되든, 그림자들은 그렇다니까 그런 줄로만 알았다.

이브리가 하는 측량 일에는 계단의 일정한 지점에 표시를 하기 위한 분필이 필요했고, 그래서 작업장에는 언제나 분필이 준비되어 있었다. 그는 여느 때와 다름없이 일을 시작했지만, 집중을 할 수는 없었다. 수면 시간 내내 그를 괴롭히던 이상한 생각이 끊임없이 그의 머릿속으로 날아들었기 때문이다. 마침내 작업이 끝났다. 규정

대로라면 분필을 원래의 자리에 놓아두어야 했지만 그는 그것을 주머니에 슬쩍 집어넣었다. 아무도 눈치채지 못한 것 같았다. 베히모트의 목소리도 들려오지 않았다. 그는 자신이 왜 이런 짓을 하는지 스스로 설명할 수 없었다. 그는 작업장에서 돌아오며 다른 그림자들 눈에 잘 띄지 않는 길 한구석에 분필 조각을 숨겨 두고는 곧바로 식사를 하러 갔다. 식사를 마친 그의 몸은 더 까매졌다. 그리고 피곤에 지쳐 천근만근 무거웠다. 그는 정해진 대로 잠자리에 들었지만, 이상한 생각과 영상들은 그의 머릿속을 비몽사몽 중에 어지럽혔다. 하지만 잠에서 깨어나면 그 '터진 곳'을 통해서 무엇을 보았는지 전혀 기억할 수 없었다. 그는 자신이 분필을 숨긴 사실마저도 작업장에서 새 분필을 볼 때까지 까맣게 잊고 있었다.

작업장에서 분필을 꿍치는 일은 이후로도 계속되었다. 어느 누구의 제지도 없었다. 그리고 잠에서 깨어난 후에 그 사실을 기억해 내지 못하는 일도 반복되었다. 분필 조각이 예닐곱 개 정도 쌓이고 나서야, 자신도 이해할 수 없는 자신의 행동을 잠에서 깬 후에도 바로 기억할 수 있었다. 그다음 휴식 시간에 그는 자신이 생각하기에도 엄청난 일을 끝내 저지르고야 말았다. 이곳에서는 일종의 범법 행위나 다름없는 일이었다. 보스의 목소리가 지시하는 대로 잠자리에 들지 않고, 몰래 빠져나와 분필을 숨겨 둔 장소로 살금살금 기어갔던 것이다. 길을 찾는 일이 쉽지는 않았다. 왜냐하면 이곳의 모든 그림자가 그렇듯, 그저 알려 주는 대로만 발걸음을 옮기는 일에 익숙했기 때문이다. 그는 이제 모든 것을 혼자서 결정해야만 했다. 그는 분필 더미를 발견한 순간, 어째서 자신이 이처럼 무모하기 짝이 없는 반항의 길에 들어서게 됐는지를 깨달았다.

그는 잠시 망설이다가, 벽의 반질반질한 부분에 자신이 기억하고 있는 그 '터진 곳'을 서툰 솜씨로나마 그리기 시작했다. 첫 시도는 성공적이지 못했다. 스스로 생각해도 유치한 것 같았다. 그러나 그는 포기하지 않고 계속 그렸다. 이렇게라도 하면 그 터진 곳의 확실한 모양과 그곳 너머에 있는 '바깥'의 풍경이 떠오를지도 모른다는 막연한 희망이 그에게 있었다. 그러나 희망은 어디까지나 희망일 뿐이었다.

"너는 지금 그 일을 그만두고 싶어 해." 지금까지 침묵하고 있던 보스의 속삭임이 들려왔다. "네가 계속 그런 식으로 나오면, 나도 너를 떠날 수밖에 없어. 이건 경고야."

이브리는 아무 대꾸도 하지 않았다. 그리고 화난 표정으로 하던 일을 계속했다.

"네가 지금 하는 그 일은" 주문을 외는 듯한 목소리가 들려왔다. 지금처럼 화나고 조급하게 다그치는 목소리는 처음이었다. "네가 하는 그 일은 나를 괴롭히는 일이야. 따라서 우리는 널 이곳에서 몰아낼 수밖에 없어. 네 자리는 곧 다른 그림자에게 돌아가게 될 거야. 사서 고생하는 게 그렇게도 소원이라면, 네 마음대로 해. 하지만 절대로 네 병을 다른 그림자들에게 옮길 생각은 하지 마. 그렇게 되도록 놔두지도 않겠지만……. 너는 더 이상 이곳의 그림자가 아니야. 이제부터는 아니야. 이 말이 무슨 뜻인지 지금 당장은 이해할 수 없겠지만, 이제 곧 알게 될 거야."

이것이 보스의 마지막 말이었다.

'이 정도면 됐겠지.'라는 생각에 이브리는 벽에서 손을 떼고 한걸음 물러선 다음, 자신의 그림을 한동안 바라보았다. 그러나 그 결과는 실망스러웠고, 그는 크게 낙담했다. 순간, 갑작스러운 피곤이 엄습하는 것을 느꼈다.

그는 식사를 하러 갔다. 그러나 아무도 그에게 먹을 것을 나눠 주지 않았다. 모든 그림자들이 눈길 한번 주지 않고 그를 아예 무시해 버렸다. 다행히 그들은 그가 자신의 음식을 직접 챙기는 동안에도 계속 무시했다. 누구도 자신이 식사하는 것을 제지하거나 방해하지는 않았으므로, 그는 일단 안심했다. 그러나 그 안심은 오래가지 못했다. 그가 자신의 잠칸으로 돌아와 보니, 그 자리는 이미 다른 그림자가 차지하고 있었다. 물론 더 이상 비어 있는 자리도 없었다.

이브리는 그림을 그리던 장소로 되돌아갔다. 그곳에서는 청소부 몇 명이 달라붙어 자신의 그림을 지우고 있었다.

"너희들 지금 뭐하는 거야?" 그가 물었다. "도대체 왜 그러는 거야?"

아무도 대답하지 않았다. 아예 자신의 말을 듣지도 못하는 것 같았다.

"그런데 말이야……" 한참이 지난 후에, 그들 중 한 그림자가 동료에게 말했다. "대체 이게 뭐지?"

그때 갑자기 이브리의 머릿속에는 한 단어가 떠올랐다. 그렇게 애써도 생각나지 않던 그 단어가.

"그래, 저건 창문이야!" 그가 작은 소리로 중얼거렸다. "창문, 저걸 통해서 밖을 내다볼 수 있어. 물론, 저건 진짜 창문이 아니지. 유감스럽게도 단순한 그림일 뿐이야. 그리고 완전한 제 모습도 아니고……."

청소부들은 일을 끝내고 사라졌다. 그리고 벽은 다시 이전 상태로 돌아왔다.

"창문……." 이브리는 계속 중얼거렸다. 어디서 갑자기 이 단어가 날아들었을까? 게다가 그림자들이 사용하는 언어에는 그런 단어가 있지도 않았다.

구석에 분필 더미가 그대로 놓여 있었다. 그는 다시 분필 한 조각을 집어 든 다음, 편편한 벽에 그림을 그리기 시작했다. 그러나 결과는 지난번과 마찬가지로 아주 못마땅한 것이었다. '아마도 벽에 문제가 있는 것 같아…….' 그가 꿍얼거렸다. '분명 어딘가에 더 좋은 곳이 있을 거야. 확신할 수는 없지만…….' 어쨌거나 그는 분필을 한 조각도 남기지 않고 주머니에 챙겨 넣었다. 그리고 그곳을 떠났다.

경험이 없어서인지 길을 찾는 일은 역시 어려웠다. 얼마 못 가 그는 완전히 길을 잃고 말았다. 이 길이 저 길 같고, 저 길이 이 길 같았다. 미로 세계인 카타콤의 구조를 파악해 보겠다는 욕심에 앞뒤 가리지 않고 이리저리 무리하게 뛰어다닌 데다, 갈림길을 만날 때마다 스스로 갈 길을 선택해야 하는 생소한 정신적 압박감마저 겪어야 했으므로, 그의 기력은 금방 바닥이 나고 말았다. 초주검이 된 그는 바닥 한구석에 쓰러져 잠이 들었다. 매번 나타나던 창문의 영상이 이번에는 나타나지 않았다. 대신에 사방의 벽이 그를 향해 한 뼘, 한 뼘 죄어들어 결국은 손가락 하나도 까딱할 수 없게 벽 사이에서 샌드위치가 되는 악몽에 시달려야만 했다. 잠에서 깨어 보니 온몸이 식은땀에 절어 있었다.

자리에서 일어나던 그는 통로 끝에 순찰 대원 몇 명이

서 있는 것을 보았고, 저들이 자신을 찾느라 두리번거리는 것일지도 모른다는 생각에 후닥닥 그 자리에서 줄행랑을 놓았다. 그는 숨이 턱까지 차오른 다음에야 스스로물었다. '내가 왜 그랬을까? 저 애들도 다른 애들처럼 나를 볼 수 없었을 텐데…….' 물론 다른 그림자들이 진짜로 자신을 보지 못하는 것인지에 대한 확신은 없었다.

'이젠 뭘 해야 되나……?' 자신을 안내해 주던 목소리가 들려오지 않았으므로, 이제 그는 자신의 과제와 목표를 스스로 만들어 내야만 했다. 그는 어찌해야 좋을지 몰랐다. 정신과 호흡을 가다듬는 데만도 오랜 시간이 걸렸다. 지금 무엇보다 그를 괴롭히는 것은 난생 처음 느껴보는 외로움이었다. 그는 지금 보이지 않는, 그러나 절대로 통과할 수 없는 벽에 의해 다른 그림자들과 격리되어 있었다. 그는 처음으로 슬픔이라는 걸 느껴 보았다. 이제부터 이 슬픔은 결코 자신을 떠나지 않으리라는 것도 알수 있었다. 그렇다! 이 정도는 그 전주前奏이며, 맛보기에불과했다. 그것은 아직 먼 곳에 있긴 해도, 천천히 자신을 향해 몰려드는 징그럽게 커다랗고 무거운 '어둠'이었다. 사방에서 죄어 오는 이 어둠을 빠져나갈 방법은 전혀없었다.

이브리는 더럭 겁이 났다. 보스가 들고 있는 촛불 아래로 다시 돌아갈 방법만 있다면, 그래서 예전처럼 평범한 그림자로 살 수만 있다면, 차라리 그렇게라도 하고 싶었다. 단지 현재의 이 외로움으로부터 벗어나고 싶다는 이유 하나 때문에. 그러나 그는 동시에 창문 너머에 무엇이 있는지 찾는 일을 결코 포기할 수 없다는 것도 깨달았다. 더 이상 돌아갈 수 있는 방법은 없었다. 그러기에는 너무 늦었다. 이제는 일이 어떻게 돌아가든 그대로 내버려 두는 수밖에 없었다.

　무엇이었는지 기억할 수는 없지만, 자신이 창문을 통해서 보았던 그것은 절대로 환영이 아니었다. 그것은 현실이었다. 그렇다면 모든 학자들의 말과는 달리 미스라임의 바깥에는 또 다른 세계가, 경우에 따라서는 수없이 많은 세계가 있다는 말이 되는데, 만약에 이것이 사실이라면, 이 카타콤은 거대한 감옥 외에 아무것도 아니며, 그림자들은 자신의 죄명이 무엇인지도 모른 채 잡혀 있는 죄수일 뿐이고, 저 베히모트는 이 감옥의 간수에 불과할 뿐이었다. 자신이 창문을 그리는 것에 대해 베히모트가 그토록 강하게 반발하고 나선 이유도 그것으로 설명이 되었다. 그러나 그 누구도 자신이 갇혀 있다고 느끼지 않는 일이, 그리고 모든 그림자들이 이 감옥 생활에 만족하는 일이 어떻게 가능한 걸까?

　이제 그에게는 잠자는 시간과 깨어 있는 시간이 따로 없었다. 깨어 있는 시간 내내, 이브리는 미스라임의 출구를 찾기 위해 미로를 헤매고 다녔다. 자신을 쫓는 그림자가 있을지도 모른다는 생각 때문에 한곳에 오래 머무를수 없었다. 그는 날로 정도가 심해지는 공포와 슬픔에 짓눌려 산 채로 매장당하거나, 그 틈새에 끼어 질식사할 것만 같았다. 때때로 그것은 참을 수 없는 육체적 고통으로까지 번졌다.

이런 공포가 밀려오면 그는 온몸에 힘이 다 빠질 때까지 뛰고 또 뛰었다. 그러다가 뛸 힘이 없어지면 엉금엉금 기었다. 그리고 기어갈 힘마저 없어지면 물건이라도 떨어뜨린 장님처럼 한없이 바닥을 더듬었다. 그 와중에 그는 지금까지 듣도 보도 못했던 미로의 새로운 곳을 발견할 수 있었다. 그는 고층 건물들이 들어선 거대한 동굴과 오르락내리락 한없이 이어지다가 허공에서 끝나는 착란의 계단을 찾아내기도 했다. 배로 기어야 간신히 통과할수 있는 좁고 낮은 갱도 안에도 들어가 보았다. 낭떠러지를 만나면 밑으로 기어 내려가고, 굴뚝을 만나면 위로 기어 올라가 보기도 했다. 그러나 어디에도 미스라임의 바깥으로 나가는 출구는 없었다. 이곳이 바로 미스라임의 끝이라는 느낌이 드는 장소는 단 한 군데도 없었다. 오히려 언젠가 이곳에 한번 와 보지 않았던가 하는 느낌이 드는 경우가 더 많았다. 물론 그것마저도 확실한 느낌은 아니었다. 음식은 계속 훔쳐 먹었다. 그가 무슨 일을 하든 그림자들은 관심조차 가지지 않았으므로 큰 어려움은 없었다. 그리고 어디가 됐든 피곤해서 누우면 그곳이 바로 잠자리였다.

이런 상황에서도 그는 항상 분필 조각들만큼은 신주 모시듯 했다. 더 이상은 새 분필을 구할 가능성이 없었기 때문이다. 그는 어디든 마땅한 장소다 싶으면 창문을 그렸다. 때문에 분필은 점점 줄어 갔고, 줄 하나라도 허투루 긋지 않기 위해 철저한 사전 준비를 하는 횟수와 시간은 계속 늘어만 갔다. 그러나 그가 창문을 열심히 그리는 만큼, 그것을 잠시도 그냥 놔두지 않고 열심히 지우는 그림자들이 있었다. 따라서 그의 노력은 금방 의미 없는 헛수고가 되어 버리곤 했지만, 뒤집어 생각해 보면, 자신이 하는 일이 비록 하찮은 것일망정 베히모트나 이 감옥의 체제에는 커다란 위협이 되고 있다는 확실한 증거이기도 했다. 그때 떠오른 생각 하나가, 만약에 자신이 오래전에 보았던 창문 너머의 모습을 그려 낼 수만 있다면, 모든 것을 송두리째 뒤바꿀 수 있을지도 모른다는 것이었다. '뒤바꾸다'는 것이 무엇을 뜻하든지 간에. 그러나 그는 그것을 생각해 낼 수 없었다. 잠자는 동안에도 더 이상은 아무런 영상도 떠오르지 않았다. 사실 그는 자신도 '진짜 있다'고 확신하지 못하는 '기억 속의 기억'을 그릴 뿐이었다. 그렇게 그의 창문은 텅 비어 있었다. 그는 무엇보다

이 '확신 없음'이 가장 견디기 힘들었다. 그림자들이 유일한 것이라고 믿고 있는 미스라임의 현실은 이제 완전히 그의 손에서 떠나 버렸다. 그렇다고 자신을 받아 주는 다른 현실을 찾을 수 있는 것도 아니었다. 그는 밖으로 나가는 출구도, 안으로 들어오는 입구도 찾을 수 없었다.

결국은 그토록 소중하게 간직해 오던 마지막 분필 조각으로 마지막 그림을 그리는 순간이 다가왔다. 그리고 그 그림도 지워지고 말았다. 그것으로 모든 것이 끝났다. 산처럼 커다란 슬픔이 그를 완전히 뒤덮었다. 그는 그 산에 깔려 숨도 쉴 수 없었다. 그는 줄을 꼬아 그 줄에 자신의 목을 매달았다. 다시 정신이 들었을 때, 그의 손에는 수갑이 채워져 있었다. 순찰 대원 두 명이 위에서 그를 내려다보며, 상스러운 욕을 퍼부어 댔다. 그들이 하는 말을 이해할 수 없었지만, 자신을 잡은 것에 대해 아주 흡족해 한다는 사실만큼은 확신할 수 있었다. 그들은 그를 일으켜 세운 다음, 어디론가 끌고 갔다. 그는 저항하지 않고 순순히 그들을 따라갔다.

그들은 이브리를 작고 낮은 독방에 집어넣었다. 그는 오랫동안 그곳에 혼자 있으면서 많은 시간을 잠으로 보냈다. 아니, 일부러 그런 의식 불명의 상태에 빠지려고 노력했다는 게 더 정확한 표현일 것이다. 깨어 있는 동안의 한순간 한순간은 참을 수 없는 고통만을 의미할 뿐이었다. 그는 자신이 앞으로 어떻게 될 것인지를 생각하지 않으려 애썼다. 창문을 그렸다는 이유로 재판을 받게 되든, 세상이 그 일을 잊어버려 아주 없었던 일이 되든 지금으로써는 아무 생각도 하고 싶지 않았다. 식사는 보이지 않는 손에 의해 때맞춰 방으로 날라져 왔다. 그는 숟가락으로 벽에다 창문의 윤곽을 긁어 보았다. 하지만 벽이 너무 딱딱해서 아무 자국도 남지 않았다.

한구석에 웅크리고 누워서 벽에 얼굴을 대고 있을 때였다. 감방 문이 조용히 열렸다 닫히는 소리가 들렸다. 그는 가만히 있었다. 손 하나가 그의 어깨를 가볍게 흔들었다.

"일어나." 누군가가 말했다. "날 따라와. 하지만 조용히."

이브리는 천천히 몸을 돌렸다. 그곳에는 그림자 두 명이 서 있었다. 젊은 남자와 여자였다.

"지, 지금 뭐하는 거야?" 그가 물었다. 그러나 입이 잘 떨어지지 않았다. "너희들은 누구지?"

"너의 친구." 여자가 대답했다. "널 이곳에서 꺼내 주려는 거야."

"친구……" 이브리가 힘 빠진 목소리로 되뇌었다. "그건 또 무슨 소리야?"

그들은 그를 일으켜 세우려 했다. "어서, 시간이 얼마

없어."

이브리는 그들의 손을 뿌리쳤다. "아냐, 뭔가 잘못됐어." 그가 쉰 목소리로 말했다. "방을 잘못 찾아온 것 같은데……."

"아냐, 아냐." 남자가 다급한 목소리로 속삭였다. "설명은 나중에 해 줄게. 알고 싶은 게 있다면, 그땐 얼마든지 물어도 좋아. 하지만 지금은 서둘러야 해."

이브리는 그들이 이끄는 대로 따라나섰다. 우선 그들은 수많은 감방이 있는 낮은 복도를 통과해 어느 커다란 방으로 들어갔다. 그 방의 벽에는 열쇠들이 걸려 있고, 구석에서는 보초 두 명이 책상 앞에 앉아 양팔에 얼굴을 파묻고 코까지 가늘게 골며 자고 있었다. '납치꾼'들은 서둘러 천장이 높은 터널로 그를 데리고 나왔다. 그곳에는 많은 그림자들이 오가고 있었다. 그들은 그를 가운데 서게 했다.

"누가 우리를 잡아 세우거든" 여자가 속삭였다. "넌 아무 말도 하지 마."

정말로 터널 끝에서 검문에 걸렸다.

"환자 후송 중이야." 남자가 설명했다. "긴급 환자야. 여기 통과에 필요한 서류들이 있어."

보초가 서류를 훑어본 다음 말했다. "통과!"

생판 처음 보는 길을 거치고 또 거쳐, 단이 수백 개는 되어 보이는 나선형 계단을 통해 위로 올라가야 하는 수직 갱도에 도착했다. 그 계단은 잡동사니가 가득한 어느 창고로 연결되어 있었다. 쓸모없게 된 온갖 종류의 기계들을 보관하는 창고 같았다. 그들은 혹시라도 따라오는 그림자가 있는지 확인한 다음, 녹슨 철판 몇 개를 옆으로 치웠다. 그러자 벽에 우묵하게 패인 부분이 나타났다. 그들이 똑똑 또도독……, 복잡한 리듬을 실어 벽의 일정 부분을 여러 차례 두드리자, 우묵한 부분의 뒷벽이 자동문처럼 스르륵 열렸다. 그들은 안으로 미끄러지듯 들어갔고, 벽은 다시 저절로 닫혔다.

"됐어!" 여자의 말이었다. "이젠 질문이 있으면 해도 돼. 여긴 우리 구역이니까."

"우리 구역……" 이브리가 그 말을 받아서 반복했다. "그게 어딘데?"

"베히모트 소굴의 바깥."

이브리는 그 자리에 멈춰 서서 주변을 둘러보았다. "바깥……" 그리고 이 말을 계속 중얼거렸다. "바깥…… 그렇다면……, 하지만…… 너희들은 누구지?"

"베히모트의 적. 네겐 그것으로 충분하지 않아?"

"하긴……" 이브리가 더듬거리며 말했다. "하지만…… 아니, 그걸로 충분하지 않아."

"들었어? 그걸로 충분하지 않다는데." 남자가 말했다.

"네가 설명해 줘."

여자가 웃었다. "베히모트의 음모는 오래가지 못할 거야. 우리가 있기 때문이지."

"너희 편 숫자는 충분해?"

여자가 한숨을 내쉬었다. "유감스럽게도, 그렇지는 않아." 남자가 다음 말을 보탰다. "어쨌거나 충분하지는 않아."

"그럼 난……, 나를 어떻게 할 작정인데?"

"넌 우리 편이잖아. 그렇지 않아?"

"우리에게는 너 같은 그림자가 급히 필요해."

"무엇 때문에?"

"그건 우리 여사님께서 직접 설명하실 거야."

"여사님? 그게 누군데?"

"레프요탄 박사님. 의사시지. 그분에 대해 아무 얘기도 못 들었어?"

"오늘 널 구할 수 있었던 것도 그분이 있기에 가능한 일이었어. 그분이 우리를 너에게 보내셨거든."

이브리는 다시 한 번 멈춰 섰다. "그럼 혹시, 지금 그 말은…… '트뢰스터린'²⁾을 두고 하는 말이야?"

"그래, 맞아! 거기 그림자들은 그렇게 부른다지, 아

---

2) '위로자'라는 뜻의 독일어.

마?"

"아무튼 가면서 얘기해. 그분이 기다리고 계시거든."

"그러면……, 그런 사람이 정말로 있단 말이야?"

언젠가 이브리는 보스와 카타콤 체제에 맞서 싸우는 비밀 조직이 있다는 소문을 얼핏 들은 적이 있었다. 그들이 어떤 방법으로 보스와 대결하는지는 알려져 있지 않다고 했다. 어쨌거나 그 조직을 이끄는 지도자가 여의사이고, 그녀가 바로 조금 전에 말한 '트뤼스터린'이라는 얘기도 주워들었다. 당시에는 그런 이야기를 함부로 입에 올려서는 안 된다는 생각이 들었고, 또한 그런 근거 없는 뜬소문을 믿어야 할 이유도 없었기 때문에 그 이야기는 그냥 그렇게 흘려버렸었다. 조급한 목소리로 이브리가 물었다. "그분이 날 만나고 싶어 한다고? 어째서?"

"아마도 너의 창문 그림 때문일 거야."

"그분이 그걸 알고 계셔?"

"그렇다마다. 그분은 많은 걸 알고 계시지. 베히모트 정도는 상대도 안 돼. 그건 우리의 생존과도 직결되는 문제야. 그분에게 그런 능력이 없었다면, 우린 벌써 베히모트에게 당하고 말았을 거야."

"하지만 내가 그린 창문은……" 이브리가 더듬더듬 말했다. "제대로 된 창문이 아니었어. 언제나 불완전했어. 그리고 가장 중요한 게 빠져 있어."

"그건 상관없어."

"상관이 없다고……? 그럼 상관이 있는 건 뭔데?"

"아마도……" 남자가 말했다. "네게 '면역성'이 있다는 점일 거야."

"나에게 뭐, 뭐가 있다고?"

"잠깐!" 여자가 자기 동료를 돌아보았다. "말이 지나치게 많은 것 같아."

"아, 그래!" 남자가 대답했다. "아마 그 이야기도 레프요탄 여사님께서 직접 하실 거야."

한참을 걸어 복도 끝에 이르자, 갑자기 시야가 탁 트이면서 체육관처럼 생긴 거대한 동굴이 나타났다. 그 복도의 끝을 정점으로 해서 부채꼴로 넓게 펼쳐진 비탈길을 따라서 동굴 바닥으로 내려가도록 되어 있었다. 이브리는 그곳에서 내려다보이는 동굴 속 광경에 완전히 넋을 빼앗기고 말았다. 동굴 내부는 하나의 거대한 유리 온실 구역이었다. 모든 온실 안에는 밝은 보라색으로 희미하게 빛나는 등불이 켜져 있어서, 단지 전체는 흡사 밤의 도시처럼 반짝거렸다. 구역 가운데는 가는 유리 탑 건물인 수정궁이 높이 솟아 있었다.

"바로 저기에서" 이브리는 귀 가까이에서 울리는 여자의 목소리를 들었다. "그분이 기다리고 계셔. 여기서부터는 혼자서도 충분히 찾아갈 수 있을 거야. 길을 잃어버리는 일도 없을 거고. 우리는 이만 돌아가 봐야 돼."

"고마워." 이브리가 돌아서며 말했다. "너희들 이름이라도……" 하지만 그들은 이미 사라지고 없었다.

그는 비탈길 아래로 내려가 가까이 있는 온실 안으로 들어가 보았다. 숨이 턱 막힐 정도로 축축하고 뜨거운 공기가 안면에 후끈 느껴졌다. 들척지근하고 마취성이 강한 냄새까지 퀴퀴하게 진동하는 통에 구역질이 나서 견딜 수가 없었다. 왼쪽과 오른쪽 밭이랑에는 커다란 버섯들이 혼란스럽게 뒤엉켜 자라고 있었다. 동물의 물렁뼈를 닮은 그 버섯은 썩은 고깃덩어리처럼 보였다. 버섯들 사이에는 끈끈한 거미줄이 널려 있었다.

어느 곳에서나 보이는 유리 궁전을 향해 온실과 온실을 거치는 동안, 온실 벽에 설치된 난방 파이프 곳곳에 녹이 슬어 덕지덕지 딱지가 앉고, 몇 군데는 갈라지고 터지기까지 해서 물이 뚝뚝 떨어지는 것을 볼 수 있었다. 이런 상황은 버섯에 물을 뿌려 주는 밭 가장자리의 스프링클러 장치의 경우도 마찬가지였다. 사방에서 쉭쉭 물 새는 소리가 들려왔다. 모든 장치며 설비가 낡을 대로 낡은 상태인 것 같았다. 물론, 보랏빛을 내는 조명 장치라고 그 사정이 다를 리 없었다. 양철로 만든 전등갓은 죄다 찌그러져 있었고, 전구에는 온통 찐득찐득한 먼지가 들러붙어 있었으며, 그나마도 달려 있지 않은 곳이 많았다. 불빛이 닿지 않는 어두운 곳에는 버섯이 자라지 않아서 질척하고 시커먼 땅만이 흉하게 드러나 있었다.

마침내 이브리는 온실 단지 한가운데에 있는 유리 궁전에 도착했다. 이곳에 오는 동안 아무도 눈에 띄지 않았다. 그는 탑 꼭대기를 향해 한 층 한 층 올라갔다. 뚜벅뚜벅 유리 바닥에서 울려 나오는 발자국 소리와 자신의 숨소리 외에는 아무 소리도 들리지 않았다. 탑 꼭대기 층은 사방에 있는 온실을 일목요연하게 내려다볼 수 있는 팔각형의 전망대였다. 동굴 바닥의 온실에서 새어 나오는 불빛이 아주 희미하게 보이고, 거대한 동굴의 둥근 천장이 구름 덮인 검은 하늘처럼 보일 정도로 높은 곳이었다.

"아, 드디어 오셨군." 나지막하게 꾸며서 말하는 듯한 여자의 음성이 갑작스레 들려왔다. "잘 왔어."

이브리는 놀라서 뒤를 돌아보았다. 팔각형 방의 한쪽 끝에 아주 키가 크고 날씬한 몸매의 사람 형상이 하나 서 있었다. 하얀 가운을 입은 그 형상의 얼굴은 그림자에 가려져 잘 보이지 않았다.

"레프요탄…… 박사님?" 그가 목이 메는 것을 참으며 물었다.

형상이 고개를 끄덕였다. "좀 이리로 가까이 와. 얼굴을 제대로 볼 수가 없어서."

그가 그쪽으로 몇 걸음 다가서자 형상의 손이 올라갔다. "됐어. 이제 잘 보여."

이브리는 이제 방 한가운데에 서 있게 되었다. 조금은 당황스러웠다. 한동안 침묵이 흐르고, 그들은 눈싸움이라도 하는 것처럼 서로를 뜯어보았다.

그 여자는 키가 이브리보다 머리 하나 정도는 더 컸다. 갸름하고 창백한 얼굴에는 귀티가 흘렀다. 그러나 유약해 보이지는 않았다. 그래, 강하고 엄한 인상이라는 표현이 더 좋을 것 같다. 다만 그 생김새를 '여자처럼 곱상하게 생긴 남자아이의 얼굴'이라고 해야 할지, 아니면 '곱상한 남자아이처럼 생긴 여자의 얼굴'이라고 해야 할지 단정하기는 힘들었다. 어쨌거나 두 얼굴이 모두 그녀의 얼굴 안에 들어 있었다. 그녀는 고개를 약간 비스듬하게 틀고 까만 눈을 깜박이지도 않으면서, 그를 응시하였다. 그는 자신을 바라보는 그녀의 눈길에서 최면의 힘을 느꼈다. 하지만 굳이 뿌리쳐야 할 필요성은 느끼지 못했다. 남자처럼 짧게 자른 그녀의 머리는 구릿빛이 도는 적갈색이었다. 그녀의 입가에는 미소가 번져 있었다. 그를 보면서 웃는 게 아니라, 언제나 그렇게 생글생글 웃는 상인 것 같았다. 그러나 그녀의 웃음에서는 명랑함보다, 오히려 함부로 범접할 수 없으면서도 말로도 설명이 불가능한 비극의 전조 같은 것이 느껴졌다. 그가 먼저 자신의 눈길을 거두었다.

"네가 그린 창문 때문에⋯⋯" 그녀의 목소리가 공기 속에서 공명을 일으켰다. "우리는 큰 곤경에 빠졌어."

"제가 그린 창문 때문에요? 무슨 말씀이신가요?"

"내가 걱정하는 건, 네가 '예술가'라는 점이야. 무슨 말이냐 하면, 자기 자신도 이해 못 하는 것을 그림이라고 그리더라는 거야. 그래, 그 창문. 네가 뭘 그리려고 했는지 우리는 처음부터 알고 있었어. 그건 네가 무의식적으로 그린 우리의 유리 온실이었어. 하지만 이젠 알겠지? 그게 우리의 온실이었다는 사실을. 그렇지 않아? 그리고 뭐가 빠졌는지도 이젠 알겠지? 거 왜, 창문 너머에 뭐가 있는지 생각 안 나서 한참 고민했잖아? 아니야? 너무 겁을 먹어서 생각해 낼 수 없었던 거야. 왜, 너무 정확하게 알고 있어서 놀랐니?"

"잘⋯⋯ 모르겠어요." 그가 확실하지 않다는 듯 대답했다. "제가 그린 창문이 그것이었는지⋯⋯."

그녀가 음색의 변화가 전혀 없는 웃음을 흘렸다. "어머, 능청스럽게 딴소리하는 것 좀 봐! 자기가 한 일에 대해 어떻게 그런 무책임한 말을 할 수 있니? 꼭 정치하는 사람들 같다, 애. 나한테는 그럴 필요 없어. 그리고 좀 더 남자답게 자신을 가져 봐! 네 마음속에서 동경해 온 대상이 무엇이었는지를 깨닫게 되면, 훨씬 자유로워질 수 있을 거야. 내가 보장하지."

"그건 맞는 말씀인 것 같아요……." 그가 우물거렸다.

"같은 게 아니라 진짜로 그렇게 된다니까. 하긴……, 너 스스로 이런 생각을 하느냐가 중요하기는 해. 마지못해 그렇다고 대답하는 건 어차피 나도 바라지 않아. 그건 우리한테 피차 도움이 안 되는 일이야. 그래서 말인데, 지금 내게는 네 도움이 절실히 필요해. 물론 네가 싫다면 어쩔 수 없지만……."

"제 도움이요? 제가 뭘 도와야 한다는 말씀이신가요?"

그녀는 그에게서 시선을 거두어 창밖 저 아래에서 희미하게 빛나는 유리 온실의 물결 위로 던졌다. "이곳에 오면서 너도 이미 봤을 거야. 우리 시설이 얼마나 형편없이 망가지고 낡았는지 말이야. 우리에게는 이 시설을 수리하고 정비할 그림자가 필요해. 이 시설이 제대로 돌아가지 않으면 우리 계획에 큰 차질이 생기기 때문이지."

"저기 있는 버섯, 그건 도대체 뭐죠?"

그녀는 다시 그를 돌아보며, 예의 그 음색의 변화가 없는 웃음을 흘렸다. "아마 너도 그 버섯을 보고 조금은 겁을 먹었을 거야. 그렇지 않았어? 그래, 그게 좀, 아니, 상당히 기분 나쁘게 생긴 건 사실이야. 하지만 그건 우리의 보물이야. 바로 그 버섯이 우리가 만든 약제 '굴GUL'의 원료이기 때문이지. 이 약은 베히모트와 싸우려면 꼭 필요한 무기야. '굴'이란 이름은 이 약제의 화학식에서 따온 이름으로……."

그녀는 그 화학식을 설명하기 시작했다. 그러나 그는 그녀의 말을 이해할 수 없었다.

"우리는 이 식물의 포자에서 약 성분을 추출해 내지. 하지만 이런 문제까지 네가 신경 쓸 필요는 없어. 버섯을 기르고 돌보는 일은 다른 그림자들이 하고 있으니까. 난 네가 온실 시설을 정비하는 일을 맡아 주길 원해."

"그 약은 누구에게 필요한가요?" 그가 알려고 했다. "그리고 어떤 효과가 있나요?"

"아, 미안, 미안! 내가 깜박했어. 네가 그걸 알 리 없지. 물론 너는 아냐. 그래서 네가 여기에 올 수 있기도 했지. 너한테는 아무 효과도 없어. 아니면 그 효과가 금방 사라져 버리는 건지도 모르지. 왜 그런지는 우리도 몰라."

그녀는 말을 멈추고 생각에 잠겼다.

"사실……," 그녀는 유리벽을 따라 방을 돌면서 말했다. 때문에 방 가운데 서 있던 이브리도 그녀를 따라 제자리에서 뱅뱅 돌아야만 했다. "사실 그처럼 교묘하게 조작된 베히모트의 동굴 체제가 노리는 건 단 한 가지밖에 없어. 그림자들에게 고통을 안겨 주겠다는 것! 너는 이게 무슨 말인지 알 거야. 그가 왜 그러느냐고? 완벽한 권력에 대한 병적인 집착 때문이라는 것이 내 생각이야. 그것도 일종의 병이지. 누군가가 고통받는 것을 봐야만 직성이 풀리는……, 혹은 누군가에게 고통을 가하면서 쾌감을 느끼는 몹쓸 병이지. 하지만 그가 어떤 병에 걸렸는가는 우리에게 중요하지 않아. 도움이 필요한 대상은 베히모트가 아니라, 그로 인해 무고하게 고통받는 그림자들이기 때문이지. 너도 알다시피 나는 의사야. 나는 직업윤리상 고통받는 이들을 도와야 한다는 책임을 통감하고 있어. 그래, 이 문제를 토론하자면 끝이 없다는 건 나도 알아. 그러나 결론은 하나! 결국은 고통을 덜거나 막아 주는 것이 '선', 고통을 야기하거나 늘게 하는 것은 '악' 아니겠어? 그러면 어떻게 그림자들의 고통을 덜어 주냐고? 그때 필요한 게 바로 우리의 약, 굴이야. 거의 모든 그림자에게 통하는 이 약은 고통이 시작되는 것을 원천적으로 막아 주지. 이미 어느 정도 고통을 느끼는 그림자라도, 그 고통을 지각의 한계 저편으로 밀어낼 수 있어. 실제로 느끼지 못하는 고통은 아무것도 아니잖아? 따라서 굴은 일종의 마취제라고 할 수 있지. 베히모트의 고문을 느끼지 못하게 해 주는 마취제……. 하지만 몸에 다른 해는 전혀 없어. 대개의 경우는 아주 적은 양만 사용해도 효과가 즉시 나타나니까. 그래서 우리는 이 약을 그림자들 몰래 그들의 음식에 섞어 왔어. 물론 증세가 심한 그림자에게는 더 많은 양을 섞어야 하지. 아주 흔치 않은 경우이긴 해도, 선천적 혹은 후천적으로 우리 약에 대한 저항력을 가지고 있는 그림자가 있어. 바로 네가 그 경우에 해당되지. 그 원인이 무엇인지는 아직까지 밝혀내지 못했어. 넌 분명 몰랐을 테지만, 우리는 그동안 네가 자는 사이에 고농도의 굴을 몇 차례 주사했었어. 별 효과는 없었지만…… 계속해서 창문을 그리는 너를 막아야 했기 때문에 우리로서도 어쩔 수 없었어. 그렇지 않아도 베히모트가 무슨 낌새를 챈 상황이었는데, 너 때문에 결정적인 꼬리를 잡힐 뻔했던 거야. 어쨌거나 우리는 특수 체질을 가진 네가 유리 온실을 정비하는 일에 적임자라고 생각하게 됐어……."

"왜죠?" 이브리가 말을 끊었다. "어째서 제가 적임자라는 거죠?" 그는 제자리에서 계속 맴을 돌았기 때문에 현기증이 났다. 그리고 피곤한 데다가 졸립기까지 했으므로 트뢰스터린의 지루한 음성을 더 이상 쫓아갈 수가 없었다.

"기껏 설명할 때는 뭐하다가 이제 와서 딴소리니?" 그는 그녀의 목소리에 약간의 조급함이 섞여 있는 것을 느꼈다. "한번 잘 들어 봐! 그렇게 한두 살 먹은 어린애처럼 어리광 부리지 말고. 지금 난 너와 노닥거릴 시간이 없어. 나는 그렇게 한가하지 않아. 그러니까 조금만 혼자서 생각해 보면 이해되는 것들에 대해서는 묻지 말아 줘. 그리고 어떠한 경우에도 서로서로 믿어야만 한다는 게 내 생각이야. 어차피 우리는 이제 한 배를 탔으니까."

이브리가 힘없이 고개를 끄떡였다. 물어보고 싶은 게 더 있었지만, 더 이상 머리에 떠오르지도 않았다. 그는 바닥에 털썩 주저앉았다. 그리고 양팔에 얼굴을 파묻었다. 뿌리칠 수 없는 피곤이 몰려왔다. 무언가 타이르는 듯한 목소리가 아주 천천히 멀어져 갔다. 그러고는 깊은 잠에 빠져들었다.

그가 잠에서 깨어났을 때, 팔각형 방에는 아무도 없었다. 그는 진이 다 빠져 버린 온몸이 서서히 마비되는 것을 느꼈다. 하지만 오래 전, 카타콤 세계에서 느끼던 고통과 고민은 말끔하게 사라져 버렸다. 그것만으로도 고마운 일이었다.

자신이 이제 무엇을 해야 하는지 누군가에게 물어보고 싶었지만 아무도 나타나지 않았다. 그는 유리 궁전 전체를 샅샅이 뒤졌다. 그러나 그림자는커녕 그림자의 그림자도 보이지 않았다. 대신에 그는 지하실에서 작업장처럼 보이는, 혹은 오래 전에 그런 목적으로 사용한 것으로 보이는 방을 하나 발견했다. 여기저기에 널린 공구의 대부분은 더 이상 쓸 수 없을 정도로 망가지거나 낡은 상태 그대로 방치되어 있었다. 그래도 임시변통으로 쓸 수 있는 공구가 아직 몇 벌은 남아 있었다. 한쪽 구석에는 간이침대가 놓여 있고, 그 위에는 찢어지고 먼지가 풀풀 날리는 담요 몇 장이 얹혀 있었다. 그릇 몇 개와 숟가락도 눈에 띄었다. 그래서 그는 이곳을 자신의 거처로 삼아야겠다고 마음먹었다.

바로 옆에 있는 지하실에는 온실 설비와 관련된 갖가지 부속품이 든 상자들이 쌓여 있었다. 난방 파이프, 펌프, 전등, 철사, 전깃줄 같은 것들 말이다. 그는 곧바로 일을 시작했다.

처음에는 일정한 계획을 세워 차근차근 작업을 해야겠다고 생각했다. 우선 유리 궁전 가까이 있는 온실들의 파손이 심한 부분부터 먼저 고쳐야 할 것 같았다. 분명 이 근처 어딘가에 전체 온실 시스템의 중앙 장치가 있을 터였다. 분명 어딘가에 그물처럼 뻗은 난방 파이프에 증기와 더운 물을 보내는 중앙 보일러실이나, 각종 전기 시설에 전기를 공급하는 발전실 같은 것들이 있을 텐데, 그는 끝내 아무것도 찾을 수가 없었다. 그곳에는 그런 시설이 없는 게 확실했다.

결국 나중에는 그 계획이라는 것이 무의미해졌고, 마구잡이로 일하는 수밖에 없었다. 애초의 열성이 나중에는 오기로 변했다. 전체 시설이 어떤 원리와 구조를 가졌는지 파악하려던 시도가 무위로 끝나 버렸으니, 여기저기 터진 곳이나 때우는 것 외에는 별다른 작업 방법이 있을 리 없었다. 설상가상으로 땜질하는 일마저도 언제나 헛수고가 되는 최악의 상황이 연출되고 말았다. 하나를 고치고 나면 숨 돌릴 틈도 없이, 먼저 고쳤던 곳이 다시 터지거나 아예 멀쩡하던 곳마저 고장 나는 일이 끊임없이 반복되었던 것이다. 버섯이 뿜어내는 역겨운 냄새와 습한 열기 속에서 일을 하는 건 무척이나 고되고 힘들었다. 때로는 일이 끝난 후, 바닥에 그대로 뻗어 빈사 상태에 빠지기도 했다. 그러나 그를 더욱 맥 빠지게 한 것은, 끊임없는 고장에 맞서는 이 지루한 싸움이 끝날 가능성이 보이지 않는다는 점이었다. 단 1분, 1초라도 고장이 없는 상태를 만들 수 있을까?

그러나 그는 포기하지 않았다. 자기 외에는 이 일을 할 그림자가 없을 뿐만 아니라, 이 일이 동굴에 갇힌 그림자들의 고통을 덜어 주는 '선한 일'의 전제가 된다는 것을 알기 때문이었다. 비록 자신이 노력하는 것만큼 성과가 나타나지는 않았지만, 그래도 이것이 아주 무의미한 일은 아닌 게 분명했다. 이런 생각이 언제나 그를 다시 일으켜 세웠다.

일을 하는 동안 그 의사는 단 한 번도 나타나지 않았다. 그렇다고 그녀의 부하가 나타난 적이 있느냐 하면 그것도 아니었다. 그럼에도 버섯은 누군가가 정기적으로 따 가는 것이 확실했다. 분명 그를 피해 다니는 누군가가 있었다. 그리고 일을 마치고 돌아오면, 지하 방에는 언제나 음식이 놓여 있었다. 때로는 부속품이 담긴 상자가 놓여 있기도 했다. 이 음식이나 물건들이 어떤 방법으로 배달되는지, 그리고 어디에서 난 것인지 그는 알 수 없었다. 그런 것을 생각할 기운조차 없었다. 그는 음식에는 거의 손도 대지 못하고, 그대로 침대에 까부라져 시체처럼 잠들곤 했다. 그는 창문에 대해서도 더 이상 생각하지 않았다. 어차피 이제는 창문에 둘러싸여 있으니까…….

그가 이 외로운 작업을 시작한 이후로 꽤 많은 날들이 지났다. 누군가를 만나리라는 기대는 이미 오래 전에 버렸다. 그러던 어느 날, 유리 궁전에서 멀리 떨어진 북쪽 끝, 지금까지 한 번도 가 보지 않은 구역의 온실을 수리하다가 어느 그늘진 구석에 처박힌 누더기 더미를 보게 되었다. 처음에는 아무 생각 없이 그냥 지나쳤다. 그가 그 누더기 더미에서 일정한 간격으로 흘러나오는 가느다란 속삭임을 들은 것은 한참이 지나서였다.

"부숴 버려…… 모두 부숴 버려…… 제발, 제발…… 내 말을 믿어 줘……."

가까이 가서 자세히 들여다보니, 그것은 누더기 더미가 아니라 웅크리고 누워 있는 늙은 노인의 몸뚱이였다. 숨도 제대로 쉬지 못하는 그의 몸은 너무 말라서 말 그대로 피골이 상접하고, 얼굴은 고통에 찌들어 있었다. 그 정도로 처참한 모습의 그림자는 본 적이 없었다.

그는 노인을 일으켜 세웠다. 그는 인형만큼이나 가벼운 노인을 두 팔로 안아 유리 궁전 밑에 있는 자신의 지하 방으로 데려갔다. 그는 우선 노인에게 음식을 먹인 다음, 침대에 눕히고 안정을 취하도록 했다. 그러나 노인은 손을 내저으며 이브리에게 매달렸다. 그는 이브리의 귀를 자신의 입가로 바짝 끌어당겼다.

"나는 지금까지 죽음과 싸우며……" 그가 속삭였다. "네가 날 발견하기만을 기다리고 있었어. 하지만 이제는 시간이 얼마 남지 않은 것 같아. 넌 내가 지금 하는 모든 말을 믿어야만 해. 이건 모두 진실이야. 지금 네가 하는 일은, 네가 이곳에 오기 전에는 바로 내가 했던 거야. 그리고 나는 이곳의 전체 시설을 설계한 전문 기술자고. 그래, 당시에는 나도 그렇게 하는 것이 옳다고 믿었지. 네가 지금 그렇게 믿고 있는 것처럼……. 하지만 나는 그 트뢰스터린의 정체를 알게 됐어. 모든 게 거짓말이야, 새빨간 거짓말……."

그가 몸을 일으키려고 했다. 그러나 이브리는 그의 어깨를 부드럽게 눌러 다시 침대에 눕도록 했다. "일단은 좀 쉬셔야겠어요. 말씀은 나중에 하시고요."

"안 돼!" 노인이 그르렁거리며 말했다. 그러고는 계속해서 머리를 좌우로 흔들어 댔다. "나중은 없어. 나는 지금까지 죽은 듯이 꼭꼭 숨어 있어야만 했어. 그렇게 하지 않았다면, 그 여자는 벌써 내게 무슨 짓을 해도 했을 거야. 내가 네게 이 사실을 알리는 걸 막기 위해서 말이야……. 그 이유가 뭔지는 너도 곧 알게 될 거야. 제발 말을 막지 마……. 오로지 이 순간이 오기만을 기다리며 죽음의 유혹을 뿌리쳐 왔어. 이제 곧 끝날 거야. 잘 들어. 그림자들이 당하는 고통에 대해 내게도 어느 정도 책임이 있어. 그들에게 속죄하기 위해서라도, 나는 이 말만큼은 죽기 전에 꼭 네게 전해야 한다고 믿었어. 그리고 넌 날 대신해서 그 일을 해야만 해. 이곳의 시설을 고치는 일을 계속해서는 안 돼! 반대로, 모두 부숴 버려야 해! 눈에 띄는 대로 모조리…… 지금 당장! 그리고 그 망할 놈의 버섯…… 그건 모두 뽑아 버려! 그렇게 하겠다고 약속해 줘……."

"어째서죠……?" 이브리가 당황해서 물었다. "그것들은 베히모트에게 잡힌 그림자들의 고통을 덜어 주는 유일한……"

"그건 사실이 아냐!" 노인이 신음하며 말했다. "그 여자가 그래? 베히모트가 자기 적이라고? 그래, 그래서 그 여자의 말을 모두 믿게 되는 거야. 나도 그랬어. 하지만 그 여자는 베히모트와 한 패야. 베히모트에게는 아주 중요한 존재지. 실제로 그 여자 없는 베히모트는 아무것도 아니야……. 그리고 그 여자는 그의 정부情婦이기도 하지. 난…… 난 그들이 함께 있는 걸 봤어. 그리고 그들이 함께 이야기하는 것도 들었어. 그들은 그림자들에 관한 이야기를 하고 있었어. 그들이 만나서 하는 얘기라는 게 빤하잖아? 그림자들을 편하게 해 주자는 얘길 했겠어? 그런데 내가 엿듣는 걸 눈치챈 그 여자가 날 없애려 들었지. 그래서 어떻게 됐느냐고? 물어보나마나 아냐? 보다시피…… 난 그 후로 그들에게서 도망 나와 숨어 지내는 신세가 되고 만 거야……."

"하지만 전 이해가 안 돼요." 이브리가 어물거리며 말했다. "베히모트는 그림자들을 미스라임에 잡아 두고, 그들이 고통받는 걸 보면서 권력에 대한 자신의 병적인 집착을 잠재우는 거라고…… 그리고 레프요탄은 그림자들의 고통을 막아 주는 것으로 그의 의도에 대항하고 있다고 하던데……."

"아, 그래!" 노인이 말을 받았다. "하기야, 그 여자가 그런 일을 하기는 하지. 하지만 그 일을 어떻게 한다던? 바로 그 여자가 모든 걸 깡그리 잊어버리게 하는 그 망할 놈의 마약을 그림자들에게 먹이지. 그래, 모든 걸 잊어버리게 돼. 자신이 갇혀 있다는 사실……, 원래는 이 카타콤에 속한 그림자가 아니었다는 사실……, 미스라임 바깥에 원래 자신이 살았던 다른 세계가 있다는 사실마저도 잊어버리지. 그리고 이전과 이후, 모든 질문과 동경마저도 잊어버리게 돼. 아, 그래, 모두들 조용히 주어진 생활에 만족하며 잘 살고 있지. 왜냐하면 그들에게는 다른 곳에 대한 기억도, 그곳을 다른 곳과 비교할 기회도 없기 때문이야. 그들에게는 순간만이 있을 뿐이야. 진짜 노예만도 못한 노예, 진짜 죄수만도 못한 죄수가 바로 그들이야. 자신의 처지에 만족하는 노예, 갇혀 있다는 사실에 괴로워하지 않는 죄수, 바로 이것이 트뢰스터린이 베히모트를 돕는 방법이야."

그는 심하게 기침을 하며 침대에 드러누웠다.

이브리는 그의 얼굴을 바라보며 중얼거렸다. "내가 그린 창문……, 창문……, 그래, 내가 옳았어. 그 창문은 그게 아니었어. 그 창문 뒤에는 다른 것이 있었어."

"너와 나" 노인이 힘없는 목소리로 속삭였다. "우리에게는 그런 것들을 잊어버리지 않는 힘……, 말하자면 약에 대한 저항력이 있어. 우리가 원했든, 원치 않았든 굴이 우리에게는 듣지 않았어. 우리는 예외였던 거야. 이제 이해하겠나? 그 여자가 왜 우리를 필요로 했는지 말이야……. 우리가 다른 그림자들과 마찬가지로 모든 걸 금방 금방 잊어버린다면, 그 여자에게 무슨 쓸모가 있었겠어?"

이제 이브리에게는 노인의 말이 진실이라는 확신이 생겼다. 바로 그것이 자신의 마음속 깊은 곳에 오랫동안 응어리져 있던 '진실'이라는 사실도 깨닫게 되었다. 이 진실이 순식간에 온몸으로 퍼져 가는 동안, 걷잡을 수 없는 분노가 함께 파도치는 것을 느꼈다. 피부를 뚫고 밖으로 나오려고 발악을 하는 이 분노에 온몸이 부르르 떨리고 아프기까지 했다.

"만약 그림자들에게" 그가 쉰 목소리로 물었다. "그 망할 놈의 마약이 더 이상 투약되지 않으면……"

"그래," 노인이 들릴락말락한 소리로 말했다. "모두가 엄청난 고통을 느끼기 시작할 거야. 기억이 나기 시작할 테니까……. 하지만 그렇게 해야 그들이 미스라임에서 빠져나갈 수 있어. 그렇기 때문에 너는 그들을 일단 고통스럽게 해야 돼. 모두 파괴해 버려……. 어서 시작해, 어서!"

노인의 몸이 허물어지고 있었다. 그의 머리가 맥없이 옆으로 기울었다. 그리고 그는 갑자기 눈에 띄게 작아져 보였다. 그렇게 그는 숨을 거두었다.

"예." 이브리가 잠긴 목소리로 말했다. "제가 하겠어요. 걱정하지 말고 편히 잠드세요. 나의 동지여!"

그는 녹이 슬어 한구석에 쌓아 둔 공구들 중에서 가장 무거워 보이는 큰 망치를 집어 들고 밖으로 뛰쳐나왔다.

아무래도 부수는 일이 고치는 일보다는 쉽고 빠르긴 했지만, 그 커다란 온실 구역을 혼자서 부수는 데에는 적지 않은 시간이 필요했다. 그는 유리란 유리는 모두 깨버리고, 파이프란 파이프는 모조리 벽에서 뜯어냈다. 버섯은 떡이 되도록 밟아서 짓이겨 버렸다. 전등이라고 무사할 리 없었으며, 그 때문에 온실은 하나하나 어둠 속으로 빨려 들고 있었다. 그는 미친 그림자처럼 울부짖기도 하고 웃기도 하면서 날뛰었다. 그러다가 기운이 다 빠지면 그 자리에 누워서 잠깐 눈을 붙였다. 그러고 나서 기운이 새로 충전되면, 다시 날뛰기 시작했다. 그림자들의 해방을 위해 싸운다는 투쟁 의식이 그에게 지금까지 한번도 느껴보지 못한 새로운 힘을 불어넣어 준 것이었지만, 그보다는 레프요탄에 대한 개인적인 분노가 더 큰 자극이 되었음을 부인할 수 없었다. 자신의 막막한 처지와 순진함을 비열한 방법으로 악용한 저 가증스러운 의사나리! 그는 내심 누군가가 나타나기를 기다렸다. 그녀가 직접 나타나든, 아니면 그 졸개들이 나타나든, 누군가 나타나서 온실이 남김없이 부서지는 것을 힘으로라도 막으려 할 거라고 생각했다. 그는 그 싸움을 기다렸다. 설사 그것이 자신의 패배로 끝나는 싸움이라 할지라도. 그러나 그런 일은 일어나지 않았다. 아무도 나타나지 않았다. 그녀가 겁을 먹은 것일까? 아니면 그녀에게는 지금의 이런 상황을 꿰뚫어 볼 능력이 없는 것일까? 애당초 자신이나 다른 그림자들이 믿었던 것처럼 그렇게 능력 있고 대단한 존재가 아니었단 말인가?

마지막 온실이 박살 나고 마지막 전등이 꺼졌다. 혼자 시작한 싸움은 그렇게 끝이 났다. 이제 그는 자신의 팔다리가 어디에 있는지도 분간할 수 없을 정도로 완벽한 어둠에 휩싸였다. 흥분해서 생각 없이 벌인 일이었으므로, 자신이 이 거대한 동굴 어디쯤에 와 있는지, 처음 동굴에 들어와서 반짝이는 불빛 파도를 보았던 비탈길 언덕이 어디에 있는지도 당연히 알 수 없었다. 그는 양손을 앞으로 뻗고 조심조심 걷기 시작했다. 발밑에서는 사각사각 유리 조각 갈리는 소리와 발이 진창에 빠지면서 질퍽거리는 소리가 번갈아 들려왔다. 그는 자신의 발광으로부터 용케 살아남은 온실의 성한 부분들을 더듬어 방향을 잡아 보려 애썼다. 그 결과, 잘하면 출구를 찾을 수도 있다는 작은 희망을 가지게 되었다. 자신의 처지 따위는 이제 안중에 없었다. 자신이 해야 할 일이기에 할 따름이었다.

최소한 이번만큼은 행운이 그의 편에 서 주었다. 마침내 그는 비탈길을 찾아냈다. 그는 비탈길을 기어올라 갔다. 그리고 그곳에 뚫린 복도를 따라, 그 비밀 문이 있는 곳까지 갔다. 물론 문을 열 수는 없었다. 비밀 신호를 모르기 때문이었다. 그러나 그리 어렵지는 않았다. 가지고 있던 큰 망치로 문을 박살 내는 일 말이다. 그는 다시 미스라임 카타콤으로 넘어왔다.

사실 그는 그곳에 어떤 변화가 있으리라고는 기대하지 않았다. 그러나 다시 넘어와서 목격한 카타콤 세계의 모습은 실망 그 자체였다. 아무것도 달라지지 않았다. 통로마다 끝없이 이어지는 그림자들의 행렬 — 전과 다름없이 계단을 오르내리며 다리를 건너 일하러 가고, 식사하고, 비좁은 잠칸에서 잠을 자는 그림자들. 모두 순간순간 자신들의 선택권을 묵살하는 보스의 음성에 따라 고분고분 움직이고 있었다. 모두 현재의 상황에 만족하는 것처럼 보였다. 이브리는 자신에게 침착하라고 타일렀다. 그 빌어먹을 '망각의 약' 굴의 약효가 아직은 저들의 몸에 남아 있을 수 있었다.

그의 생각이 옳았다. 약효가 사라진 뒤의 반응이 나타나기까지 그리 오랜 시간이 걸리지 않았다. 그들은 이브리가 예상했던 것 이상으로 경악하는 모습을 보였다. 그들로서는 처음 겪는 상상도 못 한 고통이었기에, 그 반응 역시 상상을 초월하는 것이었다. 많은 그림자들이 간질병 환자처럼 갑자기 바닥에 꼬꾸라져 뒹굴고, 온몸을 쥐어뜯으며 도와 달라고 비명을 질러 댔다. 어떤 그림자들은 공포에 떨며 이리저리 날뛰고, 주먹이나 머리를 터져라 벽에다 짓이겨 대고 있었다. 몇몇은 당장 숨이라도 넘어가는 것처럼 팔다리가 꼬이고 눈이 돌아간 상태로 털퍼덕 주저앉아, 입에서 게거품을 뿜고 있었다. 아직까지 약효가 몸에 남아 그런 증상을 느끼지 않는 그림자들은 겁에 질려 어찌할 바를 몰라 했다. 시간이 지날수록 그런 증상을 보이는 그림자는 늘어만 갔고, 보스의 쉰 목소리를 듣는 그림자는 점점 줄어들었다. 차마 눈뜨고 볼 수 없는 이 슬프고도 처참한 광경을 지켜봐야만 하는 이브리의 가슴은 갈기갈기 찢어지고 있었다. 할 수만 있다면, 차라리 저들을 원래의 상태로 돌려놓고 싶은 심정이었다. 그 고통이 어떤 건지 그는 자신의 경험을 통해 잘 알고 있었다. 이 불행의 책임이 꼭 자신에게 있는 것만 같았다. 그는 마음을 다잡으려 애쓰며 되뇌었다. 모든 불행의 원인 제공자는 베히모트야. 나 때문에 이런 일이 벌어지고 있는 게 아니야. 무엇이 거짓이고 무엇이 진실인지 지금 밝혀지려는 거야. 이 고통은 진실을 밝히기 위한 통과의례일 뿐이야.

마침내 동굴은 아비규환의 생지옥이 되고 말았다. 공포와 절망 속에서 서로 주먹으로 때리고, 머리로 들이받고, 발로 걷어차고, 모두 제정신이 아니었다. 미로 세계 곳곳에 그들의 비명이 메아리치고 있었다. 지금 당장 이 무의미한 살육을 중단하지 않으면, 엄청난 사태가 벌어지고야 말리라. 지금 가장 시급한 일은 어떻게 하면 이 흥분의 방향을 저 간악한 간수 베히모트에게로 돌릴 수 있을까, 하는 것이었다. 그래야만 바깥으로 나가는 길을 찾는 일이 체계적으로 진행될 수 있었다.

이브리는 다른 그림자들에게 제발 자신의 말을 좀 들어 달라고 목이 터져라 외쳐 댔다. 그의 노력은 점점 효과가 나타나기 시작했다. 처음에는 몇 명밖에 끌어모으지 못했지만, 시간이 지나면서 점점 많은 그림자들이 구름처럼 몰려들었다. 이 혼란의 원인을 알고 있어 자신들을 도울 그림자가 있다는 이야기가 입에서 입으로 전해졌기 때문이다. 수백 명이 수천 명으로 늘어났고, 꾸역꾸역 모여드는 그림자들의 행렬은 끝이 없었다. 모두가 입을 벌리고 이브리의 입이 열리기만을 기다리고 있었다. 이브리는 모든 그림자들이 자신을 잘 볼 수 있게끔 높은 곳으로 뛰어올라 선동적인 연설을 시작했다. 그는 자신이 보고 듣고 겪은 일들을 모두 설명하고, 이제 모두 힘을 모아 베히모트에게 강탈당한 자신들의 자유를 되찾자고 목청을 높였다.

모든 그림자가 그의 말을 이해한 것은 아니었지만, 모두 그를 따르기로 했다. 쇠 파이프, 각목, 온갖 종류의 공구들, 무기가 될 만한 것들은 죄다 긁어모았다. 그리고 일사분란하게 움직일 수 있도록 조를 짰다. 이렇게 조직

된 그림자 대군은 미로를 따라 한목소리로 구호를 외치며 끝없는 행군을 시작했다. "정체를 드러내라, 베히모트! 정체를 드러내, 베히모트! 너의 시대는 끝났다! 우리는 밖으로 나가겠다!"

그러나 베히모트는 아무 대응도 하지 않았다. 반란군이 제풀에 지칠 때까지 뺑뺑이를 돌리려는 심산인 것 같았다. 서서히 그림자들의 진이 빠지기 시작할 무렵, 전혀 예기치 못했던 일이 벌어졌다. 이브리 역시 이 일을 어떻게 설명해야 좋을지 알 수 없었다. 그들의 외침에 미스라임의 바깥에서 대답이라도 하는 것처럼, 처음에는 약했지만 시간이 흐를수록 점점 격렬해지는 진동이 동굴 벽과 천정에 전해져 왔다. 때문에 모든 그림자들은 지진이 일어난 것이 아닌가 하고 겁을 먹었지만, 신기하게도 그림자들의 몸에는 아무런 위협도 가해지지 않았다. 벽들이 진동으로 무너져 내린 것이 아니라, 그냥 사라져 버렸기 때문이다. 마치 언제 그런 벽들이 있었냐는 듯 흔적도 없이 사라져 버렸다. 이 희한한 붕괴는 아주 먼 곳에서 들려오는 듯한 굉음과 함께 시작됐는데, 그것은 콤! 콤! 콤![3] 하며 외치는 커다란 목소리처럼 들렸다. 물론 그것은 목소리가 아니라 벽이 갈라지면서 나는 파열음일 뿐

---

3) 독일어 Komm! Komm! Komm!으로 '오라! 오라! 오라!'의 뜻.

이었다.

모두 그 자리에 멈춰 섰다. 감히 아무도 발을 내디딜 생각을 하지 못했다. 서로서로 끌어안고 어쩔 줄 몰라 할 뿐이었다. 그 순간 생각지도 못한 일이 또 벌어졌고, 그림자들은 너무 놀라 입을 다물지 못했다. 길게 뻗어 있는 홀 끝을 가로막은 정면 벽에 서서히 균열이 생기기 시작했던 것이다. 점점 커지는 이 구멍을 통해서 들어오는 빛에 사방이 환해졌다. 이처럼 환한 빛에 익숙할 리 없는 모든 그림자들은 손으로 눈을 가리거나 옆으로 돌아서 있어야만 했다.

"나를 따르라!" 이브리가 외쳤다. "저기다! 저기에 밖으로 나가는 길이 있다!"

앞으로 돌진하려던 그는 자기도 모르게 그 자리에 그대로 멈춰 서 버리고 말았다. 때문에 그는 뒤에서 따라오던 그림자들에게 떠밀려 앞으로 꼬꾸라질 뻔했다. 날카로운 빛을 뿜어내는 구멍 앞에 갑자기 나타난 두 개의 사람 형상을 봤던 것이다. 그림자들보다 훨씬 큰 몸집이었다. 그들은 아무 말 없이 서 있었지만 쉽게 길을 터 줄 것 같지 않았다. 빛 때문에 그들의 얼굴은 보이지 않고 검은 음영만 보였다. 그러나 이브리는 그들 가운데 한 명이 레프요탄이라는 걸 알고 있었다. 어느 것이 그녀의 형상인지도 물론 가려낼 수 있었다. 나머지 한 명은 꾸부정한 자세로 서 있어서 실제 키를 가늠할 수 없었는데, 어쨌거나 그녀보다 큰 것만은 확실했다. 키가 크고 나이가 아주 많은 노인의 형상이었다. 반짝이는 철판처럼 빛나는 대머리, 세모꼴 머리통, 끊임없이 달달 떨리는 구부러진 팔다리, 아무튼 가관이었다. 게다가 그의 몸뚱이 전체는 마치 회색의 납덩이로 만들어진 것처럼 흉측해 보이기까지 했다.

이브리는 호흡을 가다듬으며 온몸의 힘을 한데 모았다. 그는 그들을 향해 몇 걸음 앞으로 나서며 외쳤다. "비켜! 어서 길을 터! 너희들이 뭔데 함부로 길을 막아?"

뒤에 있던 그림자들이 그의 말을 따라 외치면서 앞으로 돌진하려고 했다.

납덩이가 손을 들었다. 순간 찬물을 끼얹은 듯 조용해졌다.

"안 돼!" 이브리가 소리쳤다. 그에게 말할 기회를 주면 안 되었다. "그의 말을 들어서는 안 돼! 모두 거짓말이야!"

"나는 거짓말을 하지 않아." 납덩이가 쉰 목소리로 말했다. 모든 그림자가 그 목소리를 알고 있었다. "너희들에게 진실만 말하겠다고 맹세하지. 그래도 듣기 싫어?"

"안 돼!" 이브리의 외침이었다. "닥쳐! 그리고 꺼져 버려!"

그림자들이 웅성거리며 저마다 한 마디씩 했다. "아냐, 말하게 놔둬!", "뭐라고 하는지는 들어 봐야 할 거 아냐!", "변명할 게 있으면 해 보라고 해!", "그런다고 우리가 여기서 나가지 못할 것도 아니잖아!"

"아무도." 납덩이가 천천히 말을 시작했다. "너희를 여기에 잡아 두려고 하지 않아. 지금까지 그래 왔고. 물론, 지금도 마찬가지야."

"당연하지!" 몇 명이 외쳤다. "넌 지금까지 우리 앞에 코빼기 한 번 비치지 않았어! 네가 뭔데 우릴 여기 잡아 둬? 그런 당연한 소릴 뭐하러 해! 왜, 위대한 지도자께서 갑자기 겁이라도 나셨나?"

가소롭다는 듯이 입에서 바람 빠지는 소리가 들려왔다.

"아니, 겁나서가 아냐." 베히모트가 대답했다. "내가 왜 겁을 내? 나는 지금까지 그래왔던 것처럼, 너희들은 언제고 너희들 원하는 대로 할 수 있다고 말하는 거야. 가고 싶은 사람은 가. 아무도 말리지 않아. 결정은 너희스스로 하는 거야. 그 결정에 누구도 이의를 제기하지 않아."

"왜 이제 와서?" 한 명이 소리쳤다. "왜 갑자기 그러는 거야? 왜 전에는 그러지 못했어?"

"모든 것이 너희들 자신의 의지였다니까!" 베히모트의

말이었다. "단지 너희들이 그걸 몰랐을 뿐이야. 너희들이 우리에 대해서 뭔가 큰 오해를 하고 있는 것 같아서 걱정스러워. 모든 걸 해명할 테니, 몇 분 동안만 내 말에 귀 기울여 줘. 그리고 나서 결정은 너희들 스스로 해. 무엇이 너희들에게 좋고 옳은 것인지 말이야."

"우리는 이미 결정했어!" 이브리가 말했다. "이젠 더 들을 말이 없어!"

"지금 무슨 소릴 하는 거야?" 다른 그림자들이 소리쳤다. "설명하게 내버려 둬!"

모두들 흥분해서 동요하고 있었다. 여기저기서 크고 작은 싸움이 벌어졌다. 소란이 가라앉기까지 오랜 시간이 걸렸다. 마침내 베히모트가 피곤한 목소리로 띄엄띄엄 말하기 시작했다. 그러나 시간이 흐를수록 그의 목소리에 힘이 붙었다.

"그래, 너희들이 지금 나를 증오하고 있다는 걸 잘 알고 있어. 누가 그랬다며? 내 권력욕을 채우기 위해 너희들을 잡아 두는 거라고. 게다가 뭐? 너희들이 고통받는 모습을 보며 내가 즐거워한다고? 그리고 이 카타콤 세계, 미스라임이 너희들을 가두는 감옥에 지나지 않고, 나는 너희를 노예처럼 부리는 이 감옥의 간수일 뿐이라고? 너희들 생각도 진짜 그래? 어디 한번 물어나 보자. 너희들 입으로 직접 말해 봐. 도대체 누가 나 때문에 고통을 받았는지, 누가 내 압제에 시달렸는지. 옛날에 너희들 모두 만족하며 살지 않았어? 우리가 언제 너희들 밥을 굶겼니, 아니면 잠을 재우지 않았니? 너희들이 그 정도로 살 수 있었던 게 다 누구 덕인데! 우리 한번 까놓고 말해 보자. 너희들 중에 죄수라고 느낀 사람이 있으면 어디 한번 나와 봐! 그래서 불행하다고 느꼈던 사람이 있으면 나와 보란 말이야!"

"나!" 이브리가 소리쳤다.

납덩이가 팔을 뻗어 그를 가리켰다.

"그래, 저기 하나!" 그가 자신 있는 목소리로 말했다. "한 명? 겨우 한 명? 봐, 쟤는 별종이야, 별종! 예외란 말이야. 쟤는 너희들하고 달라."

"하지만 지금은" 여러 명이 동시에 외쳤다. "지금은 우리 모두 그가 느꼈던 것을 느끼고 있어. 전에 우리는 장님이었어. 우리에게 무슨 일이 일어나는지도 몰랐어. 그가 우리 눈을 뜨게 해 줬어. 너희들이 우리에게 무슨 일을 했는지 이제는 알아."

처음으로 트뢰스터린이 입을 열었다.

"너희들이 그걸 안다고? 정말로 알아? 너희들은 한 사람 말만을 들었을 뿐이야. 쟤가 모든 사실을 너희들에게 숨김없이 이야기했을 것 같아? 쟤가 이런 말도 하던? 지금 너희들이 느끼고 있는 고통이 자기 때문에 생긴 거라고 말이야! 지금까지 너희들의 고통을 막아 주던 약을 만드는 시설을 저 애가 모두 파괴해 버렸어. 모든 책임은 바로 쟤한테 있는 거야. 이제 다시는 약을 만들 수 없게 됐어. 너희들이 그 약을 계속 먹기를 원하는지, 아니면 차라리 없애 버리기 원하는지 너희들에게 미리 물어보기라도 했어?"

"어떻게 미리 물어볼 수 있었겠어?" 이브리가 해명하고 나섰다. "아무도 내 말을 이해하지 못하는데." 그러나 그녀의 말을 막지는 못했다.

"너희를 대신해 혼자 마음대로 결정했겠지, 뭐." 여의사가 말을 이었다. "그러면 최소한 자기가 왜 그런 일을 했는지에 대해서는 말했겠지? 그 약이 자기한테는 듣지 않았다는 얘기 말이야. 그래, 쟤한테는 그 약이 아무 소용이 없었어. 그래서 쟤는 너희를 모두 괴롭혀야겠다고 마음먹은 거야. 혼자 죽자니 억울했거든. 그리고 결코 혼자서는 미스라임에서 빠져나가는 길을 찾을 수 없기 때문에 너희들을 끌어들인 거야. 어디 한번 말해 봐! 누가 너희를 이용했는지, 누가 너희를 자신의 도구로 사용했는지 말이야! 자신의 목적을 달성하기 위해 너희에게 고통과 공포, 절망을 안겨 준 저 별종 그림자야? 아니면 그걸 막기 위해 노력한 우리야?"

그림자들은 헷갈리기 시작했다. 의혹의 눈길로 이브

리를 바라보는 그림자가 늘고 있었다. 벌써 몇몇은 증오에 가득 찬 얼굴로 그를 노려보고 있었다.

"내 말 좀 들어 봐!" 이브리가 그들에게 외쳤다. "우리는 밖으로 나가는 이 길을 함께 찾아냈어. 그리고 우리는 이 감옥에서 함께 벗어나게 될 거야. 저들이 무슨 소리를 해도 우리를 잡아 두고 있다는 사실만큼은 부인할 수 없기 때문이야. 이곳에서 나가야 한다는 우리의 결심에는 변함이 있을 수 없어!"

납덩이가 다시 말을 넘겨받았다.

"들었어? 너희들이 이곳에서 나가고 싶어 한다잖아! 그런데 너희들은 저 밖에 뭐가 있는지 알기나 하고 그렇게 까부는 거니? 저 세상은 너희들이 살 수 있는 세상이 아니야. 봐! 너희들은 이 정도 빛에도 질겁을 하잖아. 밖에 나가면 너희들은 완전히 분해되고 말아. 너희들은 어디가 위고 어디가 아래인지 구분도 할 수 없는 몸뚱이를 가졌어. 그리고 너희들은 그 몸뚱이를 어디에 둬야 할지도 알 수 없게 돼. 커다란 '공간'이 너희를 삼켜 버리고 말 거야. 숨도 너희들 스스로의 힘으로 쉬어야 해. 너희들에게 심장을 뛰게 할 힘이나 있는 줄 알아? 그리고 너희들 스스로 내려야 하는 매순간의 결정은 또 어떻고? 한 번 정하면 절대로 돌이킬 수 없는 영원한 족쇄가 되어 너희들을 따라다니게 될 거야. 다시 한 번 말하지만, 저 세상은 너희가 살 곳이 못 돼. 그래서 너희들은 너희 능력으로는 도저히 감당할 수 없는 저 세상과 빛을 피해 이리로 도망쳐 와서는, 우리에게 보호를 요청했던 거야. 우리는 단 한 순간도 너희를 이곳에 붙잡아 둔 적이 없어. 아니, 반대로 우리가 너희들의 의지에 복종해 왔어. 너희들이 우리를 위해 일한 게 아니라, 우리가 너희를 위해서 일했다, 이 말씀이야. 우리는 너희와 함께 그리고 너희를 위해서 이곳 미스라임의 카타콤 세계를 만들었어. 그리고 너희를 편하게 해 주려고 온갖 노력을 다했어. 그런데 너희들은 지금 이 모든 것을 파괴하려 하고 있어. 저기 저 별난 그림자 한 명 때문에! 쟤는 너희들과 같은 그림자가 아냐. 제발 정신들 좀 차려! 하지만 지금이라도 늦지 않았어. 너희들이 원하기만 하면 우리는 이 순간부터 다시 시작할 수 있어. 얼마든지 옛날로 다시 돌아갈 수 있어. 자, 이젠 결정해! 저 별종하고 같이 신세 망치는 길로 들어서든가, 아니면 너희들의 유일한 은신처인 이 세계에 남아 지금의 이 상처를 치료하고 모두 잘 사는 길로 들어서든가!"

이브리는 대답을 하고 싶었다. 그리고 다른 그림자들에게 말하고 싶었다. 지금 베히모트가 하는 말은 진실이 아니라고. 왜냐하면 저 바깥에 우리들이 원래 살았던 세상이 있기 때문이라고. 그러나 그는 잠시 망설였다. 자신도 확신할 수 없었기 때문이었다.

좌중에 무거운 침묵이 흘렀다. 모두들 밝은 빛을 피해 고개를 돌리고 있었다. 그들이 들고 있던 각목과 쇠 파이프가 이브리에게 향하기 시작했다. 그들은 모두 고개를 돌린 채, 그것들로 이브리를 떠밀어 빛이 들어오는 구멍으로 밀어 넣었다. 모두 침묵하는 가운데 벌어진 일이었다. 이브리는 저항하지 않았다. 그의 몸이 구멍을 넘는 순간, 그의 입에서는 귀를 찢을 듯 날카로운 외침이 터져 나왔다. 벽의 구멍이 천천히 그의 등 뒤에서 메워지는 동안, 이 외침은 메아리가 되어 미로 세계의 모든 통로와 굴 곳곳에 울려 퍼졌다. 모든 그림자가 그 소리를 들었다. 하지만 그것이 황홀해서 내지른 기쁨의 탄성이었는지, 아니면 결정적이고도 최종적인 절망감 때문에 내뱉은 슬픔의 탄식이었는지는 그 누구도 알 수 없었다.

여행가 막스 무토의 비망록

오늘 아침 쿠르티자네[1]는 매우 상냥했다. 그녀는 내게 자신의 침실에서 열리는 조례에 참석하라고 명령했다. 나는 명령대로 그녀를 방문했다. 그러나 모임에 나온 사람이 나 혼자라는 사실에 다소 놀라지 않을 수 없었다. 나는 그녀의 침실에서 그녀와 단둘이 있게 되었다. 그녀는 몸에 보석 장신구 외에는 아무것도 걸치지 않고 있었다. 다만 몸에 걸친 보석이 한두 개가 아니라, 셀 수 없이 많다는 게 문제라면 문제였다. 어쨌거나 그녀의 하얀 피부는 온통 보석으로 뒤덮여 있었다. 산처럼 쌓인 비단 쿠션에 등을 기댄 그녀는 커다란 관처럼 생긴 침대 위에

---

1) 왕후의 연인, 혹은 궁녀를 지칭하지만, 특별히 16세기부터 19세기까지 유럽에서 고급 매춘 여성을 일컫는 말이었다.

가부좌를 하고 앉아 있었다. 순간 나의 머릿속에는 그녀가 죽은 지 얼마나 됐을까, 하는 엉뚱한 의문이 스쳐 지나갔다.

"그렇게 멍청한 아이처럼 서 있지 말고" 그녀가 웃으며 말했다. "어서 앉아요, 막스."

그러나 마땅히 앉을 만한 자리가 없었으므로 나는 관의 한 귀퉁이에 걸터앉을 수밖에 없었다. 그녀는 코코아 한 잔을 손수 타 주고, 담배에 불까지 붙여 주었다. 그러고는 노골적으로 눈웃음을 쳤다. 그때 나는 두꺼비처럼 생긴 그녀의 눈 안에 비싸 보이는 황금 홍채가 들어 있다는 사실을 확인할 수 있었다.

내가 그것을 말하자, 그녀는 나의 찬사에 매우 흡족해하는 것 같았다. 이런 분위기를 조금만 더 살리면 일이 의외로 싶게 풀릴지도 모른다는 생각이 들었다.

나는 팔꿈치까지 올라오는 그녀의 장갑을 보고 처음에는 조금 어리둥절했다. 그녀가 몸에 걸치고 있는 물건 가운데 유일한 의류이기도 한 그 장갑의 양쪽 색깔이 서로 달랐기 때문이다. 한쪽은 노란색이고, 다른 한쪽은 진보라색이었다. 이유를 묻자 그녀는 날짜를 구분하기 위해 습관적으로 그렇게 하는 거라고 설명했다. 왼쪽 색깔은 달, 오른쪽 색깔은 날을 표시하기 때문에, 그 달과 그 날에 맞는 색깔로 왼쪽은 매달, 오른쪽은 매일 갈아 낀다는 것이다. 워낙에 많은 사람을 상대하다 보니 헷갈리는 경우가 많아, 그 날의 상대를 손쉽게 구분하려고 그런 방법을 쓰게 되었단다. 명쾌한 설명이었다.

우리는 한참 동안 사소한 것들을 화제 삼아 대화했고, 나는 그사이에 두세 번 정도 그녀를 웃길 수 있었다. 그러고 나서 그녀는 내게 원하는 것이 무엇이냐고 물어 왔다.

"당신의 장서臧書는" 내가 대답했다. "꿈꾸는 일이 직업인 사람들 사이에 널리 알려져 있습니다. 한 권도 빠짐없이 전권을 갖춘 완벽함도 놀랍지만, 그 속에 들어 있는 수많은 진품의 면면은 더더욱 놀랍다고 하더군요. 그리고 내가 찾는 사전도 당신의 언어학 서가에 있다고 들었습니다. 그 사전은 당신에게는 별 의미가 없는 것이지만, 나에게는 아주 중요합니다. 그 사전을 내게 넘겨주시기를 진심으로 부탁합니다. 그것이 불가능하다면, 단 몇 년만이라도 빌려주십시오."

생각에 잠긴 그녀는 코코아를 홀짝거리고는 말했다. "그게 그렇게 중요한 책이라니…… 막스, 기꺼이 넘겨드리지요. 하지만 그전에 날 위해 해야 할 일이 하나 있어요."

나는 가볍게 고개를 숙여 인사했다. "그전에……! 그것은 이제 내 여행에서 빠질 수 없는 전제가 되어 버린 것 같군요. 그 정도는 이미 각오하고 있습니다. 무엇을 원하십니까?"

그녀는 뜨악한 표정으로 나를 쳐다보았다.

"엉뚱한 생각하지 말아요." 그녀가 말했다. "별나게 어려운 조건을 걸겠다는 건 절대로 아니에요. 물론 최선의 노력과 용기가 필요한 일이기는 하지만요."

어렵거나 말거나, 그것은 아무 상관없었다. 어차피 나는 이 여행의 시작에서부터 지금까지 단 한 번도 나에게 맡겨진 과제를 해결해 본 적이 없었다. 이전의 과제가 새로운 과제로 바뀌는 일이 꼬리에 꼬리를 물고 반복되었을 뿐이다. 무슨 말인지 잘 모르겠다고? 사전을 찾아야 한다는 과제가 또다시 새로운 과제로 바뀌고 있는 이 장면을 보면서도 그런 말을 한단 말인가! 물론 그녀에게 이런 이야기를 해 줄 필요는 없었다. 나는 큰소리로 말했다. "무슨 일이든, 나는 이미 마음의 준비를 끝냈습니다."

"좋아요. 그러면" 그녀가 나에게 새로운 과제를 설명하기 시작했다. "내가 원하는 걸 말하겠어요. 그러니까 그게…… 벌써 여러 해가 지났군요. 정확하게 언제였는지 기억할 수 없지만, 어쨌거나 당시 나는 서쪽 황야 한가운데에 도시 하나를 건설해야겠다는 생각으로 이 나라 최고의 건축가 여섯 명에게 그 일을 맡겼어요. 모든 면에서 완벽한 도시를 만들어 달라고 주문했죠. 때문에 도시의 이름도 아예 '첸트룸'[2]이라고 지었어요. 그리고 곧바로 미장이, 목수, 석공과 같은 일군一群의 기술자들을 동원하여 공사를 시작했는데, 어찌된 일인지 그 후로는 아무 소식이 없어요. 막스, 내가 당신에게 바라는 것은 그 사람들과 공사가 어떻게 됐는지 되도록 빠른 시일 내에 알아봐 달라는 거예요. 하실 수 있겠어요?"

"최선을 다하겠습니다." 나는 이렇게 약속을 하고 그녀와 헤어졌다.

* * *

서쪽 황야는 바로 성 뒤에서 시작되었다. 그곳으로 가는 가장 손쉬운 방법은 커다란 부엌을 가로질러, 성의 뒷문으로 나가는 것이다. 그 부엌에서는 수백 명의 요리사들이 밤낮없이 자욱한 연기 속에서 튀기고 삶고 지지고 볶는 일을 반복하고 있다. 그들 가운데 한 사람, 켈이라는 이름의 요리사가 거의 울 것 같은 얼굴로 자신을 데려가 달라고 우리에게 애원했다. 어차피 우리의 황야 여행에는 식사를 챙길 사람이 한 사람 정도 필요했으므로, 우

---

2) '중앙', '중심지'를 뜻하는 독일어.

리 모두는 그러자고 했다.

* * *

　도대체 얼마나 됐을까? 흔들거리는 배에서 보이는 것
이라고는 변함없이 똑같은 하늘과 지평선 사이에 걸려
있는 먹구름뿐이다. 이렇게 우리는 황야의 한가운데를
끝없이 가고 있다. 그 첸트룸이라는 것이 진짜로 있는지
조차 의심스럽다.

　여기서 우리란 나와 동행인들을 뜻한다. 이들 모두 나
의 여행에 항상 동행하는 사람들은 아니다. 이번 여행에
는 의사인 헨츠 박사와 무기를 관리하는 그라우분트 대
령 그리고 나의 여비서 두 명이 따라왔다. 마술이 특기인
흑발의 다르반 양과 냉철한 이성을 지닌 금발의 이시우
양이 그들이다. 그리고 언제부터인가 젊은 남자 한 명이
우리 일행에 끼어들었다. 스탠드칼라와 안경 그리고 배
배 꼬인 콧수염이 인상적인 이 남자가 도대체 어디서 나
타났는지는 모르겠다. 그의 이름은 오이겐이며, 우리들
사이에서는 꿔다 놓은 보릿자루 같은 존재이다. 그들 외
에는 출발 직전에 합류한 요리사 켈이 있다. 언제나 땀을
뻘뻘 흘리면서 뭔가를 열심히 하는 그는 둥글둥글한 인
상에 마흔 살 정도 된 사람이다. 마지막으로, 이 여행의

시작에서부터 나와 동행한 아주 귀엽고 날쌘 희귀 동물
이 한 마리 있다. 일종의 '털 난 짐승'인 이놈은 새빨갛고
부드러운 털과 호박琥珀색 눈을 지녔다. 나는 요놈을 '부
이부이'라고 부른다. 그놈도 그게 제 이름이라는 것을 알
고 있다.

　대부분의 시간을 우리는 단체 사진을 찍는 사람들처럼
하얗고 커다란 돛 밑에 앉아 있다. 우리의 머리 위에 펼
쳐져 있는 그 돛은 돌로 만들어지기라도 했는지 미동도
없다. 때때로 선장이 우리 앞에 알짱거린다. 그는 백발에
앞을 전혀 볼 수 없는 장님이다. 그는 습관적으로 배의
선실로 통하는 승강구에서 갑판 위로 올라와 불안한 걸
음으로 우리를 지나쳐, 고물에 있는 다른 승강구로 사라
져 버린다. 그가 누구에게 명령을 내린단 말인가? 그의
명령을 수행할 선원이 이 배에 있기는 한 것인가? 우리
가운데 어느 누구도 그의 목소리를 듣지 못했다. 아마도
그는 말도 못하는 벙어리인가 보다.

　우리는 이 배의 갑판 밑 둥근 선실 부근에서 무슨 일
이 벌어지고 있다는 느낌을 여러 차례 받는다. 이 점에
있어서만큼은 우리의 느낌이 모두 일치한다. 들리는 소
리는 전혀 없다. 그래, 분명히 아무 소리도 들리지 않는
다. 차라리 그것은 가물가물 잘 떠오르지 않는 단어처럼
다가오는 듯하다가 사라지고, 사라지는 듯하다가 다시

다가오는 일을 반복하고 있다……. 마침내 우리는 도시를 발견했다!

나지막한 언덕에 황야의 '첸트룸'이라고 불리는 도시가 서 있다. 순백색인 이 도시는 뒤에 펼쳐진 회색빛 하늘 때문에 더더욱 하얗게 보인다. 황홀한 풍경이다.

하지만 우리는 일단 거리를 둔다. 도시에서 1킬로미터 정도 떨어진 곳에 닻을 내린다. 우선은 호흡을 가다듬고 정황을 살피려는 것이다.

* * *

그것들은 움직이고 있다. 그것들이 움직인다는 것은 의심의 여지가 없다. 나는 망원경을 통해 하얀 도시의 건물들을 충분히 관찰했다. 눈으로 식별이 안 될 정도로 그 위치가 미미하게 변하는 건물들의 움직임을 밤하늘에 떠 있는 별들의 느린 움직임에 비유하면 될까? 한 걸음 더 나아가, 그것들이 뒤죽박죽 뒤엉켜 아주 천천히 기어 다닌다면 너무 지나친 표현일까? 그렇다! 분명 많은 건물들이 서로 올라타거나 껴안고 있어서, 이를 보는 사람은 건물들이 교미하는 것이 아닌가—아마도 수백 년은 걸릴 것이다—하는 인상을 떨쳐 버릴 수 없다.

'집들의 번식', 나는 그것들이 새끼나 알을 '뿅' 하고 낳는다는 징후를 어디에서도 발견하지 못했다. 반면에 그 것들은 아주 커다란 건물 하나가 쪼개지고 쪼개져, 수많은 새끼 건물을 만드는 식의 '세포 분열'을 통해 번식하는 것처럼 보인다.

그리고 저들의 탐식욕은 또 어떤가! 큰 집들이 작고 힘없어 보이는 집들을 넘어뜨리고 먹어 치우는 장면을 몇 번 목격할 수 있었다. 물론 그 반대의 경우도 있다. 조그만 것들이 군대를 조직해 숫자로 밀어붙여 큰 놈을 나눠 먹는 경우 말이다. 도시의 중심에는 산처럼 커다란 궁전이 하나 솟아 있다. 우리가 그 궁전을 어느새, 그리고 왜 '문서실'이라 부르게 됐는지는 모르겠다. 그 건물은 자신을 갉아 먹는 것처럼 보이는 수없이 많은 새끼 집들로 둘러싸여 있다. 물론 내가 '갉아 먹는' 과정을 확인할 수 있는 거리에 있지 않았으므로, 이 표현은 어디까지나 비유로 이해해야 할 것이다. 어쨌거나 그 '문서실'의 동쪽 벽에는 꼭 폭탄을 맞은 것 같은 커다란 구멍이 하나 나 있다. 그 안에는 아주 작은 인형의 집들이 그 거대한 건물의 깊숙한 곳까지 빽빽이 들어앉아 있다. 아직까지도 우리는 그 도시에 들어가 볼 것인지를 결정하지 못했으므로, 그 조그만 기생 건물들이 '문서실' 내부 전체에 퍼져 있는지, 그리고 그 건물들이 그 안에서 또 하나의 도시를 형성하고 있는지에 대해서는 말할 수 없다.

의심의 여지가 없는 이 모든 사실에도 불구하고, 아직도 나는 나 자신에게 하얀 도시가 정말로 살아 있는 것일까? 하고 묻지 못하고 있다. 아마도 그것은 쓸데없는 생각이라서가 아닐까? 도대체 우리는 뭘 가지고 '살아 있다'거나 '죽어 있다'고 말하는 걸까? 나무가 살아 있는 게 분명하다면 강은? 그럼, 바다는? 그리고 구름은? 꿈 세계를 여행하면서 얼마나 많은 것들을 보아 왔는가! 말하는 물건, 의지를 가진 기계……

하얀 도시에는 거주민이 하나도 없는 것 같다. 아직까지 우리는 거주민이 있다고 여길 만한 증거를 하나도 찾을 수 없다.

* * *

내가 쿠르티자네에게 말하지 않았고, 그녀도 내게 묻지 않은 것이 한 가지 있다. 무엇 때문에 그녀가 소장하고 있는 사전을 내가 그토록 급하게 필요로 하는지에 대한 것이 그것이다.

나는 그녀에게 가기 전에, 안개 바다에 있는 그롱히 섬을 찾아갔었다. 그 섬 주민들은 이상한 전염병에 걸려 있었다. 나는 그 병을 '문자병文字病'이라고 불렀다. 그 병은 고통을 주거나, 불쾌한 감정을 불러일으키지는 않지만, 전염된 환자의 피부 곳곳에 문자가 나타나는 희한한 병이었다. 문자들은 음각으로 새겨지므로, 마치 곰보 자국처럼 피부에 남는다. 물론 곪거나 덧나는 일은 없다. 그 문자들은 단어, 혹은 문장을 만드는데, 그 언어를 이해할 수 있는 사람이 섬에는 아무도 없었다. 하지만 아니, 바로 그 때문에 모든 그롱히 사람들은 급한 협상이 필요하다고 확신하고 있었다. 어쩌면 자신들의 운명을 좌우할, 높은 세계에서 보낸 메시지가 그 속에 담겨 있는지도 모를 일이었다.

그 언어의 해독에 필수적인 어휘 및 문법 사전을 유일하게 소장하고 있는 사람이 바로 쿠르티자네였다. 그러나 육체적으로 타락할 대로 타락한 그녀와 접촉하는 것은 섬사람들의 도덕 기준에 비추어 볼 때 절대로 불가능한 일이었다. 그래서 그들은 나에게 그 일을 맡겼다. 그리고 그 일을 완수하는 것은 내가 그들로부터 '그림자를 낚는 어부의 철모자'를 넘겨받기 위한 전제이기도 했다. 그 모자는 자력에 의해 작동되며, 나침반 기능을 가지고 있다. 그것을 뒤집어 쓴 사람은 언제나 '옳은 방향'으로만 가게 된다. 모자를 찾는 일은 '돌이 되어 버린 부부'가 나에게 맡긴 일이었다. 물론, 그 '무엇'에 대한 전제로 말이다. 그리고 그 '무엇'은 다시 '무엇 무엇'에 대한 전제였다. 이렇게 전제의 전제의 전제……를 단추 풀 듯이 계속해서 풀다 보면, 결국은 꿈-세계 여행의 첫 단추만이 남게 된다. 솔직히 고백하거니와, 지금 나는 그 첫 단추가 무엇이었는지 전혀 기억할 수 없다.

* * *

우리를 끊임없이 괴롭히는 것은 이곳에 감도는 완벽한 정적이다. 이 정적은 우리 주변의 모든 소리마저 삼켜 버리는 것 같다. 듣기 좋든 싫든 새 울음소리도 들리지 않는다. 새가 없기 때문이다. 아직까지 우리는 그 어떤 동물도 발견하지 못했다. 모레지네나 바위거미 같은 것도 하나 없다. 나뭇잎이나 풀이 바스락거리는 소리도 없다. 유리판을 겹겹이 세워 놓은 것처럼 공기의 흐름도 느낄 수 없다. 우리를 둘러싸고 있는 건 검은 모래뿐이고, 저 너머에 하얀 도시가 있다. 이 기분 나쁜 정적을 깨트려 보려고 우리는 갖은 장비를 다 동원해 소음을 내 본다. 심지어 그라우분트 대령은 소총을 난사하기까지 한다. 배 위에서는 총성을 들을 수 있지만, 하얀 도시에 가까이 다가가면 갈수록 그 울림은 점점 줄어들어, 결국에는 아주 작은 모기 소리만 해진다. 그사이 우리는 글로 자신의 의사를 전달하는 일에 아주 익숙해졌다. 우리의 쉰 목을 보호하는 유일한 방법이다.

* * *

장시간의 (필담을 통한) 논의 끝에 우리는 이제 하얀 도시 안에 들어가 보기로 결정했다. 만일의 사태에 대비한 준비도 빈틈이 없다. 대령은 권총을 두 자루나 챙기고, 그것도 모자라 허리띠에는 수류탄을 주렁주렁 매달고 있다. 헨츠 박사는 우리에게 약을 나누어 주고 먹게 한다. 어떤 병을 예방하자는 건지는 나도 모른다. 어쨌거나 그 약은 세 시간이 지나면 약효가 떨어진단다. 따라서 그 시간 안에 배로 다시 돌아와야만 한다. 그밖에도 우리는 도시를 살펴보는 동안 서로서로 가까이 붙어 있자고 다짐한다. 무슨 일이 생기면 서로 돕고 보호해야 하니까.

우리 일행 가운데 두 사람이 함께 갈 것인지를 결정하지 못한 채 여전히 망설이고 있다. 요리사 켈과 이성적이라던 이시우 양이다. 가거나 말거나! 그것은 어디까지나 본인들이 결정할 문제이다. 그 누구도 강요하지 않는다. 어쩌면 누가 됐든 한두 사람 정도는 배에 남는 것이 전체를 위해서도 좋을지 모른다. 이 모든 것에도 불구하고, 우리가 안전하다는 보장은 그 어디에도 없다.

* * *

오늘 나는 전에 써 놓은 기록을 다시 읽으며 가볍게 웃을 수 있다. 괜한 걱정과 불안! 우리의 모든 준비는 쓸데없는 것이었음이 이내 증명되었다.

이틀 밤낮에 걸쳐 우리는 하얀 도시를 쏘질러 다녔다. 실로 '완벽'이라는 단어가 너무나도 완벽하게 잘 어울리는 이 도시에 나는 완전히 압도당하고 말았다. 이것은 나 혼자만의 느낌이 아니라, 그곳에 같이 있던 모든 사람들의 공통된 느낌이기도 하다. 모두들 황홀한 표정을 지으며 어쩔 줄 몰라 한다. 그리고 남아 있던 두 사람에게 자신들이 보고 경험한 것을 제대로 설명할 수 없어 안타까워하는 모습들이다. 이곳의 특수한 음향 조건 때문에 흥분한 입놀림 외에는 아무것도 전달되지 않는다.

위협이나 위험을 느낄 만한 상황은 전혀 없었다. 건물들이 뒤범벅되어 눈에 띄지 않을 정도로 천천히 움직인다고 보았던 나의 관찰은 정확한 것이었다. 헨츠 박사가 자로 직접 재어 본 바에 의하면, 건물의 이동 거리는 짧게는 3밀리미터에서 길게는 57센티미터에 이르기까지 매우 다양했다. 하지만 그 누구도 겁을 내거나 불안해하지는 않았다.

모든 건물은 순백색이다. 그 귀하다는 앨러배스터[3] 같이 약간은 투명한 재료가 사용된 것만은 확실한데, 그것이 광물이라고 단정적으로 말할 자신은 없다. 그 위에 손을 대 보면 온기가 느껴진다. 살아 있다는 증거다. 심지어 요놈들은 손으로 만져 주는 걸 좋아하는 것 같다. 계속 쓰다듬어 달라고 손에 착착 휘감겨 붙는다.

이제 가장 어려운 질문 하나가 남아 있다. 이 건축물의 양식을 어떻게 묘사해야 할 것인가? 지금 내 머릿속에는 단 한 마디도 떠오르지 않는다. 이와 비슷한 것을 지금까지 한 번도 보지 못했기 때문이다. 꿈—세계 여행을 하면서 별걸 다 봤지만 이런 경우는 또 처음이다. 다르반 양은 열심히 사진을 찍었다. 그러나 현상 결과가 영 마땅치 않은 모양이다. 그럴 줄 알았다. 우리가 하얀 도시에서 체험한 신비로움을 비스름하게라도 재현한 사진은 단 한 장도 없다.

나의 버벅거림에 짜증을 내는 사람들에게 우선 확인해 줄 수 있는 것이 한 가지 있기는 하다. 모든 건물의 세부 및 전체 형태가 유기물과 닮았다는 점이다. 예를 들자면, 그곳에는 '성당'—어쨌거나 우리는 그렇게 부른다—이 하나 있다. 그런데 그 건물 내부를 지지하는 골격은 허벅

---

3) 대리석의 하나로, 고대 이집트나 중근동에서 만들어진 것은 방해석이었고, 중세 유럽에서 만들어진 것은 석고였다.

다리뼈의 내부 구조를 연상케 한다. 최소한의 면적과 힘을 이용, 최대한의 용적과 무게를 떠받치는 그런 구조 말이다. 높이가 100미터 이상인 그 건물에서 느껴지는 우아함과 경쾌함은 상상을 초월한다. 그리고 집들—어쨌거나 집처럼 보인다—의 환상적 대칭 구조는 원형 동물이나 적충류滴蟲類의 방사형 구조를 빼닮았다. 그밖에도 꽃, 줄기, 껍질, 잎사귀 모양의 집들이 서로 뒤엉켜 갖가지 식물 형태를 만드는 희한한 광경도 목격했으며, 대나무처럼 마디가 있고, 꼭대기에는 솔방울 같은 마개가 덮힌 첨탑도 보였다.

이 모든 외적인 사실들만으로는 우리가 체험한, 그리고 아직도 우리의 가슴속에 메아리치고 있는 황홀한 쾌감이 제대로 설명되지 않는다. 그 진원이 눈에도 보이지 않고, 말로도 설명할 수 없는 신비한 영역에 있음은 두말할 나위가 없다. 이 모든 것의 심장에 생명을 불어넣는 순수하고 자연적인 생명력의 영역이, 분명 이 도시의 심장부 어딘가에 영원한 젊음과 그칠 줄 모르는 활력의 원천이 숨겨져 있을 거라는 생각을 하지 않을 수 없게 만든다.

여하튼 이것이 바로 우리가 배로 돌아오지 못하고 그곳에 계속해서 머무를 수밖에 없는 이유였다. 우리는 가져간 식량과 물이 마지막 한 조각, 마지막 한 모금까지 완전히 거덜 난 다음에야 마지못해, 그리고 못내 아쉬워하며 '일단 임시로' 그곳을 떠났다. 되도록이면 빨리 하얀 도시로 되돌아가야 한다는 마음은 모두 똑같았다. 오늘 저녁, 늦어도—우리가 모두 잠에 곯아떨어진다 해도—내일 아침에는 다시 그곳으로 갈 것이다. 우리는 소풍 전날의 아이들 마냥 들떠서 몸까지 달아 있다.

* * *

갑자기 모든 이들의 얼굴에서 김이 새는 것이 느껴진다. 나는 지금까지 한 번도 겪어 보지 못한 마비, 허탈, 말 그대로 탈진 상태에 빠져들고 있다. 서로 의사 교환은 없지만 다른 사람들의 사정도 마찬가지인 게 분명하다. 지금 나는 이 글을 계속 이어갈 여력이 없다.

어쨌든 우리는 두 번째 탐사를 떠나기 전에 우선 좀 푹 쉬어야만 할 것 같다. 헨츠 박사 역시 창백하고 기운이 없어 보인다. 그렇다. 지금 우리에게 필요한 것은 무엇보다 강인한 저항력이다. 모두 같은 생각이다. 그리고 그곳에 반드시 가겠다는 생각에도 변함이 없다.

예기치 못한 휴식은 내게 생각할 수 있는 시간을 충분히 제공해 주고 있다. 나는 지금 나 자신이 참으로 딱하다는 생각을 하고 있다.

내 존재의 허무맹랑함을 지금처럼 확실하고 뼈아프게 느껴 본 적이 없다. 아, 이 끝없는 꿈—세계 여행이 얼마나 넌더리 나는지 말로 표현할 재주가 내게는 없다. 나는 나라는 존재가 정말로 싫다. 그리고 나는 어서 이 모든 것으로부터 깨어나기 — 이 말이 무엇을 뜻하는 것이든 간에 — 를 갈망한다.

그러나 나는 알고 있다. 저 최초의 과제를 해결하기만 하면 이 방황도 자연히 끝나리라는 것을. 그것은 이 방황이 시작된 자리에 서 있다. 그러므로 일단은 그것을 '알파'로 부르고자 한다. 알파를 해결하기 위해 나는 한걸음 뒤로 물러섰다. 왜냐하면 그 일을 위해서는 '베타'가 필요했기 때문이다. 그러나 베타는 '감마' 없이는 해결이 불가능했다. 계속 이런 식이었다. 나는 지금 어디에 있는가? 나는 더 이상 알 수 없다. 아마도 끝없는 알파벳의 사슬 중간쯤에 와 있을 것이다. 그리고 어차피 그 사슬이 끝이 없다면, 어디쯤 와 있는지를 아는 게 무슨 의미가 있단 말인가?

그렇다! 그사이 나는 입구에서 한없이 멀어지기만 했다. 이제는 애초의 문제가 무엇이었는지조차 알지 못한다. 나는 이 여행 내내 뒷걸음질만 쳤다. 한 걸음 한 걸음, 한 단계 한 단계. 지금까지 단 하나의 과제도 풀지 못했다. 단지 한 과제의 자리에 그 이전의 과제가 맞물려 있을 뿐이다. 이제 뭘 더 바랄 수 있단 말인가? 끝없이 뒷걸음만 치다가 어느 억세게 재수 좋은 날, 발뒤꿈치로 우연히 알파를 밟는 것? 그러면 무슨 일이 일어날까?

하지만 그것처럼 미련한 생각도 없다. 우선은 그런 일이 일어날 가능성이 희박하기 때문이다. 그 확률은 거의 제로에 가깝다. 그래도 만에 하나 그런 일이 일어난다면, 모든 과정이 다시 처음부터 되풀이될 텐데……, 그것도 그리 나쁘지는 않을 것 같다. 웬 징글징글한 생각!

난 더 이상 생각하고 싶지도 않다. 그래, 정말로 그렇다.

* * *

우리 몸이 회복되는 데 걸리는 시간이 당초의 예상보다 훨씬 길어지고 있다. 새롭게 고개를 든 욕구가 병적일 만큼 집요하게 나를 괴롭힌다. 혼자서, 동행 없이 하얀 도시에 들어가 보고 싶다는 생각 말이다.

나는 이 집착을 변태적인 성욕에 비교할 수밖에 없다. 이렇게 집착하는 까닭은 알지 못한다. 하지만 한 가지 확실한 것은 나만이, 그리고 나 혼자 그곳에 들어가는 경우에만 그 도시의 비밀을 찾아낼 수 있으리라는 점이다. 이것은 하나의 '약정'과도 같은 것이다. 나는 탈진 상태에서도 이것을 지켜야 한다고 다짐하고 있다.

다른 사람들도 나와 비슷한 생각을 하는지는 알 수 없다. 그러나 그들이 지금의 나에게 성가신 존재인 것만은 확실하다. 어째서 나는 여행 내내 사람들에게 둘러싸여 있어야 하는 걸까? 실제로 나와는 별 상관도 없고, 나를 이해하지도 못하고, 내게는 짐만 되는 사람들. 정말로 이번만큼은, 이번만큼은…… 혼자 왔어야 했다.

예를 들어, 헨츠 박사라는 사람은 집요하게 내 옆에서 깐죽거리고 있다. 졸졸 따라다니며 언제나 같은 질문이 적혀 있는 쪽지를 나에게 들이민다. 이 도시를 만들던 사람들은 도대체 어떻게 된 거요?

나는 어깨를 들썩여 보인다. 솔직히 말해서 난 지금 그 무엇에도 관심이 없다. 그것이 쿠르티자네가 내게 맡긴 과제라는 건 틀림없지만, 이제 와서 그까짓 게 나와 무슨 상관이란 말인가?

* * *

헨츠 때문에 정말이지 견딜 수가 없다. 박사인지, 박살인지 하는 이놈을 진짜로 박살내 버리고 싶다. 아주 영원히.

조금 전에 (물론, 필담을 통한) 전체 회의가 끝났다. 다시 한 번 하얀 도시에 들어가 볼 것인가 — 만약 그렇다면 어떤 준비를 해야 할 것인가 — 아니면, 여기서 모든 탐사를 중단할 것인가에 대해 논의되었다. 내게는 엄청난 자제력이 요구된 회의였다. 그들에 대한 역겨운 감정을 너무 적나라하게 드러내서는 안 되었기 때문이다. 모두 나의 자제력 테스트에 한몫했지만, 정작 나를 화나게 했던 건, 바로 저 오이겐이라는 인간이다. 아무짝에도 쓸모없는 저 인간은 언제나 날 감시라도 하는 것처럼 기분 나쁘게 옆에서 힐끔거린다. 아무래도 따끔하게 한마디 해줘야겠다. 너는 꿰다 놓은 보릿자루일 뿐이야!

냉정한 금발의 이시우 양과 요리사 켈은 아직까지도 같이 가는 것을 거부하고 있다. 아마도 겁이 나는 모양이다. 내가 신기하게 여기는 것은 그들이 내세운 신기한 구실이다. 우리가 들려준 얘기가 하나도 신기하지 않다나?

그러거나 말거나! 동행은 적을수록 좋다.

* * *

배 안에 소동이 일고 있다. 무슨 일이 생긴 걸까? 켈과 이시우가 사라졌다. 그들이 어디로 갔는지는 아무도 모른다. 욱하는 마음에 아무 생각 없이 하얀 도시로 들어간 걸까? 그동안 그들이 보여 준 태도로 봐서 그럴 가능성은 희박하다. 아니면 우리가 겪은 것 이상의 신비한 감정적 회오리가 그들에게 몰려와, 지금까지 거부로 일관하던 그들의 마음을 순식간에 바꾸어 놓은 것일까?

그들이 자기들끼리, 그것도 도보로 서쪽 황야를 거슬러 성으로 되돌아갔다는 것은 더더욱 말이 안 된다.

언제나 그랬던 것처럼, 실종된 두 사람을 찾아 나서기로 즉흥적인 결정이 내려진다. 이런 일로 하얀 도시에 들어간다는 것이 내키지는 않지만, 어쩌랴! 우리는 지금 무작정 하얀 도시로 출발한다.

* * *

마침내 그들을 찾았다. 하지만 너무 늦었다. 실제로 그들은 무엇에 홀린 듯, 말로는 설명이 불가능한 초이성적 감정에 사로잡혀 이곳까지 왔음이 분명하다. 그것 말고는 그들의 돌발적인 행동을 설명할 방법이 없다.

우리도 첫 탐사 때는 함부로 건물 안에 들어가지 못하고, 그냥 거리와 광장에서 살펴보기만 했다. 그런데 이 사람들은 어디서 그런 용기가 생겼는지, 대담하게 안으로 뛰어든 흔적이 역력하다. 아니면 말 그대로, 빨려 들어갔거나.

우리가 발견했을 때, 이시우 양은 이미 건물과 '한 몸' ─ 이 이상의 표현을 구사할 능력이 내게는 없다 ─ 이 되어 있었다. 눈을 감은 그녀의 얼굴은 위아래로 길게 늘어난 데스마스크처럼 건물의 안쪽에서부터 벽을 뚫고 바깥쪽으로 돌출되어 있었다. 얼굴의 일부가 뭉개지기는 했어도 그녀의 얼굴이 틀림없었다. 그녀는 아주 흡족한 표정으로 웃고 있었다.

켈의 행방을 찾는 일은 더 힘들었다. 우리는 그를 '한 몸'으로 만들어 버린 건물 주변을 몇 번씩이나 왔다 갔다 했으면서도, 길을 반 정도 가로막은 둥글게 부푼 벽이 엄청나게 불어난 그의 배라는 것을 알아차리는 데 한참이 걸렸다. 심지어는 배꼽까지 그대로 붙어 있었다. 반면에 머리는 종적도 없었다.

우리는 귀신에게 쫓기는 사람들처럼 혼비백산하여 배로 도망쳐 왔다.

* * *

나는 그 후로 일행과 거리를 두고 외따로 떨어져 있다. 그래서 그들이 장시간의 토론 끝에 어떤 합의를 도출해 냈다는 사실을 몰랐다. 헨츠 박사가 나에게 쪽지를 건넨다. 거기에는 다음과 같이 쓰여 있다.

완벽한 피조물이 자신의 창조자들을 삼켜 버린 거요.
그렇다, 이것이 '답'이다. 실은 나도 오래 전부터 이런 생각을 하고 있었다. 물론 이것이 정답은 아니다. 왜냐하면 이 답만으로는 이시우와 켈, 두 사람에게 벌어진 일이 제대로 설명되지 않기 때문이다. 하지만 한 가지 사실만큼은 분명해졌다. 쿠르티자네가 내게 맡긴 과제를 해결했다는 점 말이다. 이제 그녀에게 돌아가 이 소식을 전하면, 그녀는 내게 사전을 넘겨줄 것이다. 그러면 그 사전을 안개 바다에 있는 그롱히 섬으로 가져 가, 문자병에 걸린 사람들에게 전하면, 그들은 내게 그림자를 낚는 어부의 철모자를 줄 것이다. 그것으로 나는 돌이 되어 버린 부부가 내게 맡긴 과제를 해결할 수 있다…….
이렇게 나는 나의 발자국을 따라서 내가 걸어온 길을 거슬러 올라갈 것이다. 한 걸음 한 걸음, 한 단계 한 단계—이런 식으로 나는 결국 이 여행의 시작에 도착하게 될 것이다. '알파'에 말이다. 그것은 내 여행의 끝을 의미한다.
이제, 여행을 끝낼 수 있는 기회를 처음으로 맞았다. 그러나 나는 그게 그리 달갑지 않다는 사실을 깨달았다.

이런 마음이 들리라고는 꿈에도 상상하지 못했다.

이제 모든 것은 나의 결정에 달렸다. 이것을 내 여행의 마지막 종착지로 삼을 것인가. 나는 이것이 한 번 하면 절대로 무를 수 없는 결정이 되리라는 것을 너무나도 잘 안다. 이런 기회는 두 번 다시 오지 않을 것이다. 만약에 이 기회를 이대로 흘려보내면, 알파로 돌아가는 건 영원히 불가능할지도 모른다.

나는 지금 이 글을 적으면서, 이미 오래전부터 내 마음에 자리 잡았던 결정이 무엇이었는지를 확인하고 있다. 그렇다! 계속 여행하겠다는 결심은 이미 확고한 것이었다. 다만, 지금까지는 등을 떠밀리다시피 억지로 해 온 지겨운 여행이었다면, 이제부터는 내가 하고 싶어서 하는 즐거운 여행이 될 것이다.

그러므로 나는 이제, 여행을 끝내기 위해 해결해야 할 새로운 과제를 스스로 만들어 낼 것이다. 뭐냐고? 그건 걱정하지 않아도 된다. 그리고 그건 중요하지 않다. 지금까지 그래 왔던 것처럼 어차피 그 과제는 해결되지 않을 테니까!

하지만 내가 그것을 미리 알고 있다면, 그 과제를 만드는 일 자체가 무의미해지는 것은 아닐까? 아니다, 그렇지는 않다. 게임을 계속하려면 규칙이 있어야 한다. 아무리 혼자 하는 게임이지만 규칙은 필요하다. 아니, 혼자

하는 것이기에 더더욱 그렇다.

* * *

나는 하얀 도시로 다시 갔다.

혼자서. 도시는 더 이상 나를 위압하지 않는다.

나는 이 도시를 없애 버리겠다고 마음먹었다. 어떻게?
불사르는 게 좋을 것이다. 이런 경우에 아주 잘 어울리는
고전적인 방법 아닌가! 그러면, 이 도시를 없애려는 이유
는? 다른 여행자들이 당할지도 모를 불행의 싹을 미리
잘라 버리기 위해서? 천만의 말씀! 나는 그저 이곳에 남
게 될 나의 흔적을 뒷사람들에게 보여 주고 싶지 않을 뿐
이다.

그러나 동시에, 나는 이 도시를 그냥 있는 그대로 내
버려 둘 수밖에 없다는 사실을 깨달았다. 왜냐하면 나는
그 전에, 이 일을 하기 위한 전제로 '별똥별'을 잡아 와야
하기 때문이다. 그리고 그건 결코 간단한 문제가 아니다.
어쩌면 아주 불가능할지도 모른다. 왜냐하면 나는 그 전
에 그 전제로……

지평선 뒤에서는 언제나 새로운 지평선이 떠오른다.
우리는 하나의 꿈-세계를 바로 뒤에 두고, 그것과는 다
른 꿈-세계 안에서, 그것과 또 다른 꿈-세계를 찾고 있

는 것이다. 하나의 경계선을 넘어설 때마다, 우리 앞에는 이미 그다음 세계가 펼쳐지고, 그렇게 우리는 어둠을 헤치고 여명의 물가로 나아가게 되는 것이다.

내 앞에는 나의 길이 놓여 있다. 나, 막스 무토는 이미 자신의 목적지에 도달해 있는 어느 누구도 부럽지 않다.

나는 여행을 좋아한다.

자유의 감옥

-1011번째 밤의 이야기

'인샬라'*라는 별명을 가진 장님 거지가 지나가던 칼리프¹⁾에게 자신의 이야기를 들어 달라고 간청했다.

  오, 모든 신도의 통치자시여, 그동안 저는 자기들이 무슨 철학자인 양 거들먹거리며 알라의 전지전능하심과 그 예언의 유일하고도 참된 가르침을 허튼 소리로 마구 오도하는 저 그리스 술고래들과 돼지고기 탐식가들에게 빠져 지냈습니다. 그들은 인간에게는 자유 의지가 있고 스스로 도출해 낸 각자의 판단에 의해서만 선과 악이 야기될 수 있다는 둥, 온갖 감언이설로 저를 꼬드기려 했었

----

* 신의 뜻대로.
1) 알라의 예언자인 무함마드의 후계자를 부르는 칭호.

지요. 그렇다면 피조물에게도 자신의 창조주를 놀라게 할 능력이 있고, 창조주보다도 더 높고 유일한 존재가 창조 이전과 이후에도 또한 있을 수 있으며, 따라서 창조주는 시간을 초월한 존재가 아니라 자신이 창조한 다른 모든 것들처럼 시간에 예속되어 있다는 뜻이 되는데, 그건 말도 안 되는 신성 모독이지요.

하지만 모든 신도의 통치자시여, 아시다시피, 영원 앞에서 우리 인간은 폭풍우에 이리저리 휩쓸리며 자신의 힘으로는 꼼짝도 할 수 없는 바닷가의 모래알과 같은 존재이고, 그래서 우리의 모든 행동을 주관하시는 알라의 의지는 위대하며 우리는 자신의 결정만으로는 그 어떤 사소한 일도 할 수 없는 미약한 존재가 아닙니까? 이것은 시간이 생겨났을 때부터 그러했으며, 그 시간이 끝날 때까지도 그러할 것입니다. 왜냐하면 그는 시간을 초월해서 모든 사물의 최후를 유일하게 알고 계시며, 모든 개체에 담긴 비밀스러운 사념까지도 이미 창조 전부터 알고 계시기 때문입니다.

그러므로 이제, 모든 신도의 통치자시여, 그 신성한 의지에 저를 온전히 복종시키기 위해 전능한 자비와 강권이 어떻게 저에게 역사했는지를 들어 보십시오. 거짓말쟁이 이블리스*가 일정 기간 저를 시험하고 눈멀게 하

---

* 이슬람교에서의 악마 또는 악.

도록 허락하신 것을 말이지요.

당시만 해도 저는 젊음의 힘이 넘치는 꽃 피는 봄날의 청춘이었습니다. 그리고 그리스의 해독이 가져다준 보잘 것없는 자만에 가득 차 있었습니다. 선천적으로 타고난 상인으로서의 능력과 현명함이 내게 모든 행운과 부를 가져다주었다고 믿었습니다. 낮에는 자칭 선생이며 친구라는 자들과 철학적인 대화나 하고, 밤에는 언제나 새로운 음식에 탐닉하며 세월을 허송했습니다. 알라께서 예언을 통해 계시한 세계 질서에 더 이상 저를 묶어 두지 말아야 한다고 믿었고, 율법에 규정된 기도와 목욕재계도 지키지 않았으며, 차츰차츰 다른 율법들까지 모두 범하게 되었습니다.

끝내는 갈 데까지 가서 라일랏 알 카드르**를 기리는 라마단2) 27일에도 먹고 마시며 하루를 보냈습니다. 저의 종들은 저와 제 집에 닥칠 재앙이 무서워 도망갔습니다. 하지만 저는 다음 날 그들이 돌아오면 모조리 공개 태형으로 다스리겠다고 마음먹고는 웃어넘겼습니다.

** 신성한 권능의 밤.(이슬람교의 경전 『코란』이 인간 세상에 계시되었다는 밤으로, 구체적으로는 라마단 26일과 27일 사이의 밤을 말함. ―옮긴이 주)
2) 이슬람력 9월을 말함. 해가 떠서 지기까지 낮 시간에는 먹고 마시는 것을 삼가야 하는 등, 철저한 금욕이 요구된다.

어쨌든, 매일 밤 혼자 마시고, 그러다 지치면 잠드는 방탕한 생활이 계속되었습니다. 그래서 그 아름다운 무희가 도대체 어떻게 해서 저의 디반*에 갑자기 나타나게 됐는지는 말씀드릴 수가 없군요. 그녀를 부른 것도, 그녀를 아는 것도 아닌데 말입니다. 그것은 마치 나의 나길레**가 뿜어낸 달콤한 마취 구름의 형상 같았습니다.

그녀는 은실로 수를 놓은 검은 베일로 몸을 가렸는데, 그 미끈한 몸매의 상아빛이 베일을 뚫고 새어 나왔습니다. 그녀의 얼굴은 꽉 찬 달덩이 같았고, 입술은 사마르칸트의 장미 같았으며, 무릎까지 풀어 늘어뜨린 머리칼은 검게 빛났는데, 손과 발은 홍조를 띠었습니다. 그녀의 몸에서 뿜어져 나오는 그 향기는 제 앞에 후리***가 서 있는 게 아닌가 하는 착각이 들 정도로 매혹적이었습니다. 이윽고, 그녀가 돌기도 하고 그 날씬한 몸을 구부리기도 하면서 춤을 추기 시작하자, 그녀의 팔에 걸린 금고리들이 딸그락거리며 부딪쳤고, 발목에 걸린 은방울들은 부드러운 귀뚜라미 울음소리처럼 딸랑거렸습니다. 동시에, 어디에선가 몸을 가눌 수 없을 정도로 감각을 마비시키는 격정적인 음악이 울려 퍼졌습니다.

---

* 응접실.
** 수연통(水煙筒). 연기가 물을 거쳐서 나오게 만든 담뱃대.
*** 매일 아침 새롭게 젊어진다는 천상의 소녀.

"오, 너는 사랑스러운, 값진 보석과도 같구나. 너는 대체 누구냐? 내가 소유한 모든 것을 그 대가로 치르는 한이 있더라도, 너를 내 것으로 만들고야 말겠다. 너는 뭘 원하는지 말해 보아라."

순간 세상은 숨을 멈추고 시간은 정지된 것처럼 느껴졌습니다. 그 아름다운 여인은 제게 다가와 무릎을 꿇고 저의 발을 감싸 안았습니다.

"오, 주인님!" 그녀가 우물거리는 목소리로 대답했습니다. "저는 오로지 당신에게만 속해 있습니다. 무엇이든 당신이 원하는 대로 하십시오. 하지만 그보다 먼저, 그것은 다른 누구의 의지도 아니며, 바로 당신이 따르고 있고, 또한 영원히 따르게 될 당신만의 의지라는 것을 맹세해 주십시오."

"신의 전지전능하심을 두고 맹세하마." 하지만 그녀는 여전히 미소를 띠며 공중을 나는 제비의 날개 같은 갈색 눈을 놀란 듯이 치켜 떴습니다.

"어떻게 신의 이름에 맹세하실 수가 있지요?" 그녀가 비꼬듯이 물었습니다. "신이 전지전능하시다면 그 모든 것을 당신의 의지가 아니라 신의 의지대로 하실 텐데요."

"영리하구나!" 저는 웃으며 받아넘겼습니다. "마치 내가 아직도 철학자들에게 둘러싸여 있는 듯한 기분이 드는구나. 내 생각에는 내게 더 좋은 것을 청하는 편이 좋을 것 같다. 아니면 너는 이 불타는 사랑의 욕정을 빌미로 나를 피 말려 죽일 참이냐?"

저는 그녀를 저의 비단 금침으로 끌어들이려 했지만 그녀는 제 손을 뿌리치면서 뱀처럼 미끄러져 나갔습니다.

"먼저 맹세를 하세요!"

"도대체 누구에게 뭘 맹세해야 내 말을 듣겠다는 거냐?"

저는 점점 조급해졌습니다.

"그러면 당신 눈에 비치는 이 빛을 걸고 맹세하세요!"
명령하듯이 말하는 그녀의 입가에는 잔인한 기운이 감돌았습니다.

하지만 저는 천국에 있는 정원의 샘물을 앞에 두고도 갈증에 허덕이는 사람의 심정이었으므로 그녀가 시키는 대로 할 수밖에 없었습니다.

그러자 그녀는 자신의 우윳빛 몸 어느 한 곳이라도 제 시선을 가로막는 실오라기 하나 남지 않도록 한 겹 한 겹 천천히 베일을 벗었습니다. 그러고는 제게 다가와 제 위로 몸을 구부렸는데, 밤처럼 새까만 그녀의 머리칼이 우리 두 사람을 천막처럼 휘감았습니다. 그녀가 자신의 얼굴을 제 얼굴 앞에 바짝 들이밀었고, 그때 저는 그녀의 눈동자가 세로로 찢어진 구멍이며 그 안은 초록빛으로 희미하게 빛나는 것을 보았습니다. 그리고 그녀가 키스를 하려고 입을 벌리자, 말려 있던 긴 혀가 튕겨져 나왔습니다. 그제야 이블리스의 계략에 빠진 사실을 알게 된 저는 놀라움과 공포로 인해 뒤로 나뒹굴어졌습니다. 그 순간 제 영혼은 어둠 속으로 사그라들고 말았습니다.

제 몸이 땅과 바다 위를 떠다니는 것처럼 느껴지더니, 밑에 있던 땅이 없어지고 우주 공간 속으로 빨려 들어가는 것 같았습니다. 그러더니 그것마저 곧 사라져 버리고 암흑과 진공이 저를 감싸더군요.

오랫동안을 그렇게 창조의 경계 저편에나 있을 법한 어둠 속에서 헤맸습니다. 얼마가 지났을까, 기분 나쁘게 번쩍거리는 초록색 빛이 어렴풋하게나마 느껴졌습니다. 그 안에서, 무희의 눈동자에서 보았던 것과 동일한 그 빛을 다시 보게 된 것이었습니다. 그러나 그때 그 빛은, 그것이 어디에서 시작됐는지조차 알 수 없을 만큼 사방에 편재되어 있었습니다. 눈에 통증을 느낀 저는 눈을 감았습니다. 제가 어디에 있는지조차 알아차리지도 못할 찰나가 그렇게 지나갔습니다.

저는 아주 커다랗고 둥근 돔형 건물 중앙의 둥근 침대에 누워 있었습니다. 그때 느꼈던 완벽하고도 결정적인 상실감과 고독감은 말로 표현할 수 없지만, 그때 그 건축물의 특이함이 가져다준 당시의 인상은 말씀드릴 수 있습니다. 그 엄청난 내부 공간은 그 옛날의 마스지드[3] 같았지만, 그것은 차라리 그러한 성소의 악마적 모사였습니다. 왜냐하면 전자가 코란의 숭고한 정신과 축복 가득한 문자들로 채워져 있다면, 후자는 텅 비고 공허한 삼라만상의 복사판이었기 때문이지요. 벽들은 둥근 지붕의 커다란 곡면과 대리석 바닥처럼 희고 번들번들했는데, 그 넓은 원형 공간을 구분하는 벽 어디에도 창은 없고 문들만이 열을 지어 늘어서 있었습니다. 그 문들은 모두 닫혀 있었지요.

잠시 후, 아무 형체도 나타나지 않고 뱀이 쉭쉭 기어가는 듯한, 스산한 음성만 사방에서 동시에 들려왔습니다.

"여보게, 잘난 친구. 자네는 지금, 이 우주에서 알라의 의지가 미치지 못하는 유일한 곳에 와 있다네. 무한히 광대한 대양에서도 조그만 공기 방울 속으로는 소금물이 스며들지 못하는 것처럼, 이제부터 자네가 머물러야 할 이곳은 영원의 전지전능함으로부터 완전히 차단된 그런 공간이라네. 완전한 자유의 영인 내가 반항과 독재의 성전으로 만든 곳이지. 이 기회를 잘 이용하여 나의 초대가 헛되지 않았음을 증명해 보이게나."

---

3) 모스크. 이슬람교의 사원.

저는 그 말에 적잖이 놀랐는데, 저 불신하는 오만한 그리스 개들이나 할 법한 신성 모독에 놀라고 당황할 정도의 믿음이 아직은 제게 남아 있었기 때문이겠지요. 그래도 저는 아무 대꾸도 하지 않았습니다. 제 목소리의 울림이, 제가 정말로 그 무시무시한 말들을 들었다는 것을 새삼 확인해 줄까 봐 겁이 났던 것이지요. 하지만 결국 제가 그것을 스스로 생각해 냈다는 것만으로도, 이미 그것은 확인된 것이나 다름없었습니다.

오, 칼리프시여. 당신은 지금, 그 불경스러운 장소에서 한시바삐 벗어나 도망가는 게 상책이었을 거라고 생각하지 않으시나요? 다른 장소에 있는 다른 모든 사람들은 알라의 보호와 도움 아래 있고, 또 알라는 자신의 의지대로 그들을 인도하시련만, 제게는 그러한 은혜가 주어지지 않았습니다. 재앙은 이렇게 시작되었습니다.

문은 많았지만, 그런 상황이 오히려 저를 혼란스럽게 했습니다. 아마도 문이 하나만 있었다면 저는 당연히 그 문을 열어 보려 했을 겁니다. 하지만 그렇게 문들이 많은 데에는 필경 제가 알지 못하는 그 어떤 이유가 있음이 분명했습니다. 저에게 선택할 수 있는 권한은 있었지만, 거기에는 함정이 숨겨져 있을지도 모르는 일이어서 극도로 조심스러울 수밖에 없었지요.

"망설이고 있구먼." 제 생각을 읽기라도 한 것처럼 형체 없는 목소리가 다시 들려왔습니다. "하긴 문 뒤에 자네를 갈기갈기 찢어 버릴 굶주린 사자가 으르렁거리며 도사리고 있을지도 모르지. 하지만 또 다른 문 뒤에는 자네에게 사랑의 황홀경을 안겨 줄 요정들의 정원이 기다릴 수도 있고, 세 번째 문 뒤에는 번쩍이는 칼을 든 흑인 노예가 자네 목을 칠 준비를 하고 있을지도 모르지. 네 번째 문은 천 길 낭떠러지일 수도 있겠고, 다섯 번째 문은 자네에게 금은보화를 안겨 줄 수도 있겠지. 여섯 번째 문에는 자네를 삼켜 버릴 무시무시한 굴*이 숨어 있을 수도 있으며, 다른 문들도 계속 이런 식이라네. 그 문들이 꼭 그렇다는 게 아니라 그럴 수도 있다는 말일세. 어쨌든 자네는 자신의 운명을 스스로 선택하게 될 거야. 한 번 잘 골라 보게나."

저는 침대에 누운 채로, 천천히 원을 그리며 돌면서 한쪽 문으로부터 다른 한쪽 문까지를 훑어보았지만, 모든 문들은 한 치의 오차도 없이 똑같았습니다. 제 가슴은 두려움과 희망 사이를 오락가락하며 이마에 땀이 맺히도록 쿵쾅거렸습니다.

하지만 이 목소리를 전적으로 믿어도 되는 걸까? 만일 거짓말이라면? 게다가 꼭 그렇다는 게 아니라 그럴

---

* 송장을 먹고산다는 악마적 존재.

수도 있다는 거잖아. 어쩌면 아주 다를 수도 있어. 이를 테면 모든 문들이 차단되었다거나 잠겼을 수도 있는 거 아냐? 내가 찾아내야 할 그 문까지도 말이야. 아무튼 내가 보이지 않는 눈에 의해 감시당하고 있는 것만큼은 분명해. 무엇보다 우선은 도망갈 수 있는 문을 찾아야 해. 나머지는 그다음이야. 신중해야 해. 이렇게 다짐하면서, 한편으로는 유일하게 차단되지 않은 문 하나가 매 시간, 혹은 매 순간마다 달라질 수도 있을 거라는 생각도 했습니다. 그리고 그 문이 꼭 하나란 법도 없잖아. 두 개, 세 개, 아니, 그 이상일 수도 있어. 내가 들은 말 중에 내가 죄수로 잡혀 있는 거라는 말은 없었어. 확 그냥, 열리는 문이란 문은 다 열어 볼까? 그러고 나서 아무거나 하나 고르면 되잖아. 하지만 문들이 이렇게 많은 이유는 뭘까?

제 생각은 맴돌기 시작했습니다.

저는 제 스스로 확신을 얻기 위해서라도 뭔가를 해야만 했습니다. 그래서 침대에서 몸을 일으켜 공간을 가로지르며 뛰어내려서 한 문 앞에 서 보았지만, 문고리로 손을 뻗는 일은 아무래도 망설여졌지요. 저는 한 걸음 한 걸음 문으로 가까이 다가가 보았습니다. 하지만 다른 문들을 다 놔두고 그 문에 우선권을 줄 어떤 이유도 없었습니다. 무엇보다도 최악의 경우를 선택하게 될까 봐 두려

웠던 것이지요. 이 문에서 저 문으로 옮겨 가기를 계속하면서 한 바퀴를 돌았지만 뾰족한 수가 있을 리 만무했습니다.

저는 문을 세어 보기로 마음먹었습니다. 물론 문이 몇 개인지를 안다고 해서 달라질 상황은 아니었지만 말입니다. 이 시도가 별 효과가 없다는 것은 곧 증명되었는데, 저는 어느 문부터 세기 시작했는지 금세 헷갈리기 시작했고, 어디서 그만두어야 할지도 알 수 없었습니다. 그래서 생각다 못한 저는 금실로 짜인 제 슬리퍼 한 짝을 벗어 한 문 앞에 놓아두었습니다. 한 발을 질질 끌며 한 바퀴를 돌아 세어 보니 문은 모두 111개였습니다. 순간, 그곳이 정신 착란의 장소라는 것을 깨닫고 온몸에 소름이 돋았습니다. *

저는 잽싸게 슬리퍼를 신고는 다시 가운데 놓인 침대로 돌아가서는 납작하게 엎드린 채 생각을 정리하려고 눈을 감았습니다.

꼼짝도 않고 있는 저에게 형체 없는 목소리가 말했습니다. "어서 결정을 해. 그렇지 않으면 평생을 여기에 갇혀 있게 될 거야."

방법은 한 가지밖에 없다는 것이 명백해졌습니다. 저

---

* 동양의 수 개념에서 111은 우둔함을 상징하는 숫자이다.

보이지 않는 간수를 살살 구슬려 문들에 대한 어떤 암시를 얻어 내는 길밖에는 없었습니다. 물론 아주 조심스럽게 말입니다. 저는 몸을 일으키며 순진한 척 물어보았습니다.

"거기 누구 있어요?"

"아니." 목소리가 대답했습니다.

그러고는 긴 침묵이 흘렀습니다. 밖으로 드러내지는 않았지만 잠자고 있던 혈관 속의 피가 끓어오르는 것을 느꼈습니다. 저는 저의 대화 상대에게 도전하기로 마음먹었습니다. 논리학만큼은 그리스 가정 교사에게 충분히 배운 터라, 궤변론자와 말싸움을 해도 밀리지 않을 자신이 있었거든요.

저는 목소리에 힘을 주려고 애쓰면서 외쳤습니다. "이건 말도 안 돼! 당신이 누구건 간에 '아니'라고 대답할 수 있다는 건, 당신은 분명 그 누구이며, 아무도 아닐 수 없다는 증거야."

응답은 그 즉시 날아왔습니다. "오호라, 이제 보니 자네는 통찰력의 대가 아닌가! 나를 혼란스럽게 하는군. 자네가 말한 것을 증명할 수 있겠나?"

"뭣 때문에?" 제가 대답했습니다. "사람들은 원래 그런 것에 대해서는 증명하지 않아. 거기에 아무도 없다면 '아니'라고 말할 수 없어."

"자네 말대로라면" 목소리가 말을 이었습니다. "그 반대의 경우는 물론 참이겠지?"

"당연하지."

"그러면, 자네는 여기에 아무도 없다면 '그렇다'라고는 대답할 수 있다고 주장하고 싶겠지?"

"아니야!"

"아니라고?"

"그래, 다시 말하지만 아니야."

"그럼 도대체 뭐야. '그렇다'야, 아니면 '아니다'야? 아니면 '그렇다'와 '아니다'도 구별 못 하는 건가?"

"당신은 아무도 아니기 때문에, 그래서 거기에 아무도 없는 거라면 '그렇다'라고도 '아니다'라고도 대답할 수 없다고 말하는 거야."

"그러니까 자네 말은 여기에 그 누구인, 누군가가 있어야만 '그렇다'든 '아니다'든 대답할 수 있다는 거지?"

"바로 그거야."

"그러면, 그런데도 난 그렇게 했지. '아니다'라고 말했단 말이야. 자네는 무엇 때문에 허튼소리나 해 대는 나를 계속 물고 늘어지는 거지?"

"왜냐하면……" 저는 기진맥진해져서 말했습니다. "왜냐하면 거기에 누가 있는가라는 질문에 대해, 실제로 아무도 없는 거라면 그 누구도 스스로 모순에 빠지지 않고

'아니다'라고는 대답할 수 없기 때문이지."

"잠깐만, 위대한 사상가 친구, 오히려 자네의 말이 모순 아닌가? 조금 전에는 아무도 없다면 '그렇다'라고도 '아니다'라고도 대답할 수 없다고 하지 않았나?"

"그걸 말하는 게 아니야!" 저는 소리쳤습니다.

"그걸 말하는 게 아니라고? 그럼 대체 뭘 말하려는 건데?"

저는 귀를 틀어막았습니다. 하지만 그 기분 나쁜 목소리는 계속해서 들려왔습니다. 그 목소리는 저의 이마를 후벼 팠습니다. "왜, 자네는 계속해서 자네가 생각하지도 않은 것을 말하는 거지? 아니면 자네가 뭘 생각하는지 자신도 모른다는 것을 말하고 싶은 거 아니야? 어디 한번 설명을 해 보라고."

오, 칼리프시여, 아마도 놀라셨을 겁니다. 그 보이지도 않는 고문관이 저에게 혼란을 일으키려고 그렇게 우스꽝스러운 방법을 썼다는 것에 대해서 말입니다. 하지만 악령은 인간을 유혹하고, 그들의 저항을 교란시키기 위해 갖은 방법을 다 동원하지 않습니까? 예컨대, 날파리법은 아주 효과 있는 방법 중 하나지요. 아프지는 않지만 그 집요함이 사람을 돌아 버리게 합니다. 얼굴에, 손 위에……, 그것을 내려치려는 시도는 매번 자기 뺨을 스스로 내려치는 따귀가 되어 돌아오지요.

저는 침대 위에 놓인 비단 베개에 얼굴을 파묻어 보았지만, 그 목소리는 그치지 않았습니다. 대답하지 않았던 그 마지막 질문은 백번이고 천 번이고 언제나 똑같은 크기와 톤으로 끊임없이 반복되었습니다. 참다못한 저는 대답을 하려 했습니다. 그러나 제 말은 언제나 모든 의미와 뜻이 없어질 때까지 허공을 오락가락하다가 공허한 울림이 되어 사라져 버리곤 했습니다.

마침내 새로운 질문이 제기되었습니다.

"난 당신이 뭘 원하는지 알아." 제가 외쳤습니다. "당신은 나를 정신 착란에 빠지게 하려는 거야."

"누가?"

"당신 말이야! 당신! 당신!" 저는 콜록콜록 기침을 하며 말했습니다. "너는 이블리스, 악령이야."

"도대체 누구에 대해 말하는 거야? 너도 아는 것처럼 여기에는 아무도 없어. 나는 여기에 있을 수도 없어. 원한다면 그걸 증명해 보이지. 내가 있을 수 있다면 그건 알라의 전지전능한 의지에 의해서만 가능하지. 그러나 그는 악을 원치 않아. 그게 아니라면 그 스스로 악하다는 이야기가 되는 거야. 아니면 나는 그의 의지에 반해서 존재하는 거지. 하지만 그렇게 되면 그는 전지전능하지 않다는 말이 돼. 그는 양쪽 면 중 단지 한 면일 뿐이고, 나는 그 반대 면이 되는 거지. 우리는 다른 한편 없이 존재

할 수 없지만, 서로를 상쇄시키기도 하지. 그래서 여기에
는 그도 나도 없는 거야."

이번에는 그의 이야기에 더 이상 대꾸하지 않았습니
다.

"나를 여기에 잡아 두려고 하나 본데, 네 마음대로 되
지는 않을 거야. 나는 지금 가겠어."

"갈 테면 가! 어째서 내가 널 여기에 잡아 두려 한다고
생각하지? 여기에는 문이 많아. 너는 그중 하나를 고르
기만 하면 돼."

"문들은 잠겨 있는 거야?"

"아직은."

"그건 무슨 뜻이야?"

"그건, 네가 아무 문도 열지 않는 한 어떤 문도 잠기지
않는다는 얘기지."

"내가 하나를 열면?"

"하나를 열게 되면, 그 순간 다른 모든 문들은 영원히
잠겨 버리는 거지. 돌이킬 수는 없어. 그러니 잘 골라
봐!"

저는 용기를 냈습니다. 악령과 대화하면서 저의 결단
력이 점점 흐려지는 것을 스스로 느꼈기 때문입니다. 저
는 망설이고 있는 저를 잡아끌어 한 문 앞에 세웠습니다.
그리고 손을 문고리로 뻗게 했습니다.

"멈춰!" 목소리가 속삭였습니다.

"왜?" 저는 놀라서 화들짝 손을 거두며 물었습니다.

"네 결정에 대해 한 번 더 생각해 봐! 무를 수 없으니까."

"왜 이 문은 안 된다는 거지?"

"내가 언제 안 된다고 했던가? 어쨌든 왜 그 문인지를 우선 말해 봐."

"왜? 이 문이 어때서? 이 문이 안 되는 무슨 이유라도 있는 거야?"

"그거야, 너 스스로 결정해야지."

저는 망설였습니다.

"모든 문들은 똑같이 생겼기 때문에 내가 어떤 문으로 들어가더라도 마찬가지일 거야."

"열기 전에는 모두 같지. 하지만 그 후에는 달라."

"그렇다면 내게 조언을 해 줘!"

"지금 여기에 누가 있다고, 누구에게 부탁을 하는 거지? 문 저편에 뭐가 있는지는 문을 열어 봐야만 알 수 있어. 하지만 동시에 다른 문 뒤에 뭐가 있는지 아는 것은 포기해야지. 왜냐하면 나머지 문들은 잠겨 버리니까. 이 점에 있어서는, 어떤 문을 택하든 마찬가지라는 네 말도 옳은 말이지."

"그러면 확실한 선택을 할 가능성은 하나도 없다는 뜻

아니야?" 저는 울음 섞인 목소리로 외쳤습니다.

"전혀 없지. 너 스스로 자유 의지에 의해 선택하는 한."

"하지만 어떻게 해야 할지를 나 자신도 모른다면, 어떤 결정도 할 수 없는 것 아니야?"

그러자 형체 없는 웃음의 울림이 바스락거리는 소음으로 들려왔습니다.

"그걸 몰랐단 말이야? 하긴…… 너는 지금까지 살아오면서 이것 아니면 저것을 결정하는 데에는 이유가 있어야 한다고 믿어 왔겠지. 하지만 실제로 네가 기대하는 일이 진짜 일어나게 될지에 대해서는 전혀 예상할 수 없었을 거야. 너의 그 훌륭한 이유라는 것은 언제나 꿈과 망상에 지나지 않았어. 마치 너를 현혹시키는 암시의 그림이 이 문들 위에 그려져 있는 것처럼 말이야. 인간은 장님이나 마찬가지지. 그래서 인간의 모든 행동은 어둠 속에서 이루어질 수밖에 없어. 예를 들어, 여기 한 사람이 결혼을 해. 하지만 불과 이틀 후에 자신이 홀아비가 되리라는 것은 모르고 있지. 한 사람은 근심과 고난에서 벗어나려고 애쓰고 있어. 하지만 그를 부자로 만들어 줄 암시가 이미 나타나고 있는 것은 모르고 있지. 여기 또 한 사람은 자기를 죽이려는 사람을 피해 무인도로 도망치지. 하지만 그를 기다리는 것은 가난뿐이야. 셰에라자드가 술탄에게 들려준 '말발굽 이야기'[4]를 모르지는 않겠지?"

"알지."

"그래서 사람들은 말하지. 인간이 결정하는 모든 것은 이미 창세 이전부터 알라의 섭리 속에 예정되어 있다고. 그는 그것이 선한 것이든 악한 것이든, 혹은 어리석은 것이든 현명한 것이든 간에 인간의 모든 결정에 간여하는 셈이지. 왜냐하면 그는 마치 장님을 인도하듯 그의 의지대로 너를 이끌기 때문이야. 모든 것은 운명이야. 다시 말해 위대한 은총이라고들 하지. 하지만 여기에 있는 너에게는 그 은총이 미치질 않아. 그리고 알라의 손도 너를 인도하지 않아." 저는 일어서서 줄지어 있는 문들을 따라 다시 걸어 보았습니다. 문과 문을 스치며 왼쪽으로, 그리고 다시 오른쪽으로. 그러나 저는 결정할 수 없었습니다. 가능성은 지나치게 많았고, 꼭 있어야 할 것들은 부족하다는 생각이 저를 마비시켰습니다. 그때 저는 한 편의 시를 읊었습니다.

---

4) 『아라비안나이트』의 한 대목으로, 아무리 크고 힘이 센 말도 사람의 간계를 당해낼 수는 없다는 내용에 대한 비유인 듯하다. 하지만 이 대목만을 염두에 둔 것이라기보다, 공포의 대상인 사람을 피해 무인도로 도망간 동물들이 얼마 못 가서 조난당한 선박의 선원들을 만나 화를 당하게 된다는 내용의 전체 줄거리를 염두에 둔 것으로 여겨진다.

우리는 갇혀 있다네, 스스로 선택하라는 선고가 내려졌네

우리를 고통스럽게 하는 수없이 많은 불확실성 중에 어떻게 인간은 모든 것을 아는 듯이 결정할 수 있는가

미래가 어떨지는 영원히 알 수 없는 것을

그것을 안다 해도 이미 한 발은 묶여 있는 것을

왜냐하면 모든 것은 정해져 있기 때문에

그래서 결국은 아무것도 선택할 수 없다네

그러므로 이 모든 지식은 모든 세상의 주인인 그분 앞에만 놓여 있다네

그는 우주를 지배하며 우리의 영혼을 인도한다네

그의 뜻대로*

원을 그리며 돌기를 끝없이 계속하다 기진맥진해진 저는 침대 위로 몸을 던졌습니다. 며칠 밤낮을 꼼짝도 않고 거기에 누워 있었지요. 차라리 죽어 버렸으면 하면서 말이죠. 그러면 결단을 요구하며 저를 물고 늘어지는, 그 징그럽고 형체 없는 목소리로부터 벗어날 수 있을 테니까요. 물론 '며칠 밤낮'이라는 말을 액면 그대로 받아들이는 것은 곤란합니다. 거기에는 시간의 흐름을 잴 수 있는 그 어떤 변화도 없었기 때문입니다. 제 눈을 아프게

---

* 1130년경 누레딘 알 아크바르의 아라비아 서정시에서 인용.

했던 그 희뿌연 초록색 불빛도 변하지 않고 그대로였습니다. 때때로 저는 불가능한 선택을 강요하며 괴롭히는, 그 속삭이는 목소리가 저를 깨울 때까지 선잠을 자기도 했습니다. 깨어 보면 먹을 것과 마실 것이 놓인 작은 상이 침대 앞에 있었습니다. 그것이 어디에서 왔는지는 알 수 없었지만요. 변기 역시 때가 되면 준비되곤 했습니다. 그러고는 규칙적으로 깨끗하게 비워지곤 했지요. 이러한 방법으로 저를 돌봐 주는 사람을 통해 제가 도망갈 문을 발견할 수도 있다는 희망을 꿈속에서나마 가져 보기도 했습니다. 하지만 그 모든 것은 희망 사항일 뿐이었습니다.

생존에 필요한 것들이 빠짐없이 공급되기는 했지만, 저는 공기도 통하지 않는 지하 감옥 속의 등잔불처럼 점점 힘이 빠지고 쇠약해졌습니다. 제 머리카락과 수염은 갈색으로 변하고 눈은 점차 희미해지기 시작했습니다. 저는 제 선택을 도와줄 비밀스러운 암시를 찾기 시작했습니다. 예를 들어, 어떤 암시가 들어 있지 않을까 해서 상 위에 놓인 음식의 배열을 살펴보기도 했습니다. 그것들이 놓인 위치, 개수 그리고 형태 등을 꼼꼼히 살펴보았습니다. 심지어 저는 변기 속의 배설물까지도 그 안에 운명의 암시가 있을지도 모른다는 희망을 가지고 살펴보았습니다. 모든 불신은, 결정할 수 있는 힘도 없이 뭔가를 결정해야 한다는 고통 속에서 싹틉니다. 그래서 그것은 악마의 소행이라고 할 수밖에 없지요.

오, 모든 신도의 통치자시여, 이 모든 방법이 저를 도울 수 없으리라는 것은 쉽게 짐작하실 수 있을 겁니다. 도움이 될 만한 암시나 추측이 떠오르더라도, 그것은 곧 반대 상황의 암시나 추측에 의해 묵살되곤 했습니다. 그리고 결국은 저 자신의 선택만이 남겨지곤 했는데, 그것은 알라의 도움 없이는 불가능한 선택이었습니다. 저는 두 개의 풀 더미를 앞에 두고도 어느 것을 먹어야 할지 몰라, 망설이기만 하다 굶어 죽은 '아부 알리 단*의 당나귀'와 다를 바 없었습니다. 단지 굶주리지 않는다는 것과 선택 가능성이 너무 많다는 것이 다를 뿐이었죠. 이 두 가지가 오히려 상황을 더욱 악화시키는 요인이었음은 두말할 나위도 없습니다.

왼쪽으로, 그리고 오른쪽으로 문들을 스치며 빙빙 돌기를 계속하면서 어느 문을 열어야 할지, 그리고 어느 문은 결코 열어서는 안 되는지, 그 형체 없는 목소리에서 미세한 톤의 변화도 놓치지 않고 읽어 내려고 애썼습니다. 저는 주인에게 매 맞는 개처럼 싹싹 빌며 애원도 했

---

* 이것은 분명 장 부리단을 말하는 것이다.(장 부리단은 14세기 프랑스의 스콜라 철학자로, 본문에 나오는 당나귀의 비유는 그의 이름을 따 '부리단의 당나귀'라 일컫는다. —옮긴이 주)

습니다. 그리고 그 보이지 않는 간수(실제로 그가 나를 가두어 둔 것은 아니었지만)의 마음을 움직이기 위해, 그리고 점점 견딜 수 없는 '짐'이 되어 저를 괴롭히는 선택의 고통을 조금이라도 덜어 보려고, 생각해 낼 수 있는 모든 방법을 총동원해서 그에게 매달리며 사정했습니다. 하지만 그는 아무도 도와줄 수 없는 이 얄궂은 게임을 즐기는 것 같았습니다.

"이봐, 나한테 빌어 봐야 아무 소용도 없어. 이 문이다, 하고 내가 알려 준들, 나를 믿어야 할지, 말아야 할지 그리고 나의 충고를 따라야 할지, 말아야 할지는 어차피 너 스스로 결정해야 해. 내가 널 도와주려 해도 네게는 별 도움이 되지 않아."

"일단 말이나 해 봐." 저는 신음하며 말했습니다.

"그렇다면 좋아. 네 선택의 기회를 내가 빼앗는다고 생각하지는 마. 그럼, 스물일곱 개의 문을 더 가."

저는 문들을 따라 달리며 미친 듯이 세었습니다. 스물일곱 번째 문에 다다랐을 때는 숨이 턱까지 차올랐습니다.

"이 문이야?"

"왼쪽으로 달렸어. 나는 반대 방향의 스물일곱 번째를 말한 거야."

그래서 이번에는 반대 방향으로 숫자를 거꾸로 세며

달렸습니다. 1이라고 세었던 곳까지. 그리고 거기서부터 제대로 된 방향으로 다시 세기 시작했습니다. 스물일곱 번째 문에 다다를 때까지.

"이거야?"

"아니. 너는 0을 세지 않았어. 그러니 잘못 센 거지."

"0이라 셀 수 있는 문은 있을 수 없어."

"없다고? 내가 증명해 볼까?"

"그만둬, 그만둬!"

"하나 앞에서 시작하면 되잖아!"

하지만 저는 처음부터 잘못 세었기 때문에 어느 문에서부터 시작했는지를 확실하게 알 수 없었습니다. 내가 너무 많이 세었나? 아니면 하나를 덜 세었나? 그 목소리는 더 이상 알려 주지 않았습니다. 지금까지 들은 것 중에서 유일하게 쓸 만했던 그 암시를 허무하게 날려 버렸다는 생각이 엄습해 왔습니다. 해결의 실마리를 손에 쥐었건만 너무 서두른 게 탈이었습니다. 눈에 분노와 실망의 눈물이 고였습니다. 그리고 저는 제 머리를 바닥에 수없이 내리쳤습니다.

"어디서 시작해야 하지?"

"네가 원하는 곳에서부터."

"하지만 네가 스물일곱 번째 문으로 나가야 된다고 했잖아."

"분명히 그렇게는 말하지 않았어. 스물일곱 개의 문을 더 가라고 충고했을 뿐이야. 내가 스물여덟 번째라고 말했든, 세 번째라고 말했든 그걸 열어 보라고 하지는 않았어. 그건 어디까지나 네가 선택해야 할 문제야."

그때 저는 알아차렸습니다. 악령이 저를 그런 식으로 놀리면서 계속해서 가지고 놀리라는 것을. 하지만 한편으로는 그가 저의 치기 어린 조급함을 달래 주었으므로 그를 저주하며 쫓아 버릴 수는 없었습니다. 그때부터 저는 입을 다물고 아무런 대꾸도 하지 않았습니다. 그는 계속해서 떠들어 댔지만요.

오, 모든 신도의 통치자시여, 저는 이 이야기를 질질 끌면서 당신을 피곤하게 하거나 당신의 인내심을 소진시키려는 생각은 추호도 없습니다. 제가 지금 여기서 당신에게 이렇게 말할 수 있다는 사실만으로도, 알라께서 저를 그 불경스러운 곳에 영원히 묶어 두려 한 것은 아니었음이 증명됩니다. 시간이 없는 그곳에서 제가 보낸 시간이 수년이었는지, 수십 년이었는지, 수백 년이었는지, 아니면 순간이었는지는 말씀드릴 수 없지만, 저의 수염과 머리카락은 하얗게 되었고 피부는 쭈글쭈글해졌으며, 몸은 늙고 쇠약해졌습니다. 오, 칼리프시여, 지금 당신이 보시는 것처럼 말입니다. '자유의 감옥'에 맞선 끊임없고 황당한 싸움은 저를 이렇게 소진시켰습니다. 저는 더 이상 희망을 갖지도, 두려워하지도, 무엇을 위해 애쓰지도, 무엇에 대해 기뻐하지도 않게 되었습니다. 제게 있어 죽음은 산다는 것만큼이나 환영할 만한 일이었습니다. 명예가 수치심보다 값진 것이라고 믿지 않게 되었고, 부 역시 가난과 다를 바 없었습니다. 저는 이들의 가치를 분간하는 능력을 상실했습니다. 왜냐하면 그 기분 나쁜 불빛 아래에서는 우리 인간이 갈망하는 것이든, 피했으면 하는 것이든, 모든 것이 실재하지 않는 환영으로 똑같이 보였기 때문입니다.

동시에 문들에 대한 저의 관심도 점점 줄어들었습니다. 아주 가끔 문들을 지나 왼쪽으로, 그리고 다시 오른쪽으로 도는 것이 고작이었습니다. 마침내는 그것마저 그만두고 아예 쳐다보지도 않았습니다.

그래서 처음에는 문들에 어떤 변화가 생긴 것을 알아차리지 못했습니다. 그러던 어느 날, 잠에서 깨어 보니 문의 숫자가 눈에 띄게 줄어든 것을 알았습니다. 저는 그동안 완전히 닳아 버린 제 슬리퍼를 하나의 문 앞에 놓아두고 숫자를 세어 보았습니다. 문은 마흔여덟 개밖에 남아 있지 않았습니다.

그때부터 저는 잠에서 깨어나면 그동안 어떠한 변화가 있었는지 주시하기 시작했습니다. 그것이 어떻게 사라지는지는 한 번도 볼 수 없었지만, 문의 숫자는 매번 줄어

들었습니다. 벽에 어떤 흔적이라도 남지 않았나 싶어 살펴보았지만 헛수고였습니다. 마치 사라져 버린 문들은 애초에 있지도 않았던 것처럼.

　오, 모든 신도의 통치자시여, 아마도 당신은 지금까지의 이야기를 통해 이제는 모든 무서움과 희망마저 잃고 나약한 존재가 되어 버린 제가 곧장 자리를 박차고 일어나 남아 있는 문 가운데 아무것이나, 그것이 어떤 문이든 상관하지 않고 그냥 열어 봤을 거라고 짐작하실 겁니다. 하지만 그 반대였습니다. 저는 이왕에 버린 몸이었으므로, 더 이상 어떤 결정을 내려야 할 이유가 없었습니다. 처음에는 저를 삼켜 버릴 수도 있는 저 미지의 출구에 대한 공포 때문에 문을 열어 보지 못했지만, 이제는 불가능한 선택이 불러온 모든 것들에 대한 무관심이 그 이유가 되었습니다.

　마침내 문은 양쪽에 두 개만 남게 되었습니다. 그때 저는 수많은 가능성 중에 하나를 골라내는 일이든, 두 가지 중에 하나를 선택하는 일이든 결국은 마찬가지라는 흥미로운 사실을 깨달았습니다. 어느 경우든 선택은 불가능했습니다. 그리고 단 하나의 문만 남게 되었을 때 저는 또다시 깨달았습니다. 제가 원하든, 원하지 않든 간에 이제는 머물 것인가, 아니면 떠날 것인가를 결정해야 한다는 사실을.

저는 머물렀습니다.

다시 눈을 떴을 때, 문은 하나도 남아 있지 않았습니다. 둥근 벽은 하얗게 반짝거렸습니다. 그리고 이제는 그 형체 없는 목소리마저 들리지 않았습니다. 완전하고 영원할 것 같은 정적이 저를 감쌌습니다. 지금부터는 아무것도 변하지 않을 거라고, 그리고 이제는 제가 올 데까지 왔다고 확신했습니다. 이승과 저승의 세계로부터 모두 영원히 차단된 그런 곳으로.

저는 얼굴을 들고 울면서 말했습니다.

"높고 위대하신 알라시여, 저를 모든 자기기만으로부터 성스럽게 하시고, 거짓 자유에서 구원해 주시니 감사합니다. 이제 저는 더 이상 선택할 수도 선택할 것도 없기 때문에, 저의 보잘것없는 모든 자유 의지를 영원히 던져 버리고 당신의 성스러운 의지에 저의 모든 것을 불만 없이, 그리고 이유 없이 맡깁니다. 저를 이 감옥으로 인도하고 이 장벽 속에 영원히 갇히도록 한 것이 당신의 손이었다면 저는 이 상황에 만족합니다. 당신에 의해 인도되는 장님의 은총을 받지 못하면 우리 인간은 머무를 수도, 그리고 갈 수도 없습니다. 저는 이제 자유 의지의 망상을 영원히 벗어 던지겠습니다. 왜냐하면 그것은 결국 제 꼬리를 먹어 치우는 뱀이기 때문입니다. 완전한 자유는 완전한 부자유라는 것을 알았습니다. 모든 성스러움과 모든 지혜는 오직 전지전능하고 유일하신 알라에게만 있습니다."

그러고 나서 저는 사경을 헤매는 그런 상태에 빠졌습니다. 얼마가 지났는 지는 알 수 없지만 정신이 들었을 때 저는, 바그다드의 성문 아래 장님 거지가 되어 있는 저를 발견했습니다. 오, 오늘 제 이야기를 들으신 모든 신도의 통치자시여, 그날 이후, 저는 '인샬라'라는 이름을 가지게 되었고 사람들도 저를 그렇게 부릅니다.

칼리프는 놀랍다는 표정으로 거지를 바라보았다. "놀랍다! 정말 놀라워! 네 이야기는 기록되어 후세에 남겨야 마땅하다. 너에게 상을 내리겠다. 무엇이든 원하는 것을 다해 주마."

거지는 자신의 하얀 눈을 들어 웃으며 대답했다. "알라께서 당신의 자비를 높이 칭찬하실 겁니다. 하지만 저는 인간이 가질 수 있는 가장 높고 위대한 것을 이미 가졌는데, 당신이 제게 또 무엇을 줄 수 있겠습니까?"

칼리프는 이 말에 다시 한 번 놀랐다. 그리고 오랫동안 침묵했다. 마침내 그는 자신의 신하에게 말했다.

"이 모든 일이 그를 진정한 부자로 만들기 위한 알라의 섭리였다는 생각이 드는구나."

"저도 그런 생각이 듭니다." 신하가 대답했다.

"그렇다면 말이야, 한 가지만 말해 줄 수 있겠나? 거짓말쟁이 이블리스가 대양의 공기 방울 같다는 저 '자유의 감옥'이라는 곳에는 알라의 전능함이 미치지 않는다고 했는데, 그 말은 거짓인가? 아니면 참말인가?"

"오, 모든 신도의 통치자시여!" 신하가 대답했다. "그것은 거짓말도 참말도 아닙니다."

"그건 무슨 뜻인가?" 칼리프가 물었다.

"알라의 의지가 미치지 못하는 그런 장소가 정말로 있다면, 그것은 오로지 전지전능한 알라의 의지에 의해서만 가능합니다. 그렇다면 이미 거기에는 알라의 의지가 미치고 있다는 얘기가 됩니다. 왜냐하면 그의 의지 없이는 아무것도 생겨날 수 없으니까요. 그러한 곳이 없더라도 마찬가지입니다. 따라서 그의 의지가 존재하지 않음은 곧 그의 의지가 존재함을 의미합니다. 제한된 인간의 상식으로 보면 이따금 모순처럼 보이는 것들도 완전한 전능함 속에서는 모순이 아닙니다. 사기꾼 이블리스 역시 그에게 종사할 수밖에는 없고 그 없이는 존재할 수도 없습니다."

"정말로 그렇구나! 알라는 알라이시며, 무함마드는 그의 선지자시라."

그리고 그는 거지에게 허리를 굽혀 절하고는, 아무런 상도 내리지 않은 채 그 자리를 떠났다.

하지만 인샬라는 웃었다.

길잡이의 전설

일러두기

작품 중반부에 등장하는 돌팔이 의사이자 마술사인 '투토 에니엔테'가 구사하는 이탈리아 어 억양이 섞인 문장은 분위기와 어감을 살리기 위해 경상도 사투리를 사용했다.

옛날, 아우크스부르크에 니콜라우스 호른라이퍼라는 한 부자 상인이 살았다. 나라 전체를 휩쓴 전염병에 아내를 잃었을 때, 그는 이미 오십 대 후반이었다.

두 사람 사이에는 자식이 없었다. 호른라이퍼는 자신의 많은 재산과 사업을 이어받을 자식이 필요하다고 생각했다. 그래서 그는 탈상을 하자마자 두 번째로, 그것도 열여덟이 갓 넘은 젊은 여자와 결혼했다. 그녀 역시 같은 도시에 사는 유력한 상인 집안의 딸이었다.

안나 카타리나라는 이름의 그 소녀는 남편과 부모의 뜻을 거스르지 않기 위해 최선을 다했지만 이미 늙을 대로 늙어 버린 남편을 진심으로 사랑할 수는 없었다. 그녀가 노력하면 할수록, 마음 한구석에는 남편에 대한 혐오가 알게 모르게 점점 더 깊이 뿌리내렸다. 그는 성실한 사람이었지만, 거칠었고 때로는 허풍이 너무 심했으며 벌컥벌컥 화를 내는 일이 많았고, 심지어는 손찌검까지 했다. 반면 그녀는 모든 아름다운 것과 섬세한 것들 그리고 무엇보다도 류트 음악을 좋아하는 예민하고 상상력이 풍부한 사람이었다. 어쩌다 부부가 함께 류트 음악을 들을 때면, 니콜라우스는 언제나 잠에 곯아떨어져서는 무심하게 코까지 골아 대곤 했다.

점점 삶의 모든 기쁨을 잃게 된 안나 카타리나는 말수가 적어지고 잘 웃지도 않았다. 아름다운 노래를 부르던 그녀의 목소리마저 마치 늙은 여자의 것처럼 찢어지고 갈라졌다. 그녀의 몸은 여위고 말라 가기 시작했다. 그녀의 고해 신부만이 유일하게 이 모든 일의 진짜 원인을 알았지만, 신부 역시도 호사에 겨워 가난한 아이들이 알면 분명 맥이 풀릴 행복한 고민을 한다며 호되게 꾸짖고 중벌을 내리는 것 외에는 어떤 해결책도 제시해 주지 못했다.

그러던 그녀가 아기를 가지게 되었다. 그 후로 그녀의 몸은 불었지만, 오히려 얼굴은 눈에 띄게 말라 갔다. 마침내 그녀의 삶에 마지막이 될 산고의 순간이 다가왔을 때, 아주 이상한 일들이 일어났다. 때 아닌 겨울 벼락이 아우크스부르크 시 전체에 떨어지더니, 눈보라와 천둥

번개가 몰아쳤다. 그리고 그녀의 첫 번째이자 유일한 아기가 아들로 세상에 태어나던 순간에는 강력한 번갯불 한 줄기가 집 앞의 보리수나무를 두 쪽으로 갈라 버렸다. 그녀 자신은 죽음의 문턱을 넘어 이 세상을 떠나던 그 순간에, 또 다른 한 생명은 같은 문턱을 넘어 삶의 이편으로 넘어온 것이다. 이 조우遭遇의 순간에 두 영혼은 서로 바라보게 되었고, 그것이 가진 의미가 무엇인지는 신만이 알 수 있었다. 어쨌거나 이렇게 태어난 이 아이가 후에 끝없는 모험과 신기한 마술로 세상에 이름을 날리고, 나중에는 인디카비아, 즉 '길잡이'라는 뜻의 이름으로 수수께끼 같은 최후를 맞게 되는 콘테[1] 아타나시오 다르카나이다. 이제, 우리 시대의 상식이 허락하는 범위에서 그의 이야기를 한번 풀어 보려 한다.

니콜라우스 호른라이퍼는 자신을 꺼리던 두 번째 아내를 썩 미더워하지 않았다. 하지만 그는 신실한 신도로서 지켜야 할 모든 제례에 입각해 정성껏 장례를 치러 주었다. 그리고 그는 자신의 의도대로 대를 이을 상속자를 얻은 것에 만족했다. 그것이 애당초 그 결혼의 목적이기도 했다. 그는 아들이 히에로니무스라는 세례명으로 영세를 받도록 한 다음, 아이를 돌볼 유모를 구했다. 그리고 나

---

1) 백작.

서 그는 이 젖먹이에게 거의 신경을 쓰지 않았다. 세 번째 결혼을 염두에 둘 새도 없이 그의 사업은 날로 번창했다.

테레스라는 이름의 유모는 열 명이 넘는 아이들이라도 능히 길러 낼 만큼 친엄마 이상의 따뜻함을 가진 건강하고 성실한 사람이었다. 그녀는 그 모든 정성을 어린 히에로니무스 한 아이에게만 쏟았고 그 사랑 안에 아이가 폭 빠질 수 있도록 했다. 어디를 가든 아이를 데리고 다녔으며, 밤낮, 단 한시도 아이가 혼자 있도록 내버려 두는 법이 없었다. 젖을 뗄 나이가 훨씬 지났음에도 아이가 젖을 보채면 자신의 힘 있는 가슴으로 아이를 품어 주었다. 하지만 그 모든 정성이 히에로니무스라는 아이에게는 영통하지 않았고, 그녀는 그것을 이해할 수가 없었다. 이 아이는 그녀가 알고 있던 보통 아이들과는 달랐다. 애초부터 이 세상과는 상관없는 아이 같았고, 자신의 동물적 모성애만으로는 극복할 수 없는 거리감이 느껴졌다. 아이가 그녀를 거부해서가 아니라, 마치 별과 별 사이만큼의 엄청난 공간이 자신과 아이 사이에 놓여 있는 듯했다. 그리고 그녀가 그 공간으로 들어가기 위해 노력하면 할수록 그 거리는 멀어지기만 했다. 이 아이를 사랑한다는 것은 분명 쉬운 일이 아니었다. 그럼에도 가끔씩, 이 조그만 아이에게서 신성한 경외감 같은 것이 어렴풋하게 느껴질 때는 참으로 신기했다.

실제로 히에로니무스는 천사처럼 연약하고 예민한 품성을 지녔다. 육체적으로도 그랬지만 — 그는 돌도 채 지나기 전에 하늘나라에 있는 자기 엄마 곁으로 갈 뻔한 위험한 고비를 몇 차례 넘겼다. 당시 의사들은 병명조차 밝혀 내지 못한 채, 아이가 생명의 끈을 너무 쉽게 놓으려 해서 살아날 가망이 없다고 포기했을 정도였다 — 정신적인 성품은 더욱 그러했다.

그는 다른 아이들처럼 소리를 지르거나 우는 일이 거의 없었다. 태어날 때부터 줄곧 우울한 분위기가 그를 둘러쌌으며, 그의 검은 눈동자에는 그 누구도 위로할 수 없는 슬픔이 담겨 있었다. 그 슬픔이 무엇인지 테레스는 이해할 수 없었고, 그녀는 그때마다 자포자기 심정에 빠지곤 했다. 그럴 때면 아이를 흔들어 일으켜서 보듬어 안아 주는 것이 그녀가 할 수 있는 일의 전부였다.

우리 주변에는 이 세상에서 자신이 돌아갈 고향이 없다고 느끼는 사람들이 간혹 있다. 그들 자신은 그런 느낌이 어디에서 연유하는지 알지 못한다. 다른 사람들이 말하는 현실이라는 게 그들에게는 혼란스럽고 때로는 고통스러운, 그래서 어서 깨어나고만 싶은 꿈이나 허상에 지나지 않는다. 그들은 자신들이 달갑지 않은 낯선 세계에 유배되어 그 안에 머물도록 단죄되었다고 느낀다. 그리고 주체할 수 없는 향수에 빠져, 지금의 현실과는 다른 '또 하나의 현실'만을 그리워한다. 그들은 믿는다. 말로 표현하는 것은 물론 상상조차 불가능한 그곳은, 마치 먼 곳 어딘가에 있을 고향처럼 기억 속 어느 한 자락에 남아 있을 거라고. 히에로니무스가 세상에 발을 들여놓을 때의 상황이 바로 이랬다. 이후로 그것은 그의 존재 배경으로 남게 되었다. 이 모든 것을 마음 좋은 유모 테레스는 물론, 아이 자신도 알 리 없었다.

아이는 가냘픈 소년으로 자라났다. 하지만 누군가가 먼 곳, 딴 세상에서 이 세상을 굽어보듯 이 아이를 따라다니는 원래의 그 시선은 거두어지지 않았다. 그 시선에는 풀리지 않는 문제, 아니 그보다는 어떤 말없는 기대 같은 것이 담겨 있었다. 이 때문인지, 아니면 아이가 정말로 말이 없었기 때문인지, 사람들은 그를 조금은 모자란 아이로 생각했다. 사람들은 그런 아이를 상속자로 둔 아버지를 동정했다. 하지만 그것은 그의 아버지 니콜라우스 호른라이퍼 등 뒤의 수군거림일 뿐이어서, 그는 전혀 눈치채지 못했다. 다른 아이들은 히에로니무스를 멀리했고, 그를 조롱하면서도 한편으로는 두려워했다. 이것이 자신이 감수해야 할 수수께끼 같은 유배의 한 부분이라는 것을 아는지 모르는지, 그렇게 그는 외로운 아이였다.

이 모든 것들에도 불구하고 테레스는 이 사랑스러운 아이의 마음에 다가설 수 있는 길을 하나둘 찾기 시작했다. 자신의 의도보다는 우연이 작용하는 경우가 더 많았지만 말이다. 그녀는 읽을 줄도 쓸 줄도 몰랐지만—당시의 평범한 서민들 중에 그런 능력을 가진 사람은 그리 많지 않았다—신기하고 재미있는 이야기들을 무궁무진하게 알고 있었다. 요정과 난쟁이, 천사와 악마, 마녀와 마술사, 유령과 마법에 걸린 마을……. 그녀는 자신이 아는 이야기 중에 옛날이야기라 불릴 만한 것들을 모조리 아이에게 들려주었다. 아이가 그 이야기들의 의미를 제대로 이해하거나, 스스로 조리 있게 말할 수 있게 되기도 전에 시작된 그녀의 구연은 히에로니무스를 신비와 비밀의 세계 속에서 자라도록 했다. 그는 그 동화들을 들으며 말하는 것을 배웠다.

테레스의 이야기가 끝없이 이어질 때도, 아이는 한눈 한 번 파는 일 없이 귀를 기울였다. 그는 항상 새로운 호기심으로 그녀의 이야기에 빠져들었으며, 이미 수백 번도 더 들어서 줄줄 외울 정도가 되어 버린 이야기라도 계속해서 들려 달라고 떼를 쓰며 졸랐다. 이야기를 듣는 동안 그의 두 눈은, 노래하듯이 속삭이는 그녀의 입술을 따라 반짝반짝 빛났다. 그는 초자연적인 것을 일상으로, 신기한 것을 당연하게 받아들이는 그 세계를 열렬히 동경했다. 실제로 그는 이미 그 세계에 살고 있고, 그곳을 더 훤히, 더 많이 알고 있었다. 그러한 세계가 실재하리라는 믿음에는 털끝만큼의 의심도 없었다. 그래, 가시 돋친 껍데기 속의 빛나는 알밤처럼 그 세계는 눈에 보이는 외적인 현실 속에 숨겨져 있을 뿐이야. 그 세계는 반드시 마법을 걸어야 불러낼 수 있어. 그는 자신의 강아지 람볼트헨이 심하게 앓자, 처음으로 그것을 행동으로 옮겨 보겠다고 마음먹었다.

테레스가 주 예수님의 생애 그리고 무엇보다도 주님이 행한 기적과 그 증거에 대한 이야기들을 그에게 들려준 것은 너무나 당연했다. 진실한 믿음을 가진 신앙인은 그 증거와 기적을 직접 확인할 수 있다는 것, 그리고 히에로니무스가 올바른 믿음을 가지고 있다는 것, 그래서 예수님이 직접 우리에게 약속하신 것처럼 그도 주님의 이름으로 주님이 행한 것과 동일한, 아니 그보다 더 위대한 기적도 이루어 낼 수 있을 거라는 확신이 이 두 사람에게는 있었다. 그래서 히에로니무스는 하느님께 열심히 기도를 올렸다. 강아지의 발을 붙들고는 어서 낫게 해 달라고 믿음으로 간청했다. 하지만 람볼트헨은 그가 기도하는 도중에 고통스럽게 몸을 뒤틀며 숨을 거두고 말았다.

테레스는 크게 당황하지 않고 어째서 이번에는 예외적으로 아무 일도 일어나지 않았는지에 대해 갖가지 이유를 대며 히에로니무스를 설득하려 했지만, 그의 실망은 너무나 컸고, 그 이유를 그렇게 쉽게 이해할 수 없었다.

예배 시간에 겨자씨만 한 믿음만 있으면 산도 옮길 수 있다는 말씀을 들은 그는 자신의 믿음에 어떤 문제가 있었던 것은 아닌가 싶어 불안해지기 시작했다. 왜냐하면 그것 말고는 람볼트헨에게 치료의 기적이 일어나지 않았던 이유를 달리 설명할 방법이 없기 때문이다. 그는 그 문제가 무엇인지 반드시 밝혀내고야 말겠다고 마음먹었다.

강아지를 살려 낼 수 있다는 자신의 바람이 이루어지지 않았으므로 산을 옮기겠다는 시도를 곧바로 감행할 수는 없었지만, 집 뒤뜰에 있는, 그가 종종 놀곤 했던 모래 더미만큼은 한번 옮겨 보리라 마음먹었다. 멀리도 말고 단 몇 발자국만이라도. 밤에 그는 침대에 엎드려 한참을 큰 소리로 기도했다. 이것을 제 믿음에 대한 작은 증거로 삼을 수 있도록 하늘에 계신 아버지께서 허락해 주소서! 아버지의 전지전능하심으로는 아무것도 아닌, 이 작은 일이 저에게는 얼마나 커다란 의미가 되는지 모릅니다. 다음 날 아침, 그는 한껏 부푼 가슴을 안고 집 뒤뜰로 달려갔다. 모래 더미는 원래 자리에 그대로 쌓여 있었다.

이때부터 히에로니무스는 무언가 골똘히 생각하기 시

작했다. 유모는 그의 생각을 다른 쪽으로 돌려 보려고 온 갖 시도를 다해 봤지만 모두 허사였다. 그는 부엌에서 겨 자씨를 가져다 하루 종일 보고 또 보았다. 그는 자신의 믿음이 최소한 이보다는 크다고, 아니 백배, 천배는 크다 고 확신했다. 그렇다면 어째서 하느님은 자신의 믿음을 받아 주시지 않는 걸까?

실타래처럼 뒤엉킨 생각 끝에 그는 기적에 대한 자신 의 요구가 얼마나 진지한지 하느님에게 증명해 보여야겠 다고 마음먹었다. 그러던 어느 날, 레히 강의 물이 크게 불어났을 때 그는 몰래 집에서 빠져 나와 강둑으로 갔다. 작은 배에 몸을 싣고, 강 가운데로 배를 몬 그는 "주여, 내가 믿사오니, 나의 의심을 거두소서!"라고 말했던 베 드로를 생각했다. 그러고는 한 치의 망설임도 없이 출렁 이는 수면 위로 한 발을 밀어 넣었다. 베드로가 했던 것 처럼 그렇게 물 위를 걷기 위해. 하지만 물 위를 걷기는 커녕, 소용돌이치는 물에 휘감겨 깊숙한 곳으로 빨려 들 어가고 말았다. 부근에서 이 모든 것을 지켜보던 어부가 서둘러 그를 물에서 끌어내지 않았던들, 그는 머리카락 한 올 남기지 못한 채 익사하고 말았을 것이다.

아이는 사람들 등에 업혀 집으로 돌아오고, 자초지종 을 전해 들은 테레스는 아이를 호되게 꾸짖었다. 그러나 젖은 옷을 갈아입히고, 아이를 침대에 눕히는 동안 그녀는 아이의 대견함에 가슴이 뿌듯했다. 이 정도의 믿음을 가진 아이라면 나중에 주교, 아니 교황이라도 될 수 있으리라고 생각했기 때문이다. 바로 그전에 사업상 여행을 떠난 니콜라우스 호른라이퍼에게는 이후에도 이 일에 대해 일언반구도 하지 않았다.

세월은 흘러, 어느덧 히에로니무스는 여덟 살이 되었다. 그는 대부분의 시간을 도시를 둘러싼 숲이나 들판에서 혼자 놀며 보냈다. 스스로 무언가 기적을 체험해 보겠다던 생각은 이미 오래 전에 포기했다. 분명 자신은 기적을 체험하도록 선택되지 않았으며, 그 이유는 하느님만이 아실 터였다. 하지만 언젠가 한 번쯤은 이 숲속에서 땅의 정령을 만날지도 모른다는 희망을 내심 품고 있었다. 그 정령은 그에게 말을 걸고, 요술 반지를 선물로 줄지도 모를 일이었다. 아니면 원을 그리며 춤을 추는 요정들을 발견할 수도 있으리라. 그는 그 한 순간을 기억하는 것만으로도 남아 있는 생애 동안 위로받을 수 있으리라고 생각했다. 그러나 비슷한 종류의 어떠한 일도 일어나지 않았다.

그렇게 숲속을 헤매고 다니던 그가 한번은 독사에게 물렸다. 이것이 단순히 불행한 사고였는지, 아니면 '구해 주든가, 죽게 내버려 두든가' 양자택일할 것을 마법 세계의 사자使者들에게 요구하는 심정으로 일부러 자초한 것인지는 분명치 않았다. 그러나 그는 하느님의 참된 자녀는 '독사에게 물릴지라도 해를 당하지 않는' 초자연적 은사를 받게 된다는 「사도행전」의 말씀을 익히 들어 알고 있었던 게 분명했다. 엉금엉금 기다시피 집으로 돌아오는 동안 통증은 점점 심해졌고 집에 도착해서는 완전히 의식을 잃고 말았다.

이번만큼은 아버지가 모르고 넘어갈 수 없었다. 의사들은 물린 상처를 도려내고 독을 짜내기에는 너무 늦었다며 어찌할 바를 몰라 당황해했다. 의사가 처방해 준 해독제는 아주 적은 양만을 사용해야 했는데, 아이의 신체적 상태가 연약해서 최악의 사태까지 고려해야 했기 때문이다.

며칠 밤낮을 히에로니무스는 불덩이가 되어 고통에 몸을 뒤틀며 소리를 질렀다. 그러다가 또 몇 시간은 다시 숨마저 멎은 듯한 마비 상태에 빠지곤 했다. 호른라이퍼는 목사님을 모셔 오도록 했다. 뜻밖에도 그 이후로 상태가 조금씩 나아지더니 의식을 되찾을 정도로까지 호전되었다. 그는 깨어나자마자 테레스부터 찾았다.

"내가 내보냈다." 아버지가 말했다. "영원히 그리고 아주 멀리. 다시는 그 여자를 볼 수 없을 거다."

"왜죠, 아버지?" 히에로니무스가 속삭이듯 말했다.

"왜냐하면 너의 어리석고 똥오줌 못 가리는 모든 행동

들에 대한 책임이 그 여자에게 있다는 걸 알았기 때문이다. 신기한 이야기다. 뭐다 하는 갖은 수다로 네 머리를 온통 쓸데없는 생각으로 꽉 차게 만든 장본인이었더구나. 그동안 너에게 그다지 많은 신경을 쓰지 못한 것은 사실이다. 하지만 이제부터는 달라질 거다. 얘야, 너는 나의 유일한 혈육이자 상속인 아니냐. 너는 내 뒤를 이을 유능한 상인이 되어야만 한다. 너도 이제는 이 세상이 어떻게 돌아가는지를 배워야 할 때가 되었다."

"하지만 저는 이 세상을 좋아하지 않아요. 제게는 다른 세계에 대한 꿈이 있어요."

"잘 듣거라, 얘야." 호른라이퍼가 단호하게 말했다. "이 세상은 장난으로 살 수 있는 그런 곳이 아니다. 기적이니, 하늘나라의 은사니 하는 것들은 종교에서나 하는 이야기일 뿐이다. 하느님이 우리를 보호하신다지만, 돈이 들어오고 나가는 것과 그것은 아무 상관도 없다. 모든 것은 그 나름의 정당성이 있게 마련이라는 걸 너는 명심해야만 한다."

"그러면 성경에 나온 말씀이 틀린 건가요?"

"물론, 그게 틀렸다는 얘기는 아니다."

"그러면 아버지, 어떻게 두 가지가 동시에 옳을 수 있다는 거죠?"

니콜라우스 호른라이퍼는 이마에 핏줄이 설 정도로 피

가 거꾸로 솟는 것을 느꼈다. 그리고 부르르 떨리는 손을 진정시키기 위해 무던히도 애를 써야만 했다.

"절대로 이것만큼은" 그가 잠긴 목소리로 말했다. "늙은이의 허튼 잔소리로 듣지 말거라. 앞으로 그런 쓸데없는 생각은 꿈도 꾸지 마라. 내가 할 말은 그것뿐이다! 예수님도 증거나 기적을 보지 않고 믿는 자가 복이 있다고 하셨다."

"그건 저도 그렇다고 생각해요, 아버지."

"그걸 알면서 무엇 때문에 쓸데없는 일에 집착하는 거냐? 애야, 너에게 주어진 다른 세상이란 없다. 한 번 살고 나면 그것으로 그만인 게 바로 인생이다. 그것으로 만족해야 한다. 너는 씩씩한 남자 그리고 무엇보다 능력 있는 진짜 상인이 되어야 한다. 그것이 하늘나라를 위하는 길이기도 하고."

히에로니무스는 눈을 감고 잠시 침묵했다. 아버지는 아이가 자신의 이야기를 받아들인 것으로 믿었다. 그러나 아이는 힘없이 고개를 흔들더니 기어들어 가는 목소리로 말했다. "어떻게 말씀을 드려야 좋을지 모르겠어요, 아버지. 하지만 저는 그렇게는 살 수 없어요. 제가 이 낯선 곳에 머무는 동안은 언제까지고 사랑이 담긴 진짜 고향으로부터의 안부 인사, 최소한 그곳 사람들이 저를 아주 잊어버린 것은 아니라는 증거만이라도 기다리며 살 수밖에 없을 것 같아요."

니콜라우스 호른라이퍼는 자신의 아들이 하는 말이 무엇인지 도통 이해할 수 없었다. 그래서 그는 떫은 목소리로 대꾸했다. "도대체 네가 뭐 그리 대단하기에, 그런 소식이 너에게만 특별히 전해진다는 거냐?"

히에로니무스는 다시 오랫동안 생각에 잠겼다. 그러고는 한껏 긴장하여 입을 열었다. "성경에서 말하는 증거와 기적이라는 것이 아주 평범한 사람들에게는 나타나지 않는 건가요?"

"이, 이런 미련한 놈!" 노여움을 억누르지 못하고 호른라이퍼가 버럭 소리를 질렀다. "어디서 아비 말에 꼬박꼬박 말대꾸냐? 네가 원하는 것들은 예수님께서 직접 이 땅에 오셨던 은혜의 시대에나 가능했던 일들이다. 지금은 시대가 달라."

"죄송해요, 아버지." 히에로니무스가 힘없이 우물거렸다. "하지만 어떻게 하늘나라의 증거가 인간 세상의 좋은 시대와 나쁜 시대를 가려서 나타나기도 하고, 나타나지 않기도 할 수 있는 건가요?"

이 황당한 아이와 계속 이야기를 하다가는 손찌검이라도 하고 말 것 같아, 호른라이퍼는 자리에서 벌떡 일어나 주먹을 불끈 쥐고 병실 밖으로 뛰쳐나갔다.

바로 그다음 날, 그는 히에로니무스에게 읽기와 쓰기,

산수와 지리 등을 가르칠 가정 교사를 수소문했다. 그리고 제노바와 베네치아에 사업상 거래가 있는 것을 감안하여 이탈리아 어도 가르칠 작정이었다. 이왕이면 그런 일에는 신학생이 적합할 거라고 생각했다. 아들이 광신이나 미신에 빠지는 것을 막으려면 그런 사람을 옆에 붙여 두는 게 좋을 것 같았다. 이렇게 해서 안톤 에거링이라는 수도승이 가정 교사로 오게 되었다. 그는 창창한 나이에 어울리지 않게 노년의 고루함이나 팍팍 풍겨 대는 그런 부류의 사람이었다. 그에게 있어 종교란 엄격한 도덕률에 대한 순종만을 의미할 뿐이었고, 신비주의적인 것이나 기적 같은 것들은 경원의 대상이었다. (그는 나중에 로마 교황청의 부름을 받아 그곳에 봉직하면서 이단 교리와 논쟁하는 데 두각을 나타내 입신하게 되는 인물이기도 했다.) 에거링은 그 후 몇 년 동안 히에로니무스를 가르쳤는데, 자신이 해야 할 이야기 외에 사사로운 이야기를 건네는 일 따위는 절대 없었다. 선생의 입장에서 볼 때, 히에로니무스는 그리 똑똑한 학생이 아니었다. 보통 사람들은 그가 선생에게 반항이라도 했으리라고 상상하겠지만, 그렇지 않았다. 반대로 그는 잘해 보려고 노력했다. 하지만 선생이 하는 말을 듣고 있노라면 꼭 여물로 썰어 놓은 짚을 씹는 것만 같았다. 속 빈 지푸라기를 씹고 또 씹고, 목이 메면 꿀꺽 삼키고, 그러면 그것은 목구멍에 걸려 넘어가지도 넘어오지도 않는 악순환이 반복되고, 그러면 에거링은 대단치도 않은 자신의 관대함을 과시라도 하려는 양, 꾸중 한번 하는 일 없이 냉담한 표정으로 같은 내용을 반복해서 처음부터 읽고 또 읽었다. 마치 아둔한 동물을 자신의 명령대로 기계적으로 움직이게 하려고 사육하는 것처럼. 히에로니무스는 이런 그에게서 얻을 게 아무것도 없었다. 자신의 꿈꾸는 능력만이 소진될 뿐이었다. 배고픈 사람이 빵을 꿈꾸는 것만으로는 배를 채울 수 없음에도 빵을 꿈꾸듯, 깨어날 땐 아무것도 손에 쥐어지는 게 없었지만 그는 이따금 꾸게 되는 간밤의 꿈에서 신기한 세계에 대한 자신의 동경을 무마시켜 왔다. 그런데 이제는 그 불확실한 위안마저도 박탈당하고 만 것이었다.

히에로니무스는 열다섯 살에 아름다운, 그러나 자신에게는 오히려 소박해 보였던 이웃집 소녀에게 첫사랑을 느꼈다. 그러나 소년은 그녀에게선 찾을 수 없는 신비의 세계를 아직도 마음속에 그리고 있었기에, 이 완전하고도 순결한 사랑 이야기는 양쪽 모두에게 쓰디쓴 실망만을 남긴 채 얼마 안 가 끝이 났다. 이 일을 계기로 히에로니무스는 더욱더 자신의 내면으로만 빠져들게 되었다.

이제는 노인이 된 아버지 니콜라우스 호른라이퍼가 아주 갑작스러운 열병에 세상을 떠났을 때, 그는 막 열일곱 살이 되었다. 하루아침에 그는 막대한 재산의 소유주가 되었다. 독일 곳곳에 있는 많은 상인 집안에서, 그리고 곧이어 베네치아와 제노바에서도 수많은 혼담이 들어왔다. 물어보나마나 양가의 결합을 통해 서로서로 금권을 더 공고히 하거나 확대하기 위해서였다. 하지만 히에로니무스는 그런 일에 전혀 관심이 없었다. 그렇게 1년이 지나간 후, 아우크스부르크 전체가 발칵 뒤집히는 일이 벌어졌다. 히에로니무스가 아버지의 유산 상속을 포기하겠다고 공개 선언했기 때문이다. 그리고 정말로 한 푼도 챙기지 않고 그는 사라져 버렸다. 걸치고 있던 옷 외에는 아무것도 건드리지 않고 야반도주라도 하듯. 시의 관리들과 아버지 밑에서 일하던 사람들이 백방으로 수소문했지만 그를 찾을 수는 없었다.

이 일의 내막은 이랬다.

그가 사라지기 며칠 전, 이 도시에는 한 곡마단이 들어 왔다. 그들은 장터에 진을 치고 매일 공연을 했다. 곡예사, 줄 타는 사람, 만담꾼, 불덩이를 입 속에 넣는 묘기를 부리는 사람 등이 나왔지만 돌팔이 의사이기도 한 늙은 마술사의 인기가 단연 으뜸이었다. 그는 지금까지 듣도 보도 못한 진짜 신기한 마술로 사람들을 놀라게 했다. 그는 두 마리의 나귀가 끄는, 키가 큰 상자처럼 생긴 검정색 마차를 타고 다녔는데, 그것은 그에게 무대이자 실험실이었으며, 침실 겸 마술 도구를 보관하는 창고이기도 했다. 그에 대한 소문은 히에로니무스의 귀에도 들어갔다. 그 길로 그는 곡마단이 공연을 하고 있는 곳으로 달려갔다.

자칭 '투토 에니엔테' — 이탈리아 어로 '전부와 전무' 또는 '전부는 곧 전무'라는 의미의 — 박사라는 이 마술사는 작은 키에 얼굴은 온통 주름투성이고 깡마른 사람이었다. 기지가 번득이는 두 눈은 초롱초롱 빛이 났고 아주 날렵해 보이는 두 손은 빼빼 말라 있었다. 그리고 흔히 볼 수 없는 벙거지 모양의 가죽 모자로 대머리를 가렸고, 희한한 문양들이 잔뜩 수놓인 진청색의 벨벳 망토를 둘렀다. 그의 목소리는 카랑카랑해서 멀리서도 잘 들렸는데 독일어와 이탈리아 어의 단어와 억양이 난삽하게 뒤섞인 언어를 구사했다. 그의 설명에 의하면, 자기가 파타모르가나[2]의 고향이기도 한, '장화처럼 생긴 나라'의 구두코에 해당하는 지방 출신이라서 그렇다고 했다.

두근거리는 가슴을 안고, 그리고 매번 새롭게 고조되는 홍분 속에서 히에로니무스는 투토 에니엔테의 공연을 한 번도 거르지 않고 숨죽이고 앉아서 보고 또 보았다. 죽은 비둘기가 마법의 약물에 의해 다시 살아나고, 물이

---

2) 신기루를 나타나게 한다는 이탈리아 전설 속의 요정. 이 이름이 지금은 '신기루'라는 의미로 굳어졌음.

포도주로, 돌이 빵으로 변하고, 지팡이를 두드려 맨땅에서 물이 솟아나게 하며, 교회의 뾰족지붕에서 날듯이 뛰어내려 발이 땅에 닿지 않은 상태로 둥둥 떠다니고, 칼로 한쪽 귀를 도려내었다가 마술 연고를 발라 흉터 하나 남기지 않고 다시 갖다 붙이고……. 이렇게 그의 묘기는 무궁무진해 보였다. 또한 시장에서 물고기를 가져오게 한 후, 자기가 예언한 대로 그 안에서 금 조각을 찾아내고, 순식간에 씨앗이 작은 과일나무로 자라게도 했다. 그리고 별자리나 손금으로 사람들의 미래를 예언해 주고, 죽은 사람이 유령으로 나타나서 살아서 못다 한 이야기를 하게도 했다. 곁들여 신비의 선약이니, 만병통치 연고니, 가루약이니 하는 것들과 부적 그리고 자신의 묘기에 사용된 온갖 종류의 희한한 잡동사니들을 사람들에게 팔았다.

직업상 투토 에니엔테는 자신의 관객들을 남몰래 하나하나, 유심히 살펴보는 일에 익숙했다. 그런 그가 공연마다 한 번도 거르지 않고, 때로는 넋을 놓고 바라보는 맨 앞줄의 청년을 놓칠 리 없었다. 언제나 다른 사람을 놀래 줘야 하는 직업 탓인지는 몰라도, 자기 자신은 이미 오래전부터 그 어떠한 일에도 흥미를 느낄 수 없게 되었다. 때문에 마지막 날 밤, 마지막 공연이 끝나고, 그 청년이 짐을 꾸리는 자신을 찾아와 제자로 따라 나설 수 있게 해 달라고 간절히 애원할 때에도 그는 결코 놀라지 않았다. 다만, 몇몇 묘기에는 반드시 조수가 필요했으므로 그에게 이 제안은 아주 솔깃한 것이었다. 지금까지 데리고 있던 프랑스 출신의 젊은 여자 조수는 어느 남자와 눈이 맞아 사라져 버렸고, 그 후로는 중요한 묘기 몇 가지를 자신의 공연에서 제외시킬 수밖에 없었다. 그래서 그는 별로 망설이지 않고 이 제안을 받아들였다. 그러고는 히에로니무스에게 말했다. 자신의 예언집이 이곳에서 제자와 길동무를 만나게 될 거라고 예언했고, 자신이 아우크스부르크에 오게 된 것도 따지고 보면 전적으로 너 때문이었노라고.

그날 밤, 이렇게 해서 히에로니무스는 아버지의 재산은 말할 것도 없고, 지금까지 자신을 형성해 온 자신의 이름과 정체正體마저 뒤에 남겨 두고, 새벽 어스름 속에 영원히 고향을 등졌다. 얼마 후, 그는 죽거나 실종된 것으로 간주되어 호른라이퍼의 재산은 먼 친척에게 돌아가게 됐다. 그러나 상술이 무엇인지도 몰랐던 그 멍청이는 그 많던 재산을 금방 다 날려 버렸다.

고향을 떠난 후, 몇 년 동안 히에로니무스는 '마토'라는 이름으로 투토 에니엔테와 함께 유럽의 여러 나라를 돌았다. '똘아이' 혹은 '꼴통'이라는 뜻의 그 이름은 물론 그의 선생이 지어 준 것이었다. 왜냐하면 공연 중에 그가 해야 할 역할이라는 것이 바로 똘아이 또는 꼴통 짓이었기 때문이다. 선생이 벌여 놓은 일을 망쳐 버리고, 그걸 바로 잡아놓으면 다시 뭉개 버리는 식으로 좌충우돌 소동을 벌이는 바보, 공포에 벌벌 떠는 희생자, 악랄하게 채찍을 휘두르는 악한……, 심각하지 않고 장난스럽게 소화해 내야 하는 이 역할들은 청중들을 웃기고 투토 에니엔테를 빛내기 위해 꼭 필요한 양념이었다.

그들은 계속 곡마단을 따라다니지 않고 주로 자신들의 마차로 이 마을 저 마을, 큰 장이 서는 곳을 찾아 따로 다녔다. 물론 때로는 유랑 중인 곡마단을 만나 합류하기도 했다. 매사를 실용적으로 생각하는 투토 에니엔테는 이 기회를 이용, 아직까지도 총각 딱지를 떼지 못한 자기 제자에게 여자를 붙여 주어 육체적 사랑이 어떤 것인지 경험하도록 했다. 하지만 그 성인 신고식은 그에게 수줍음으로 가슴 떨리는 그 무엇도, 환상적이거나 신기한 그 무엇도 아니었다. 혹, 그가 신비와 동화의 세계에 대한 자신의 동경이 그것으로 무마될 수도 있으리라는 실낱 같은 희망을 마음 한구석에 품었는지는 모를 일이나, 만약 그랬더라도 그 환상은 이내 비참한 잿더미로 변해 버렸을 것이다.

그리고 또 다른 신고식 하나가 아직 그를 기다리고 있었다. 그것은 아주 천천히 다가왔지만, 그를 더욱 실망스럽고 맥 빠지게 했다. 투토 에니엔테는 자신의 공연에 제자의 능숙한 도움이 필요했으므로, 좋든 싫든 간에 모든 마술이 어떠한 방법과 도구들을 이용해 가능하게 되는지를 그에게 모두 알려 줄 수밖에 없었다. 그는 모든 속임수와 마술 비법을 하나하나 그에게 전수했다. 마토는 이 모든 것에 말없이 침묵했다. 어쨌거나 그는 이 방면에 남다른 재주가 있었는지, 3년이 지난 후에는 이미 선생과 비슷한 수준에 올라서게 되었다. 오히려 손놀림에 있어서는 선생을 능가했다. 예전에 비해 부쩍 늙어 버린 돌팔이 의사 투토 에니엔테는 자신의 '예술'을 이어받을 능력 있는 후계자를 찾아낸 것에 아주 흡족해했다. 그리고 자신의 피붙이는 아니지만 자신의 창조력으로 완성한 그를 아들 대하듯 대견스러워했다. 이제는 긴 여행을 끝내고 자신의 마술 지팡이를 누군가에게 넘겨야 할 날이 그리 멀지 않았다고 느끼던 터였다. 그러기에 종종 혼자 있거나 아무도 보는 사람이 없으면 몇 시간이고 멍하니 허공만 바라보는 이 아이를 아무 걱정 없이 예사롭게 보아 넘길 수는 없었다.

어느 날 저녁, 심한 폭풍우를 피해 길가에 있는 한 헛간에서 밤을 지새우게 됐을 때, 선생이 물었다. "아들아, 이 보래이, 니가 내한테 왔을 때 뭔가 기대한 게 있었제?"

"스승님, 무슨 말씀이신지요?"

"진짜 기적을 바라는 기가?"

마토는 한동안 아무 말 없이 생각에 잠겼다. 그러고는 체념한 듯 어깨를 들썩여 보였다. "제가 뭘 기대했는지 저도 모르겠어요. 그리고 지금 뭘 기대하고 있는지도 요."

"마토야, 잘 들어 보래이. 니하고 내, 우리는 예술가인 기라, 예술가. 다시 말해 '아띠스뜨'라카이. 자고로 예술가란 기적을 믿어서는 안 되는 사람들이데이. 그래 갖고는 암 것도 맨들어 낼 수 없기 때문이라는 기 아이가. 따라서 그런 사람은 절대 예술가가 될 수 없는 기라, 네버!"

마토는 잠자코 허공을 바라보았다. 선생이 낮지만 단호한 목소리로 말을 이었다. "이 아가 아직도 이해를 몬하는 모양인데, 우리 직업이라는 기 결국은 남을 속이고 환각에 빠뜨리는 기 아이가. 모든 예술이라는 기 다 그런 기다. 환쟁이가 그림을 그리고, 사람들은 그걸 보고 신기해하고, 심지어 많은 돈을 주고 그걸 사기도 안 카나. 하지만 실제로 그기 뭔데? 헝겊 쪼가리 위에 색칠 쪼메 한 기 다 아이가. 거기에 다른 건 아무것도 없다, 나씽! 단지 환각일 뿐이라 카이! 배우가 사람들을 웃기기도 하고 울리기도 하지만, 그건 마카다 가짜 기라! 아니믄 위대한 글쟁이가 결코 있지도 않았고 또 있을 수도 없는 긴 이야기를 글로 쓴다 치자. 이 모든 기 거짓부렁이 아니믄 뭐꼬? 보래이, 마토야, 속고 속이는 기 세상인 기라. 단지 좋은 거짓말쟁이와 나쁜 거짓말쟁이가 있을 뿐인 기라. 그라고 진짜 예술가, 진짜 아띠스뜨란 말이다, 거짓부렁에 도사가 돼야 하는 기다. 지가 하는 예술이 진짜 기적이라고 사람들이 믿게 해야 한단 말인 기라. 사람들도 그걸 원하다 안 카나. 단지 우리는 그기 우째 그라고 되는지를 아는 기고. 무신 말인지 알겠나!"

"그러면 진짜 기적이란 없는 건가요?"

"야가, 야가" 선생이 한숨을 내쉬며 말했다. "내는 니보다 세상을 세 배 이상 더 살았고, 세상에 안 가 본 데 없이 다 돌아다녀 보았데이. 무아지경에서 주문을 외워 자기 몸을 둥둥 뜨게 하는 도사가 있다는 소문만도 억수로 들었다 아이가. 근디 그기, 유감스럽게도 말이다, 알고 보이 마 그리 대단한 것도 아이더라. 게다가 지들이 뭐 안수 기도로 병을 고친다나? 하지만 환자는 사흘도 못 가 죽어 뿌리더라, 불쌍한 인간들…… 한번은 빨간색 가루로 거품을 일으켜 납을 금으로 만드는 연금술사가 있다 캐서 가 봤는 기라. 그런데 그것도 마 속임수라는 거 아이가. 내도 그보다는 잘할 수 있다 아이가. 내는 동양에도 가봤는데, 좋은 말씀만 한다는 위대한 도덕군자도 많이 만나 봤다. 이러쿵저러쿵, 세상이 어떻고, 하늘과 땅이 어떻고 하면서, 말은 형제애니, 내세니, 인내니, 인간애니 하는 것들에 대해 일장 설교를 늘어놓는다 아이가. 그라믄서 도덕군자라는 저거덜끼리 서로 뒤엉켜 으르렁거리며 시정잡배 맹키로 싸우고, 소인배들 맹키로 마냥 술수나 쓰고……. 왜냐꼬? 천상천하 유아독존, 서로 저만 잘났고 제 말만 진짜라는 거 아이가. 그라고 흔히 족집게 같다는. 그래서 뭐든지 신통하게 잘 맞춘다는 예언자들과도 얘기해 봤다. 신의 계시라며 앞으로 어떤 일이 일어날 거라는 둥, 세상이 언제 망하고, 언제가 심판의 날이라는 둥 떠들어 대제. 하기는 저거들도 진짜로 그렇게 된다고 믿기는 하더라. 그 똘만이들도 그렇고. 그라면서 그날을 대비해 뭔가 열심히 준비해야 한다 안 카나? 하지만 보래이, 그래도 세상은 여전히 잘 돌아가잖나! 하느님이 생각을 바꾸셨나? 그렇더라도 결국 못 맞춘 건 못 맞춘 거 아이가. 마토야, 세상에 기적은 없는 기라, 우리가 하는 일을 빼곤 말이다."

"그럼, 예수님은?" 마토가 낮은 목소리로 물었다. "스승님은 주님을 존경하지 않으시나요?"

투토 에니엔테가 노회한 웃음을 흘렸다.

"왜 안 하시겠어! 우리 업계에선 최고로 치는 분 아이가. 나는 직업상 그분을 아주 존경한데이. 같은 업종에 종사하는 사람으로서 그 양반 맹키로 되는 기 내 꿈 아이가. 한번 생각해 보래이. 그 양반도 우리가 하는 것 맹키로 뭘 보여 줄 건지를 사람들에게 미리 얘기하지 안 카나. 십자가에 달리게 되고, 죽어 장사 지내게 되고, 그 후엔 부활해서 돌아댕기다가 맨 나중엔 하늘로 올라간다꼬. 그라고 나서 그대로 보여 줬다 아이가. 우리가 하는 것 맹키로 말이다. 빌어먹을, 이 얼마나 멋진 쇼냐! 야야, 그 양반이 그걸 어떻게 했는지 알아낼 수만 있다면 무슨 짓이라도 할 텐데 말이다. 어쨌거나 그 양반은 이 속임수로 세계적인 이름을 얻었다는 기 아이가. 대단한 분이제! 진짜 프로인 기라!"

선생의 이야기에 마토는 얼굴이 하얘졌다. 그는 선생을 향해 천천히 얼굴을 돌리면서 말문이 막히는 듯 간신히 입을 뗐다. "그러면 스승님은 하느님도 안 믿으시나요?"

"노! 안 믿어!" 선생이 잘라 말했다. "나는 안 믿는데이. 하지만 그분이 존재한다고 어디 한번 가정이나 해 보재이. 그런데 어데? 우리 앞에 모습을 나타내지 않으시는 영원한 아버지, 그분은 당신이 아예 존재하지도 않는 것 맹키로 시침 떼고 계시지 않노? 그분은 말도 없고, 보이지도 않고, 게다가 우리가 뭘 하든 당신의 도움 없이 꾸려나가는 걸 더 기특하게 여기신다 안 카나. 그라믄 내는 누구냐? 그분에게 반항하는 내는 어떻게 되는 기고? 그분이 지금 여기 계시면서 아닌 것 맹키로 시침 뚝 떼는 기믄 나도 그라믄 되는 기라. 결론적으로 말해서, 그분이 계시든 안 계시든 도대체 그 차이가 뭐꼬. 이 말이다. 우릴 대신해 죽어 주기라도 한다 카더나? 어림 반 푼어치도 없는 소린 기라. 우리가 달라지는 기 뭐 있노? 그래서……"

"그러면 우리가 사는 건 어떤 의미가 있나요?"

"그기는 내도 모른다. 그라고 내는 관심도 없다. 내는 그 의미가 없어도 사는 데 아무 지장이 없다. 주님만이 알고 있을 그 의미라는 기 정말로 있다면 그기 우리를 쪼매는 도울 수 있겠지. 하지마는 그기 없다믄 뭐 때문에 우리가 골머리를 썩여야 한다더냐? 노! 노! 그럴 필요 없다. 마토야, 그걸로 만족해라. 그라고 기적을 찾는 것도, 마 이 정도에서 그만두거래이. 우리는 우연히 이 세상에 던져졌고, 또 우연 중에 이 세상을 뜨게 되는 기다. 그 와중에 우리한테는 마술이라는 걸 할 수 있는 시간이 쪼매 주어졌을 뿐인 기라. 어떤 사람들은 부자가 될라 카고, 어떤 사람들은 권력을 잡을라꼬 발버둥치고, 또 어떤 사람들은 행복이라는 걸 찾아 헤매지. 철딱서니 없는 것들이 환상이니 환각이니 하는 것에 빠지는 기다. 다른 사람들을 환상과 환각에 빠지게 맹그는 사람이 참말로 똑똑한 사람인 기라. 그 차이를 분명히 알아야 한데이! 한 번 생각해 보래이, 삶에 대한 희망과 의식을 버리 뿌면 사는 기 얼마나 수월해지는가를 말이다. 그러니 그것들을 미련 없이 버리 뿌라! 알겠나!"

이 대화 이후, 마토에게는 변화가 생겼다. 세상에 태어난 이후로 그에게는 결코 지워지지 않을 것 같던 까닭 모를 슬픔이 드리워져 있었다. 간혹 그 슬픔은 잠시 뒤편으로 물러서기는 했어도, 그를 완전히 떠난 적은 한시도 없었다. 그러던 것이 이제는, 그가 투토 에니엔테의 말을 곰곰이 되새기면 되새길수록, 그 그림자는 조금씩 거두어지고 있었다. 전혀 새로운 홀가분함과 자유로움이 느껴졌다. 지금까지 한 번도 경험해 보지 못한 이 새로운 감정을 그는 자유의 가벼움이라고 여겼다. 그러나 사실 그것은 공허의 가벼움이었다.

몇 달 후에 온 나라가 전쟁에 휩싸였다. 이 늙은 마술사는 사람도 살지 않는 어느 시골 여인숙, 마당 한구석의 짚 더미 위에서 약탈병들에게 맞아 상처투성이 시체로 발견되었다. 그가 가지고 다니던 신비의 선약이니 만병통치약이니 하는 것들도 그를 살려 내지는 못했다. 마토는 울지 않았다. 그는 선생을 땅에 묻어 주지도 않고 계속해서 혼자 자신의 길을 갔다. 희망도 의식도 이미 버렸고, 세상사 모든 의미도 더 이상 찾지 않게 된 그는 앞도

뒤도 돌아보지 않고, 오로지 순간만을 위해 살았다. 그래서 그의 운명은 아마도 이날부터 사기꾼의 그것으로 바뀌기 시작했나 보다.

그는 우선 자신의 이름부터 다시 바꿨다. 이때부터 자신을 '콘테 아타나시오 다르카나'라 칭하고, 자신의 나이가 삼백오십 살이며 불로장생하는 영약을 가졌다는 소문을 퍼뜨렸다. 그는 기적에 병적으로 집착하고, 초자연적인 것을 끊임없이 동경했던 자신의 경험을 토대로 무엇이 사람들을 현혹시킬 수 있는지를 누구보다도 잘 알았다. 과거에 선생으로부터 배운 것들을 가다듬고 완성한 그는 이제 모든 면에서 스승보다 월등한 수준에 올라섰다. 아울러 어디를 가든 기회가 닿는 대로 자신의 능력을 키우는 일에 심혈을 기울였다. 자신이 모르는 원리로 묘기를 부리는 초능력자나 마술사가 있다는 소문을 들으면, 은밀히 그들을 따라다니며 그들의 공연을 관찰했다. 그들이 사용하는 장치나 도구에서 단서를 잡아 모든 걸 완전히 꿰뚫을 수 있을 때까지 연구했다. 그리고 그걸 바탕으로 훨씬 더 완벽하고 효과적인 작품을 만들어 내고야 말았다. 지금까지 한 번도 돈의 궁핍함을 겪어 본 적이 없던 그는 때때로 큰돈을 주고 그들의 비법을 사들이기도 했다.

이제 그는 더 이상 시골 마을이나 이 도시 저 도시를

전전하지 않았다. 대신에 그의 묘기를 보기 원하는 귀족이나 권세가들의 집 그리고 심지어는 왕이나 군주의 궁전에까지 불려 다니게 되었다. 폴란드 왕은 콘테 다르카나를 기리는 축제를 베풀어 주었고, 콘스탄티노플의 술탄은 그의 마법을 빌리면 자신의 국가 경제를 확실하게 소생시킬 수 있을 거라며 진짜로 그를 자신의 재무 장관에 임명하려 들기도 했다. 이집트에서는 그를 재림한 신의 사자로 떠받드는 종파가 생겨나기까지 했다. 그리고 스페인에서는 무당으로 몰려 하마터면 화형을 당할 뻔하기도 했는데, 대재판관인 추기경에게 자신이 아끼는 마술 가운데 몇 가지 비밀을 알려 주고 직접 지도해 주는 것으로 위기를 모면했다. 그 후에는 추기경 자신도 그에게 배운 마술을 자신의 손님들에게 심심찮게 보여 주곤 했다고 전해진다.

콘테 아타나시오 다르카나를 감싸고 있는, 끝 모를 우울에서 배어 나오는 우수 깃든 미묘한 분위기에 많은 여자들이 정신을 못 차리고 빠져드는 건 당연지사였다. 특히 지체가 높은 여자일수록 아무리 작업을 걸어도 아랑곳하지 않는 그의 태도에 더욱 몸 달아했다. 본디 어린 자신의 심성을 차가운 무관심과 경멸로 학대하는 데 익숙해진 그는 이 모든 유혹에 자신을 아무렇게나 내던졌다. 그것이 위험한 모험을 수반하는 관계든, 혹은 방탕한 관계든 상관하지 않았다. 그리고 간혹 진지한 관계를 요구하는 여자를 떼어 버리는 일에도 그는 아주 능숙했다. 스물네 살 무렵이 그에게는 갈수록 더해가는 명성와 화려함을 주체 못하던 전성기였다. 비록 대부분이 추문과 관련된 것이기는 했지만, 당대의 연대기에 콘테 아타나시오 다르카나라는 이름이 빠지는 법은 거의 없었다.

그런 그가 자신의 인생에 전혀 새로운, 또 하나의 전기가 될 체험을 하게 된다. 그가 과연 어디서 그런 체험을 했는지는 알려지지 않았다. 다만 그가 정부情婦의 남편을 피해서, 아니면 누군가에게 사기 친 일이 들통나서 도망가던 중, 암석이 즐비한 어느 황야에서 길을 잃고 정처 없이 헤매다가 겪은 일이라고 추측될 뿐이다. 그곳에서 그를 기다리던 사건을 우리의 현실 세계에서 실제 일어난 일로 받아들여야 할지, 아니면 고도의 상상력이 빚어낸 꿈속의 허구로 받아들여야 할지는 각자가 판단할 일이다. 어쨌거나 콘테 아타나시오 다르카나는 지금까지의 그 무엇보다 강렬하고 확실하게 그것을 몸소 체험했다.

저녁 무렵, 그는 자신도 모르게 어느 높다랗고 거대한 장벽 앞에 이르렀다. 그 장벽은 끝이 보이지 않을 만큼 양쪽으로 길게 뻗어 있었다. 장벽을 따라 한참을 걸은 후에야, 그는 육중해 보이는 어느 문 앞에 설 수 있었다. 푸르스름하게 반짝거리는 쇳덩이로 만들어진 그 여닫이

문은 굳게 닫혀 있었는데, 아주 값비싸 보이는 그림과 조각들로 장식되어 있었다. 그리고 활처럼 높게 휘어 있는 아치 위에는 무슨 안내문 같은 것이 새겨져 있었다. 그것을 읽은 그는 이내 무거운 침묵에 휩싸였지만, 동시에 그것은 커다란 메아리가 되어 그의 내면에 울려 퍼졌다.

이 문은
진짜 기적의 세계로 들어가는 문입니다.
순수한 마음을 가진 사람은
들어오시오.

아타나시오 다르카나는 꼼짝 않고 서서 그 글을 읽고 또 읽었다. 그의 속마음은 그 글을 인정하기를 거부했지만, 이미 그것은 활활 타오르는 불꽃이 되어 그의 의식 속으로 점점 번져 들어갔고, 반인반수 같았던 그의 실체를 허수아비처럼 태워 버렸다. 벌써 오래 전에 극복했다고, 아니 해결했다고 믿어 온 어린 시절의 쓰라린 향수와 동경이 영혼 깊숙한 곳에서 두 배, 세 배의 위력으로 단번에 밀치고 올라와 그의 심장을 갈기갈기 찢어 놓았다.

그토록 찾아 헤매던, 그 진짜 기적이라는 것을 결국은 찾아내고야 만 것이다. 그러나 이제는 너무 늦었다. 들어 가기를 청하는 노크를 하기 위해 문 앞에 다가서려는 순

간, 불현듯 그의 온몸을 얼어붙게 만드는 어마어마한 공
포가 엄습해 왔다. 도무지 사지를 꼼짝할 수조차 없었고,
얼굴은 온통 땀으로 뒤범벅되었다. 도저히 자신의 머리
로는 상상 불가능한 그 무엇이 저 문턱 너머에서 기다리
고 있다는 것, 그리고 자신의 옹색한 몰골이 산산조각 난
다 해도 결국 자신은 그저 당할 수밖에 없으리라는 것을
그는 알고 있었다. 지금 저 문으로 들어가지 않으면 살
수 없으리라는 것 역시 그는 알고 있었다. 그러나 그럴만
한 용기가 자신에게 없다는 것 또한 알았다. 무엇보다 그
는 자격이 없었다. 저 문 너머 자신의 원래 고향으로 돌
아갈 수 있는 자격을 그는 영원히 상실한 것이다.

그렇다고 그 자리를 떠날 수도 없었다. 그는 무엇에
홀린 듯 꼼짝 않고 그 자리에 화석처럼 얼어붙어 있었다.
하루 밤과 낮을 꼬박 그렇게 서 있었다.

도둑질하고 남을 속이고 사기 쳤던 것은 그리 큰 문제
가 되지 않으리라는 것을 그는 분명하게 느낄 수 있었다.
설사 그가 사람을 죽였더라도, 그것 역시 '순수한 마음'
이라는 문구의 원래 의미와는 별개였기 때문이다. 하지
만 그는 기적에 대한 자신만의 깊은 믿음을 배반하고 가
치 없이 팔아넘겼다. 바로 그것이 이 세계의 정신에 위배
되는, 용서받을 수 없는 죄악이었다. 우선은 스스로 그것
을 용서할 수 없었다. 원래 그에게는 이 세계의 시민이

될 수 있는 우선권이 있었다. 그것을 그는 불확실한 외적 현실 속의 불확실한 부귀영화라는 콩 한 접시와 바꿔 버렸다. 원래 그는 문턱 이쪽의 세상을 얼마나 낯설어 했던가? 그런 그가 이제는 저쪽 세상으로부터 영원히 추방되기에 이른 것이다. 이 문 앞에 이르도록 선택된 다른 모든 사람들은 한 치의 망설임도 없이 저 안으로 들어갈 것이다. 누구나. 그러나 그는 아니었다. 그의 입장은 끝내 허락되지 않았다.

황야에 다시 밤이 드리워지자, 그는 돌아서서 그곳을 떠났다. 밝은 달빛을 벗 삼아 길을 가면서, 그는 주변에 기묘하게 생긴 바위며 눈에 띄는 나무 등을 마음에 새겨 두었다. 그리고 길이 어떻게 나 있는지를 결코 지워지지 않을 잉크로 자신의 기억 속에 그려 두었다. 언제고 이 길을 다시 한 번 찾아와 보려는 생각에서 그런 것은 아니었다. 자신이 그랬던 것처럼, 누군가 진짜 기적을 찾아 나선 사람이 있다면, 그리고 그 일에 자신보다 더 적합한 사람이라면, 그 사람이 그 문을 찾을 수 있도록 도와줘야 한다는 생각에서였다. 그것이 자신의 남은 인생을 헛되이 낭비하지 않는 길이리라 믿었다. 7일 밤낮을 걸어서, 허기에 지쳐 초주검이 되고 옷은 다 찢어져 걸레가 된 상태에서 그는 속세로 돌아왔다. 그나마 돈이 아직 남아 있었기에, 한곳에 숙소를 정하고 누울 자리를 마련할 수 있었다. 그곳에서 그는 거의 한 달을 앓아누워 있었다.

그동안 그의 마음속에는, 인류는 하늘과 땅을 잇는 끝없이 긴 하나의 사슬이라는 생각이 자리를 잡았다. 이 사슬 속에서 각각의 고리는 아무 의미도 가지지 못하지만 다른 것과 서로 맞물려 전체를 이룰 때, 그 가치가 발휘된다. 위쪽의 고리들은 아래쪽의 고리들만큼 눈에 잘 띄지는 않는다. 그러나 그 위치가 어디든 그것들은 똑같이 중요하다. 그는 이러한 생각에서 조금이나마 위로를 찾을 수 있었다.

몸이 어느 정도 회복된 후, 그는 다시 한 번 이름을 바꿨다. 옛 이름은 과거의 인생과 함께 불태워 버렸기 때문이다. 그는 이제 자신을 '길잡이'라는 의미의 '인디카비아'라 칭했다.

사람들이 그 이름의 뜻을 물어 오면 그는 습관처럼 이렇게 설명하곤 했다. 길잡이 노릇을 하는 이정표는 비바람에 부서지고 썩기까지 해서, 그 자체로는 아무 가치도 없는 나무 한 토막에 지나지 않는다. 그 나무토막은 자신의 몸 위에 무엇이 씌어 있는지 스스로 읽을 수 없다. 설사 그것을 읽을 수 있다 하더라도 그게 무슨 뜻인지 이해하지 못한다. 그리고 자신이 안내하는 그 목적지에는 결코 가 볼 수도 없다. 하긴 자신이 세워져 있는 그곳에 머무르는 게 존재의 목적이기도 하다. 이정표는 자신이 가리키는, 바로 그 목적지만 빼곤 어느 곳에나 있을 수 있으며, 그곳이 어디든 그의 가치는 충분히 발휘될 수 있다. 목적지야말로 이정표가 아무런 쓸모도, 아무런 의미도 없는 유일한 장소인 것이다. 그리고 인디카비아 자신은 지금 자신이 안내하려는 그 목적지에 있는 게 아니므로, 그 길을 찾는 사람에게 도움이 되리라고 말이다.

사람들은 이런 엉뚱한 소리에 고개를 절레절레 흔들거나, 정신 나간 놈의 헛소리 정도로 받아들였다.

그는 인디카비아라는 이름으로 옛날에 하던 일을 다시 시작했다. 가진 재주라고는 그것밖에 없었기 때문이었다. 하지만 이번에는 그 기술을 옛날과 다르게 사용했다. 이때부터는 자신이 초능력을 가졌고, 기적을 일으키는 존재라는 것을 사람들이 진짜 믿도록 하는 일에 더 이상 매달리지 않았다. 그는 모든 공연 때마다 자신의 모든 묘기는 처음부터 끝까지 말로 설명이 가능한, 그리고 단지 관객들을 즐겁게 하기 위한 손놀림이나 눈속임 외에 아무것도 아니라고 사람들에게 설명했다. 그러나 그는 곧 이러한 설명이 관객들의 호기심과 흥미를 반감시킨다는 사실을 알게 되었다. 사람들은 차라리 속는 것을 원한다던 투토 에니엔테의 말이 옳았다. 말로 설명할 수 있는 마술에 관심이 없기는 귀족이나 천민이나 마찬가지였다.

그런데도 인디카비아는 자신의 마술은 자신이 알고 있는 진짜 기적의 세계에 있는 비밀에 견주면 아무것도 아니라고 공공연히 말하기 시작했다. 자신은 그 세계의 문 앞까지만 가 보았지만, 진지하게 그곳에 가기를 원하는 사람이 있으면 그 길을 알려 줄 수 있노라고 말했다. 허나 그에게 돌아온 것은 사람들의 비웃음뿐이었고, 몇 번인가는 몰매를 맞기도 했다. 사람들은 그가 미친놈이거나 야바위꾼이라고 생각했던 것이다. 그가 거짓말을 하고 사기를 칠 때는 모두 그를 믿어 주었다. 그런데 그의 유일한 진실은 이제 사기로 받아들여졌다.

그때부터 인디카비아는 자신의 비밀에 대해 침묵했다. 그리고 사람들에게 마술을 보여 주는 것으로 모든 말을 대신했다. 이렇게 그는 시골 장터와 싸구려 술집을 전전했다. 공연의 대가도 이제는 그리 많지 않았지만, 그래도 혼자 먹고살 정도는 되었다. 그 후, 몇 년 동안 그는 '돌아갈 고향 없는 영혼'을 가진 사람들을 나름대로 가려 내는 확실한 안목을 키웠다. 유년 시절의 자신과 같은 처지에 있는 사람들을 찾아 나선 것이다. 그는 거리의 여자든 양가집 규수든, 귀족이든 천민이든, 배운 사람이든 배우지 못한 사람이든 가리지 않고 눈여겨 보았다. 진짜 기적의 세계에 합당한 사람인지는 이 세상의 외적 조건에 의해 함부로 예단될 수 없었다. 그 세계의 척도가 이 세상과는 다르다는 것을 그는 알고 있었다. 그는 그렇게 찾아낸 사람들과 은밀히 이야기를 나눌 기회를 만들고, 그들에게 그 문에 이르는 길을 알려 주었다. 그리고 그들 중 몇몇은 실제로 그 길을 찾아 나서기도 했다.

세월이 약이라고, 세월은 아픈 상처를 아물게 해 주는 동시에 과거에 대한 우리의 기억도 함께 지워 버린다. 인디카비아는 나이를 먹어 갈수록 자신이 진짜로 그 신비의 문 앞에 가 보았는지 아득해졌다. 사력을 다해 그건 틀림없는 사실이었다고 자신에게 항변하곤 했다. 그러나 혹 그것은 '분명 어딘가에는 그처럼 신기한 무언가가 있을 것'이라 믿어 온 자신의 오랜 희망이 만들어 낸 환각이 아니었을까, 하는 회의를 피할 수는 없었다. 사람들에게 그곳에 대해 이야기해 주고 가는 길을 알려 주면 줄수록, 자꾸만 자신이 예전에 들었던 옛날이야기들을 적당히 조합해서 말을 꾸며 대는 것처럼 느껴졌다. 그리고 그때마다 그의 마음속에는 자신에 대한 경멸이 꿈틀거렸다.

그의 말을 믿고 길을 떠난 사람들은 대부분 두 번 다시 인디카비아 앞에 나타나지 않았다. 그래서 그는 그들이 진짜 기적의 세계에 이르는 길을 제대로 찾았으리라고 생각했다. 물에 빠진 사람이 지푸라기라도 잡는 심정으로 그는 이 믿음에 모든 희망을 걸었다. 그러나 수년이 지난 후, 그들 가운데 한 사람을 다시 만나면서 이 희망은 여지없이 깨져 버렸다. 네덜란드의 어느 한 부두 사창가였다. 그곳에서 천사처럼 아름답고 순진무구했던 한 소녀를, 그래서 자신에게서 기적의 세계에 대한 비밀을 알아 갔던 바로 그 소녀를 살이 뒤룩뒤룩 찐 사창가 포주로 만날 줄이야. 그녀의 말에 의하면, 그가 이야기한 장소에 그런 문은 있지도 않았다는 것이다. 그녀는 자신의 개떡 같은 운명이 모두 그의 탓이라며 그의 거짓말을 책망했다. 바로 그 여행이 자신을 재앙으로 몰아넣었다는 것이다.

이때부터 인디카비아는 모든 게 혼란스러워지기 시작했다. 영혼의 길잡이로 겸손하게 사는 것은 골 때리는 자신의 인생에 유일하게 부여된 '정당함'이었다. 그런데 이제는 그것마저 환상으로 드러난 것이다. 이제 그에게 남은 건 아무것도 없었다. 현실과 허구, 진실과 거짓, 신과 세계, 이 모든 것이 그에게는 알맹이 없는 눈속임으로만 여겨졌다. 아무도 빠져들지 않는 착란의 꿈. 그는 그 착란의 미로 어딘가에 서 있는 이정표였다. 아무 곳으로도 안내할 수 없는 길잡이.

그는 말을 잃어버린 사람처럼 아예 입을 다물었다. 말을 하는 건 구토만 불러일으킬 따름이었다. 그는 떠오르는 모든 생각마저 끊어 버리려 애썼다. 그나마 남아 있던, 얼마 되지 않는 돈도 술집에서 바가지를 뒤집어쓰고 다 날려 버렸다. 술이 머리끝까지 오른 그는 세상의 공허함을 내려다보며 한껏 웃었다. 그의 옆에서 술을 마시던 한 건달이 아무 마술이나 부려 보라고 시비를 걸었을 때, 그는 완강하게 머리를 내저었다. 존재 자체가 더 큰 사기이며 허상인데 그 속에서 무얼 더 속이고 말고 한단 말인가? 그걸 위해 힘을 쓰는 것처럼 무의미한 일도 없어 보였다. 이제 그것은 무뢰한들의 안주거리가 될 정도의 가치도 없었다. 이러한 자학을 통해 그의 몸은 망가지고 머리는 마비되기 시작했다. 오랜 연습을 통해 터득한 그의 기술은 쉬 무뎌졌다. 그러나 그는 상관하지 않았다. 이제는 더 이상 뭘 바라고 말고 할 수도 없었다. 그는 영락零落해 가는 자신을 그대로 내버려 두었다. 더 이상 내려갈 곳이 없는 바닥까지 그는 그렇게 떨어졌다. 길모퉁이에 아무렇게나 널브러져 드르렁드르렁 코를 골아 대거나 싸구려 술집을 돌며 구걸이나 하는 이 궁색한 떠돌이가 왕년에 그렇게 잘나가던 콘테 아타나시오 다르카나라고 그 누가 상상이나 했겠는가.

그는 정처도 목적지도 없었으므로, 어디로 가고 있는지 신경 쓰지 않고 걷고 또 걸었다. 그러다가 자신이 원하지도 않았는데, 그 옛날, 기적의 세계로 들어가는 문을 발견했던 그 황야로 다시 오게 되었다. 그러나 그곳에 그 문은 없었다.

그런데 갑자기 하늘에 먹구름이 모여들더니, 폭우가 쏟아지기 시작했다. 번쩍 하는 섬광이 인디카비아 앞에 떨어졌다. 그것은 그의 몇 걸음 앞에 내리꽂히며 길을 가로막았다. 인디카비아는 너무 놀라 눈을 크게 뜨고 주위를 살피다가, 그 빛의 출처가 다름 아닌 기적의 세계로 들어가는 문의 한 틈새임을 알게 되었다. 약간 열린 문 사이로 지금까지 한 번도 보지 못했던 찬란한 빛이 뿜어져 나와 온 벌판을 밝히고 있었다.

그는 다시 한 번 문 위의 아치에 새겨진 글귀를 읽었다. 하지만 선뜻 문에 들어서지는 못했다. 지금은 옛날보다 더 조심스러웠다. 그는 가슴 가득 차오르는 동경과 갈구로 그 광명을 그저 바라보면서 어깨를 들썩이며 울먹였다. 그때 갑자기 그 빛이 말을 거는 듯 어떤 음성이 들려왔다.

"어째서 우릴 이렇게 오래 기다리게 한 건가? 친구여, 왜 부름을 받고도 들어오지 않았는가?"

인디카비아는 그 빛이 자신을 하나하나 꿰뚫어 보고 있음을 느꼈다. 그는 떨리는 입술로 대답했다.

"나는 이곳에 어울리는 사람이 아닌데, 어떻게 이 문으로 들어갈 수 있었겠소?"

그는 간신히 입을 열어 말했다. 그때 다시 한 번 섬광이 번쩍했고, 귀에는 우르르 꽝꽝 천둥소리가 들려왔다. 그리고 어디에선가 날아온 억센 주먹을 맞고 몇 걸음 뒤로 밀리며 나동그라졌다. 그는 아예 두 다리를 뻗고 땅바닥에 털퍼덕 주저앉아 버렸다. 그는 반사적으로 뺨을 문질렀다. 그런데 이상하게도 아무런 통증도 느껴지지 않아 놀랐다. 그것은 질책의 따귀가 아니라, 오히려 상한 몸을 어루만지는 치료의 손길 같았다. 모든 것이 제자리로 돌아오고, 몇 살은 젊어진 것처럼 몸이 가뿐하게 느껴졌다. 그런데도 그는 시치미를 떼면서 물었다. "청컨대, 내게 겸손이 부족했다면 말로 하시오. 분명 그렇지 않았거늘 어째서 나를 이렇듯 험하게 다루는 거요?"

대답 대신에 가벼운 웃음소리가 들려왔다. 그것은 분명 조롱이나 야유가 섞인 비웃음은 아니었다. 팔로 감싸 안아 가볍게 등을 두드려 주는 듯한, 그런 위로의 웃음이었다.

"이건……" 빛이 대답했다. "너 자신을 스스로 판단할 수 있다고 믿은 오만에 대한 대가야."

인디카비아는 혼란에 빠졌다. 자신의 생애를 돌이켜 생각해 볼 때 그나마 떳떳한 것이 있다면, 자신이라는 존재를 내세우지 않는 것만큼은 시종일관 확실히 지키며 살아왔다는 점일 것이다. 그렇다면 그 과정에서, 혹은 그런 생각 자체에 무슨 잘못이라도 있다는 건지, 도무지 이해할 수가 없었다. 한 가지 확실한 게 있다면, 지금 자신과 마주 선 빛이 앞선 공격을 통해 자신을 거부했다는 사실이다. 그러나 그 거부에 대해 유감은 없었다. 그는 일어섰다. 그리고 주저주저 문 앞으로 몇 걸음을 옮겼다.

"이렇듯 심하게 내치지 않아도 되는데 그랬소. 왜냐하면 허락 없이 저 문턱을 넘을 생각은 애당초 내게 없었으니까. 그쪽의 생각이 나와 많이 다를 수는 있겠으나, 이젠 내가 그 너머에서 찾아야 할 게 없다는 점에서는 우리의 의견이 일치하지 않소? 그런데 한 가지 꼭 알고 싶은 게 있다오. 나는 몇몇 사람들에게 이곳에 이르는 길을 알려 주었소. 그들이 이 문을 발견하고 그곳으로 들어갔는지 궁금하오."

다시 한 번 섬광이 번쩍하더니 천둥이 몰아쳤다. 그는 또다시 뒤로 나동그라졌다. 이번에도 전혀 아프지 않았다. 그런데도 그는 다른 쪽 뺨을 문지르며, 아주 작은 목소리로 물어보았다.

"왜 또 이러는 거요?"

"네가 네 마음대로 그렇게 믿었으니까." 빛이 말을 이었다. "이곳에 합당한 사람들을 이곳으로 안내하는 것이 너의 임무일 거라고."

그제서야 인디카비아는 모든 것이 차츰 이해되었다.

이 빛 앞에서는 세상의 어떤 과오나 공로도 문제가 되지 않는다는 것을. 그것은 이곳과 전혀 다른 저 문 뒤의 세계에서도 마찬가지이리라. 그는 바닥에서 벌떡 일어나, 몇 걸음 앞으로 나아갔다. 그리고 거리낌 없이 물었다. "넌 누구지?" 세 번째 따귀가 내려칠 것 같아 그는 무의식중에 팔을 들어 올렸다. 그러나 이번에는 아무 일도 일어나지 않았다.

"나는……" 빛이 대답했다. "바로 너야. 자, 이제 이리로 건너와!"

인디카비아는 허리 숙여 인사하고 그 문턱을 넘었다.

빛도 사라졌다.

인디카비아의 종적은 여기에서 완전히 사라졌다. 이것이 그의 죽음을 의미하는지, 아니면 나중에 또 다른 이름, 또 다른 인생으로 비밀리에, 한 번 더 이 인간 세상으로 나와 살다 갔는지는 아무도 모른다. 하지만 그것은 그리 중요한 문제가 아니다. 어쨌거나 그는 현세의 삶이 시작되었던 그 출구로 되돌아간 것이다. 왜냐하면 옛날 그가 태어났을 때 나타난 번개와 마지막의 그 번쩍임이 같은 것이었다고 전해지기 때문이다. 수많은 순간과 순간이 이어져 흐르는 시간의 강에는, 두부 자르듯 위에서 아래로 잘라 놓은 찰나라는 것이 있다. 바로 그 찰나가 전혀 다른 세상으로 열린, 진짜 기적의 세계로 들어가는 문이라는 것을 우리가 안다면, 그것으로 히에로니무스 호른라이퍼, 마토, 콘테 아타나시오 다르카나 그리고 인디카비아의 역할은 마무리되는 것이다. 아울러 이 이야기도 여기에서 끝을 맺어야겠다.

독일문학의 마지막 낭만주의자
미하엘 엔데와 『자유의 감옥』

"그는 글을 쓰는 작가라기보다 꿈을 쓰는 작가였다."
―〈프랑크푸르터 알게마이네 차이퉁〉

독일에서 이 책을 번역하던 1995년 8월 말, 미하엘 엔데가 세상을 떠났다는 소식을 들었다. 생존해 있는 대가의 작품을 읽고 옮기면서 마음속에 담아 두었던 든든함과 설렘이 아쉬움과 허탈로 변하던 그 순간의 심정을 어찌 말로 표현할 수 있으랴! 번역이 끝난 후, 그와 직접 만나 확인할 수 있으리라 믿었던 수많은 질문들은 결국 이 책을 읽는 우리의 과제로 남고 말았다.

I. 어린아이의 마음과 철학자의 지혜를 가진 작가 미하엘 엔데

"엔데가 죽자 세계의 언론들은 그를 작가로서가 아니라 동화라는 수단을 통해 기술과 금전과 시간에 노예가 된 현대 인간 상황을 고발한 철학가로서 재평가하고 있다."-〈조선일보〉

1929년 11월 12일, 독일 남부의 가르미슈파르텐키르헨에서 초현실주의 화가였던 에드가 엔데의 아들로 태어나 1995년 8월 28일, 위암으로 세상을 떠나기까지 미하엘 엔데는 수많은 작품을 발표하며 '환상문학의 대가'로 세계적인 명성을 얻었다. 『모모』(1973)와 『끝없는 이야기』(1979)로 우리와도 친숙한 그에 대해, 동화작가가 아닌 사상가로서 재평가하는 움직임이 더욱 활발한 가운데, '사상가 엔데'의 진면목을 확인하기에 부족함이 없는 말년의 책 한 권을 기쁜 마음으로 소개하고자 한다.

8편의 중·단편을 한데 묶어 1992년에 발표한 『자유의 감옥』은 어린이들을 대상으로 한 동화라기보다는, '어린아이의 마음과 철학자의 지혜'를 지녔던 엔데가 이 시대의 모든 현대인들에게 들려주는 '철학동화'라 할 만하다. 이

책이 심심풀이로 편하게 누워서 읽을 책은 결코 아니지만, 그렇다고 일방적인 훈계나 설교를 늘어놓는 따분한 책은 더더욱 아니다. 8편의 작품 하나하나에는 그 이야기들이 지닌 상징성만큼이나 큰 '재미'가 담겨 있다. 그것이 독자로 하여금 '어떻게 이런 기발한 생각을 해낼 수 있었을까?'라고 끊임없이 무릎을 치게 만드는, 환상 속에 담긴 재미임은 두말할 나위가 없다. 무엇보다 그 환상은 마냥 허무맹랑하기만 한 것이 아니라, 기본적으로 인간이 처한 현실에 뿌리를 두면서 그 현실의 끈을 절대로 놓지 않는 환상이라는 점에서 더욱 의미가 있다.

그러면 엔데가 창조한 환상 세계는 우리의 현실 세계와 구체적으로 어떤 관계가 있을까? 결론을 말하자면, 엔데는 자신이 묘사한 작품 속의 환상 세계가 단순한 가상의 세계가 아니라, '우리의 현실과 평행한 또 하나의 현실'이라는 믿음을 가지고 있었다는 것이다. 요컨대, 이 세상에는 우리가 살고 있는 현실 말고도 수많은 현실이 존재한다는 것이 그가 이야기를 풀어 나가는 대전제이다.

엔데의 이러한 기본 틀은 독일 낭만주의와 연관시켜 이해해야 하는데, 엔데 자신이 생전에 '독일 낭만주의자들의 한 후예'로 불리길 원했던 것이나, 그가 타계한 뒤 독일 언론들이 그를 가리켜 '독일문학의 마지막 낭만주의자'라고 칭한 것에서도 이러한 맥락의 반영을 볼 수 있다.

낭만주의 문학의 특성은 간단히 말하자면, '무한', '동경에 대한 한계 없음', '미완성', '무의식적인 것', '꿈', '신비' 등이라고 할 수 있으며, 현실 세계와 물리적으로든 정신적으로 멀리 있는 공간을 지향한다. 이런 의식 속에서, 인간의 현실을 둘러싼 시간과 공간은 엔데에게 언제나 극복의 대상이었다. 그래서 그는 "시간이라는 것이, 애당초 시간 없이 존재하는 이 세계를 우리 의식이 인지하는 방법이라고 전제한다면, 어째서 가까운, 혹은 먼 '장래에 일어날 일에 대한 기억'은 있을 수 없는 것인가?"라고 묻는다. 끊임없이 이런 질문을 던지는 그의 진짜 의도는 시간과 공간을 부정하는 것이 아니라, 그것에 얽매여 사는 현대인들에게 시간·공간적 자유를 찾아 주고, 우리의 현실을 둘러싼 또 하나의 장벽인 상식과 인습의 허를 찌름으로써 우리에게 아직 남아 있는 더 넓고 풍요로운 세계를 보여 주는 것임은 말할 필요도 없다. 보통 엔데의 작품이 어린이들을 대상으로 씌어졌지만, 어른들에게 더 큰 깨달음을 주는 이유도 바로 여기에서 찾을 수 있을 것이다.

II. 『자유의 감옥』에 실린 8개의 이야기

이 책을 옮기면서 겪어야 했던 가장 큰 어려움은 엔데가
묘사한 상황을 머릿속에 그려 내는 일이 결코 쉽지 않았다
는 점이다. 엔데의 묘사는 읽는 사람의 상상력이 함께 발휘
되지 않으면 감을 잡을 수 없는 '기호'와도 같은 것이었기
때문이다. 그것은 독자들에 대한 배려이기도 하지만, '구경
만 하지 말고 당신도 한번 해 보라!'는 요구이기도 하다. 볼
프강 페터슨에 의해 영상화되어 대중적인 인기를 누렸던
영화 〈끝없는 이야기〉를 두고, 엔데 자신은 '저속하기 이를
데 없는 상업적 멜로드라마'라고 혹평했던 것도 결국은 개
개인의 상상력이 발휘될 수 있는 입체적인 공간을 카메라
가 2차원의 평면으로 짓밟아 버렸다고 보았기 때문이다.

그러면 '엔데의 이러한 의도가 이 번역에는 얼마나 잘 반
영이 되었는가?'라는 질문 앞에 부끄러워지기는 역자 또한
마찬가지이다. 스스로 생각하기에도 많은 부분이 우리말로
옮겨지는 과정에서 엔데의 의도 이상으로 '구체화'된 것을
부인할 수 없기 때문이다. 그것이 궁극적으로는 역자의 역

량과 상상력이 지니는 한계이거니와, 엔데의 묘사를 그대로 옮길 경우 '애매한 번역'이라는 오해가 생길 수 있다는, 역자의 쓸데없는 조바심이 크게 작용했음을 고백해야만 할 것이다.

그리고 저자 스스로 단 한 마디의 해설도 붙이지 않은 작품들에 대해서, 아래와 같이 장황하고 구구한 설명을 늘어놓는 무모함에 대해서도 양해를 미리 구한다. 하지만 여기에 언급되는 내용들은 어디까지나 작품의 이해를 위한 참고 사항이지, 전제는 아니라는 점을 다시 한 번 강조하는 바이다.

긴 여행의 목표

엔데가 들려주는 첫 번째 이야기는 누구에게나 다 있는 '집'을 태어나면서부터 갖지 못한 사람의 생애에 대한 이야기이다. 소설적 재미가 풍부한 이 작품은 우선 등장인물들의 호칭에 유의하면서 읽기를 권하고 싶다. 주인공 시릴의 아버지 로드 바질 애버컴비의 경우, 그 호칭이 바질, 애버컴비, 로드, 로드 바질, 로드 애버컴비 등으로 다양한데, 이것은 작가가 일부러 서로 다르게 사용한 것으로 생각된다. 즉, 아버지로서의 의미가 들어간 최극단에는 바질, 공적이거나 명성으로서의 의미가 들어간 최극단에는 로드 애버컴비를 놓고, 상황과 등장인물의 심리 상태를 호칭에 반영하고 있다.

또한, 중반부에 등장하는 미술품 전문 도둑의 별명 '프로페서(전문가)'가 고딕체로(원서에는 이탤릭체로 표기되었다.) 표기되다 맨 마지막에 보통 글씨체로 나오는데, 고딕체로 표기된 프로페서는 그 도둑이 보통 좀도둑이 아니라 진짜 전문가라는 것을 강조하는 의미를, 일반 글씨체의 프로페서는 그 도둑이 그림을 훔치는 과정에서 사람을 죽였기에 더 이상 진정한 의미의 전문가가 아니라는 의미를 담고자 한 작가의 의도였던 것이 아닐까 싶다.

보로메오 콜미의 통로

도저히 그 끝에 이를 수 없는 통로에 대한 이야기를 다룬 이 단편은 하나의 독립된 작품이라기보다, 좁게는 바로 뒤에 이어지는 「교외의 집」으로 들어가는 도입부로, 넓게는 그다음으로 이어지는 「조금 작지만 괜찮아」의 전제로 이해해야 할 것이다. 그리고 이 세 작품에 대해 '공간(空間) 3부작'이라는 이름을 붙여도 좋을 것 같다.

실제로 이 단편에 나오는 인물은 엔데와 그의 아내 잉게 보르크 호프만의 자화상을 보는 듯한 느낌을 주는데, 실제로 두 사람은 1970년부터 1985년까지 로마에서 살아으며, 작중 화자 '나'의 아내와 마찬가지로 엔데의 아내도 배우였기 때문이다.(참고로 엔데는 아내와 사별한 후 뮌헨으로 이주하여 『끝없는 이야기』를 일본어로 번역한 마리카 사토와 1989년에 재혼했다.)

교외의 집

「보로메오 콜미의 통로」가 신문 기사라는 전제하에, 그에 대한 독자의 편지 형식을 빌린 이 단편은 절대로 안으로 들어갈 수 없는 집에 대한 이야기이다. 이 집이 상징하는 것에 대해서는 여러 해석이 있을 수 있으나, 표면적으로는 '독일 나치 시대의 허상'을 상징한다고 볼 수 있을 것이다. 나치에 저항했던 아버지 에드가 엔데에 대한 기억과 16세였던, 제2차 세계 대전 마지막 해에 무기를 버리고 탈영했던 자신의 체험을 토대로 한 작품이라 여겨진다.

조금 작지만 괜찮아

주차를 위한 차고까지 내부에 갖추고 다니는 아주 작은 자동차를 다룬 이 단편은 곳곳에서 이탈리아에 대한 엔데의 무한한 애정이 느껴진다. '특히 신호등에 빨간불이 들어오면 말이다…… 그건 좌우를 조심스럽게 잘 살피면서 지나가라는 뜻이니라.'라는 인물의 대사에서도 볼 수 있듯이 이탈리아 사람들의 국민성이 재미있게 표현된 작품이다.

미스라임의 카타콤

고대 로마 시대의 기독교인들의 지하 무덤인 카타콤을 배경으로, 그 속에서 살아가는 '그림자'라고 불리는 사람들의 이야기가 펼쳐진다. 묘지와 그림자를 연결한 발상이 기발한 이 단편은 뛰어난 상징성과 함께, 현실 사회의 구조를 신랄하게 비판하는 시사성이 강하다고 할 수 있다.

무엇보다 비평적 관점을 떠나서, 끝까지 읽어도 그 답을 찾을 수 없는 흥미로운 질문인 "어떻게 해서 그림자들이 이 카타콤 안으로 들어왔는가"에 대한 답은 '사람이 죽어 묘지에 묻히면 이 세상에서 달고 다니던 그림자는 어떻게 될까?'라는 문제와의 연관 속에서 찾아보는 게 어떨까.

여행가 막스 무토의 비망록

희한한 목적을 가지고 정처 없이 '꿈-세계'를 여행하는 사람의 이야기인 이 단편에서 엔데는 얽히고설킨 인생의 문제들을 푸는 기발한 해법을 제시한다.

자유의 감옥

『아라비안나이트』를 연상시키는 이 단편에서 엔데는 인간이 가지고 있는 자유 의지의 본질을 파헤쳐 우리에게 그 허와 실을 낱낱이 보여 주고, 이 세상의 통속 논리를 극복할 수 있는 '꿈의 논리'를 제시한다.

길잡이의 전설

이 세상에서는 자신의 보금자리를 찾지 못하고 신비와 기적을 찾아 헤매는 사람의 이야기를 다룬 이 단편은, 『쪽지상자-스케치와 메모들(Zettelkasten. Skizzen und Notizen)』(1994년 作)에서 '신비한 것에 대한 목마름'을 고백한 엔데 자신의 인생 고백이 아닐까?

이상에서 본 바와 같이 8편의 작품 하나하나에서 엔데의 무궁무진한 상상력이 느껴지는 이 책을 어린아이의 마음으로 만난다면, 더없이 뜻깊은 '환상 체험'과 더불어 문자 이면에 감춰진 또 다른 세계를 읽는 재미를 안겨 주리라 믿어 의심치 않는다.

어린 시절, 학교에서 구구단을 외울 때마다 자신의 환상이 망가지는 것 같은 느낌을 받았던 미하엘 엔데. 그를 추모하는 독일의 한 신문 기사를 인용하면서, 엔데와 함께 떠나는 환상 여행에의 초대장을 여러분 모두에게 전한다.

어느 날 저녁, 『끝없는 이야기』의 주인공 바스티안은 돌로 변한 사자 그라오그라만의 발아래서 잠이 든다. 아침이 되어 잠에서 깨어난 바스티안은 소스라치게 놀란다. 사자가 살아난 것이다.

"나는 네가 돌이 된 줄 알았어."

소년이 중얼거렸다.

"그랬었지요."

사자가 대답했다.

"나는 밤이 찾아오면 매일 죽거든요. 그리고 아침이 되면 다시 깨어나지요."

"나는 네가 영원히 그렇게 된 거라고 생각했어."

"나는 '매번' 영원히 죽는답니다."

사자가 알쏭달쏭한 말을 했다.

월요일 저녁, 슈투트가르트의 한 병원에서 미하엘 엔데가 위암으로 세상을 떠났다. 사자 그라오그라만은 '영원히'라고 아이들에게 말해 줄 것이다. 하지만 아이들의 질문은 다음으로 이어진다.

"그럼 미하엘 엔데는 내일 아침 다시 일어나나요?"

어른들은 아이들에게 이런 대답을 들려줄 것이다.

"그럼! 그는 자신의 작품들과 함께 언제나 환상 속에서 사는 거란다."

아이들은 이 말이 무슨 뜻인지 알 수 있을 것이다.

―〈쥐트도이체 차이퉁〉

옮긴이 **이병서**

자유의 감옥

초판 1쇄 2005년 3월 5일 | 초판 6쇄 2007년 1월 20일
2판 1쇄 2008년 9월 5일 | 2판 4쇄 2013년 12월 30일
3판 1쇄 2016년 11월 30일

지은이 미하엘 엔데 | **옮긴이** 이병서
펴낸이 신형건 | **펴낸곳** (주)푸른책들 | **등록** 제321-2008-00155호
주소 서울특별시 서초구 양재천로7길 16 푸르니빌딩 (우)06754
전화 02-581-0334~5 | **팩스** 02-582-0648
이메일 prooni@prooni.com | **홈페이지** www.prooni.com
카페 cafe.naver.com/prbm | **블로그** blog.naver.com/proonibook
ISBN 978-89-6170-576-9 03850

＊잘못된 책은 구입한 곳에서 바꾸어 드립니다.

이 도서의 국립중앙도서관 출판시도서목록(CIP)은 서지정보유통지원시스템 홈페이지
(http://seoji.nl.go.kr)와 국가자료공동목록시스템(http://www.nl.go.kr/kolisnet)에서 이용하실 수
있습니다.(CIP제어번호: CIP2016023231)

Fall in book, Fan of literature. 에프는 종이책의 새로운 가치를 생각하는 푸른책들의 임프린트입니다.